順手撿個童養夫 3

平林 著

目錄

第四十五章

這一關負責檢查的是個衙役。

看到鍾佳霖過來，一個青衣年輕人走過來，負手站在衙役身旁，打量著鍾佳霖。

衙役知道這位年輕人就是知縣的貴客胡大人，也不敢多說，對考生的態度也變得溫和起來。「鍾佳霖，把衣服脫下來吧！」

鍾佳霖脫下棉衣，露出穿在裡面的白綾中衣。

胡大人打量著鍾佳霖，心道：

和陛下生得真像啊，怪不得周大人讓我再來看看，這眉毛、這眼睛、抿嘴時臉頰上的小酒窩……真是太像了！

可陛下的酒窩似乎更深一些。想到這裡，胡大人忽開口：「把中衣也解開看看吧！」

鍾佳霖抿了抿嘴，雙眼微眯地看了這位胡大人一眼。

胡大人沒想到他這樣一瞇眼，居然更像陛下生氣的樣子，不由移開視線。

鍾佳霖垂下眼簾，解開衣帶。

胡大人凝神看了過去——看的是鍾佳霖的鎖骨。

看到鎖骨上方那米粒大的紅痣時，胡大人眼睛一亮，背在身後的雙手緊握起來，竭力讓自己狂跳的心平靜下來。「好，沒有夾帶，穿上衣服吧！」

他舉步走開，走了幾步忍不住又回頭看一眼，見鍾佳霖正專心繫衣帶，眉如墨畫、目若點漆，簡直就是少年時的陛下，不由悚然而驚，大步離開。

鍾佳霖繫好衣帶，這時候衙役檢查罷了棉袍，遞給他。

穿好棉袍，鍾佳霖提著書篋往禮房門走去，即將進去的時候回頭看了一眼，發現那個青衣年輕人早不見了，心裡思忖著：難道他就是為了檢查我一個人？

他進了禮房，和其他考生一起等待著。

考試前虞世清就和他們說過，縣試開考之前，知縣大人會帶著大家祭拜，祭拜罷還要宣讀考場規矩，然後才會開考。

鍾佳霖剛站了一會兒，蔡羽就提著書篋大步流星地過來，道：「太陽出來了，今日還不錯，不算太冷。」

鍾佳霖抬頭看了看東邊，也笑了。「好兆頭。」

待一切齊備，終於開始進場。鍾佳霖拿著自己的號牌，在一排排連在一起的小號房中尋找著，終於找到了自己的號房。

號房小得可憐，不過收拾得乾乾淨淨。他擦了擦桌子、凳子，坐下來打量四周，這才發現對面號房有些髒亂，上方甚至還掛著蛛網。再看看自己乾淨整齊的號房，他有些納悶。我這裡怎麼這麼乾淨？

他把青芷給自己準備的抹布遞了過去。「你先用吧！」

對面的考生聞言轉身，是個十五、六歲的少年，生得濃眉大眼，爽朗一笑。「多謝多謝。」他接了抹布打掃去了。

鍾佳霖看著自己腳下的地面，發現也很潔淨，簡直像用水洗過一般……罷了。鍾佳霖端正坐著，不再想這件事。

這場考的是帖經，主要考察對四書五經的記憶力，他得先靜下心來。

試卷很快就發下，鍾佳霖把試卷翻了一遍，發現和上次在縣學的考試一樣，考題是摘錄經書的一句並遮去幾個字，考生需填充缺去的字詞和與之相聯結的上下文。

把試卷翻了一遍，鍾佳霖發現將近二分之一的內容都摘自《孟子》、《大學》和《中庸》。

他想起上次祁知縣送他的那兩本書——《孟子》和《大學》。

鍾佳霖記憶力強，對他來說，即使祁知縣不提醒，問題也不大。

鍾佳霖心裡有數了，開始認真答題，答完題又細心檢查一遍，一直等到有人開始交卷離場，他才起來交卷。

一出縣衙，鍾佳霖就看到等在外面的青芷和虞世清。

青芷正蹲在那裡掐迎春花，聽到鍾佳霖的聲音，忙站了起來，笑著叫「哥哥」。

一看到青芷的笑顏，鍾佳霖整個人都溫暖起來，大步走了過去。

虞世清笑著接過鍾佳霖的書篋。「先歇歇吧，咱們等著蔡羽和李真。」

青芷拉著鍾佳霖去一邊，掐了一朵迎春花拿在手裡。「哥哥，你覺得臘梅好看還是迎春花好看？」

鍾佳霖笑了。「都好看，不過臘梅更香。」他知道青芷喜歡臘梅。

青芷滿意地把玩著手裡的迎春花，絮絮說起了接下來的打算。

兄妹兩個正在喁喁細語，蔡羽和李真一起出來了，眾人會齊，一起往林家花園走去。

第二天考的是墨義，考官出十道和四書五經有關的問答題，五道全寫疏，五道全寫注，其實還是考察記憶力。

第三天考的則是算學。算學也是鍾佳霖的強項，他基本可以確定自己全對了。

一出縣衙，鍾佳霖才發現蔡大戶也來了，正與虞世清說話。他忙走上前去拱手行禮。「蔡大叔。」

蔡大戶擔心兒子，笑道：「唉，佳霖一定沒問題，只是不知道我家阿羽考得怎麼樣？」

鍾佳霖含笑道：「蔡大叔，您不用擔心阿羽，他這段時間複習算學很用心。」

正在這時候，蔡羽揹著書篋跑了出來。

他笑容滿面，先叫了聲「爹」，接著給虞世清行禮，然後攬住了鍾佳霖，笑嘻嘻道：「佳霖，多虧和你一起研習算學，要不然我自己還真不一定會做呢！」

這時候，李真也出來了。

中午，蔡大戶請虞世清他們在太白遺風樓的雅間裡大吃了一頓就回去——他做生意拉關係都很拿手，卻不懂科舉，因此不敢耽擱蔡羽考試。

第四天考的是策論，依然是鍾佳霖拿手的。

拿到試卷後，他先看題目，宣紙上只寫著一行極漂亮的隸書——「論百年盛世暗藏之危機」。

沒想到這次題目居然會這麼大，他深吸了一口氣，令自己先平靜下來，然後閉上眼睛默默思索著。

本朝立國已久，土地集中，貧富分化，軍隊軍閥化，朝廷黨爭，官吏腐敗……盛世之中潛藏危機，須得進行從上到下的改革，才能長治久安。

待心中計議已定，鍾佳霖開始磨墨，直到胸有成竹，這才提筆蘸了些墨水謄寫。

今日，青芷沒有過去送考。

她先帶著春燕去了一趟街市，買了豬肉、菜蔬回家，和韓氏一起準備午飯。

韓氏有些不明白，便道：「青芷，昨日中午蔡大戶請他們在太白遺風樓吃了一頓，今日是最後一場，不如咱們也請他們去酒樓吃一頓好的吧！」

青芷親熱地挽著韓氏的手臂，笑盈盈道：「娘，您這就不懂了。他們整整緊張了四日，如今剛考完試，怕是想要先大睡一場，放鬆放鬆。中午咱們就做熗鍋麵，他們一人一碗熗鍋麵吃了，回房先睡午覺，到了傍晚起來再說吧！」

韓氏一聽，覺得挺有道理，便帶著春燕去灶屋和麵。

青芷又去後花園轉了一圈，考慮著用哪三間門面開香膏、香脂鋪子的事。

回到前院灶屋，她見韓氏已經把麵醒上，肉絲也切好醃上了，便道：「我去看看他們回來沒有。」

春燕也跟著過去。

她倆剛到大門外，就看到虞世清帶著蔡羽、鍾佳霖和李真回來了，四個人有說有笑，顯見十分開心。見狀，青芷和春燕也鬆了一口氣。

記得前世的時候，哥哥就是一舉考上的，可她還是怕發生什麼不同，如今見哥哥笑容和煦，放心多了。反正哥哥才十四歲，今年不行，還有明年呢！

十天後，縣試錄取的榜單才會出來，因此虞世清不讓學生再討論，直接道：「先吃飯，吃完飯再說。」

青芷笑吟吟道：「今天中午吃肉絲熗鍋麵，吃完之後都去睡午覺，睡醒後各回各家，各找各媽，明天記得回學堂讀書。」

眾人都笑了起來，用罷麵，果真各自回房睡下了。

虞世清、韓氏、青芷和春燕這幾日也勞心勞力，便回去睡下了。

蔡羽睡到傍晚才起，發現蔡福在廊下坐著曬太陽——原來家裡派了蔡福來接他。

大家便收拾了東西，李真隨著蔡羽去了蔡家在城裡的宅子，青芷一家則收拾一番，留下從蔡家雇來看宅子的蔡忠貴，一起回了蔡家莊。

虞家雇來的馬車一進村子，村裡的人就知道了。

馬車在虞家門外停下，有好幾個村民圍上來，笑著問：「鍾小哥，考得怎麼樣呀？」

鍾佳霖含笑回答。「現在還不知道，等十日後張榜就知道了。」

不管誰問，他都是這個回答。

村民們見問不出什麼，便纏著虞世清。「虞先生，若是鍾小哥的名字上榜，可得請咱們村人聽戲啊！」

南陽縣這邊流行越調和南陽梆子，有不少越調班子和南陽梆子窩班，各村大戶若是有些喜事，往往都會請來村裡給村民唱戲。

虞世清哪裡會答應，笑道：「咱們村有蔡大戶呢，你們且等著吧！」

作為先生，他清楚蔡羽的能力，如果不出意外，蔡羽一定能榜上有名，就看名次了！

聽了虞世清的話，村民叫起好來。蔡大戶絕對有錢請最好的班子的！

有村民開心地唱起了歌謠。「生娃喊一腔，迷了八道崗；男人不下地，女人不燒湯。」

生娃是南陽梆子的旦角王春生，生得俊俏，唱得也好，在南陽縣可是大大有名。

有村民更愛聽越調，用更高的聲音唱了起來。「捨得爹、捨得媽，捨不得彩娃的《打燈花》；捨得爹、捨得娘，捨不得彩娃的《三開膛》。」

彩娃是越調班子的旦角李彩娃，在南陽縣很受歡迎。

胡老娘聽了，插腰笑道：「你們在虞先生家門口唱什麼？去蔡大戶門口唱去！咱們蔡家莊，也只有蔡大戶能請得起王春生、李彩娃了。」

眾人一呼百應，浩浩蕩蕩往東去了。

青芷和鍾佳霖立在大門口，見片刻間大門前聚集的人都散了，不由笑了起來，齊齊向胡老娘行禮。「多謝胡奶奶。」

胡老娘笑道：「自家人，何必客氣。」

如今她的外孫何寶來也在虞世清的學堂讀書，自然要好好和虞家人相處了。

十天時間很快就過去，青芷一家人留下春燕看家，提前一天雇了馬車進城去了。

晚上，青芷洗了澡出來，見鍾佳霖的東廂房還亮著燈，便走了過去，隔著窗子道：「哥哥，你還沒睡？」

窗子從裡面推開，鍾佳霖站在窗內，微笑道：「我在看書呢。」卻忍不住問青芷。「青芷，明日我若是落榜了，妳會不會……失望？」

青芷笑了起來，道：「哥哥，你一定能考上的。」

她趴在窗臺上。「即使沒考上，你又真的想走科舉之路，咱們就好好攢錢，到時候進京捐納個監生，你還能參加鄉試。」

在大宋，要想做官有三條路——監生、科舉和薦舉，這三條路都是入仕做官的重要途徑。而未曾考上秀才、繳納銀子取得鄉試應試資格的人，被稱為監生。

鍾佳霖還沒想過捐納做監生這條路，呆了呆，接著笑了起來。

他握住青芷的手，柔聲道：「青芷，多謝。」

多謝妳為我付出那麼多，我都記在心裡，永世難忘……

第二天一大早，韓氏在家裡操持，虞世清帶了鍾佳霖和青芷一起去縣衙看榜。

縣衙外張貼榜文的那面牆前全是看榜的人，吵吵嚷嚷，熱鬧得很。

鍾佳霖他們過去的時候，恰好聽到了蔡福狂喜的聲音。「大郎，你上榜了！上榜了！第八名！第八名呀！」

蔡羽站在人群邊，正在笑，忽然被人一拉，扭頭一看，見是青芷和鍾佳霖，不由咧嘴一笑，忙道：「再看看佳霖和李真。」

蔡福在裡面擠來擠去，踮著腳尖，終於看到李真的名字。「李真，二十九名！倒數第二。」

這次總共錄取三十人，二十九名可不就是倒數第二？

李真聽了，簡直是啼笑皆非。

蔡羽忙道：「還有佳霖，快一些！」

蔡福身子往後仰，直接從第一個開始看。

看到高居榜首的「鍾佳霖」三個字，他高興得叫起來。「鍾小哥第一名！縣案首！高居榜首！」

青芷聞言，一下子跳了起來，一把抱住了鍾佳霖。「哥哥，太好了！」

她急著往後找虞世清，眼睛裡笑出了眼淚。「爹爹，哥哥是第一名！」

虞世清站在外面，也開心地笑了。

這時候，人漸漸都擠了過來，鍾佳霖怕別人擠著青芷，摟著青芷往外走出去。

青芷是第一次被他這樣抱著走，一下子懵了，大腦一片空白，心怦怦直跳，似乎要從胸腔裡跳出來了。

她把臉貼在鍾佳霖的胸膛上，聽著他的心跳聲。

哥哥的心跳平穩而清晰，堅定有力……

青芷躁動的心一下子穩了，什麼也不想，心裡卻滿溢著溫暖和幸福。

鍾佳霖摟著青芷側身走出人群，這才把她放開。

青芷站穩之後，笑咪咪地看著鍾佳霖。「哥哥，恭喜！」

鍾佳霖眼中含笑，抬手揪了揪她頭上的丫髻，輕輕道：「嗯，我們一起繼續往前走。」

青芷正要說話，蔡羽也從人群裡擠了出來，見鍾佳霖和青芷站在這裡，忙也過來了。

「佳霖、青芷，明天晚上我家請了春生班去村裡唱戲，到時候我讓人在前面給你們留好位置，咱們一起看。」

鍾佳霖笑著答應了。青芷也笑道：「我娘一定很開心。」

蔡羽忙道：「放心吧，我和我姊姊說一聲，讓她在女眷那邊留兩個位置。」

青芷笑了，伸出三根指頭晃啊晃。「還有春燕呢，留三個位置吧！」

蔡羽笑著點點頭。

虞世清見女兒在這邊，便也踱了過來。今日三個弟子縣試榜上有名，他可真是大大有面子，臉上的笑都沒停過。

這時，李真也過來了。

蔡羽左邊攬著鍾佳霖，右邊抓著李真，三人齊齊過來，端端正正給虞世清行了個禮。

「多謝先生。」

虞世清心滿意足地看著三個得意弟子，笑道：「你們三個，以後可要繼續努力！嗯，明日再歇一天，後日開始上課。」

蔡羽三人齊齊答了聲「是」。

因韓氏急著回蔡家莊看春生班的戲，青芷一家人當天就趕回了蔡家莊。

春燕正有些寂寞，見青芷回來，便圍著她嘰嘰喳喳說個不停。「姑娘，戲臺子已經搭好了，就在蔡家大門外面的空地上，蔡大姑娘已經派了篆兒過來請您和大娘了。」又道：「姑娘，我偷偷去看過王春生了，呀，真好看，眉毛黑黑的，眼睛亮亮的，嘴唇紅紅的。」

青芷聽得直笑。「春燕，放心吧，我和蔡羽說了，讓他家給咱們留三個女眷坐的好位子，我娘、妳和我，咱們三個都有份。」

春燕聽了，歡喜道：「我先去做晚飯，咱們早些吃了，早些過去。」

虞世清和鍾佳霖坐在院子裡喝茶說話，見韓氏和春燕因為王春生要來唱戲，都高興得不得了，就連青芷也一直笑盈盈的，不由都笑了起來。

虞世清端起茶盞飲了一口。「女人啊，還是膚淺，男子略微長得好一點，就喜歡得不得了。哼，惹我生氣，今晚還就不讓她們去看戲了。」

鍾佳霖微笑。「先生，青芷她們一年到頭操持家務，忙個不停，難得休息，就讓她們開心開心吧！」

青芷正端了一壺茶過來，聞言，笑盈盈地道：「哥哥，你真好。」

她記得前世，因為她喜歡聽南陽梆子，哥哥特地組了個南陽梆子窩班送給她，其中就有王春生……

想到這裡，她笑容更甜美，先給鍾佳霖添了茶。「哥哥，晚飯想吃什麼？我去給你做。」

鍾佳霖微笑。「妳做什麼，我就吃什麼。」

凡是青芷做的，他都喜歡吃。

青芷想起鍾佳霖愛吃她做的青椒爆炒雞，便道：「那我做一道青椒爆炒雞。」

虞世清有些吃醋，悻悻地道：「我最討厭吃雞了，不要做青椒爆炒雞。」

青芷才不理會，徑直往灶屋走。「春燕，咱們去學堂逮隻雞回來。」

韓氏和鍾佳霖見青芷故意和虞世清作對，都笑了起來，一時間，院子裡充滿歡聲笑語。

見青芷要去學堂的雞圈裡捉雞回來做青椒爆炒雞，鍾佳霖笑著起身道：「我去吧，我正好把昭玉帶回來。」

韓昭玉的臨帖沒完成，被虞世清罰著在學堂臨帖呢！

青芷便道：「那我在家等著。」

鍾佳霖一離開，青芷笑著對韓氏說道：「娘，我和春燕在家做晚飯，您去看看戲臺子搭得怎麼樣了吧！」

其實春燕說過了，戲臺子已經搭好，就在蔡大戶家大門外面的空地上，只是青芷知道母親難得有這樣的機會可以放鬆和休息，有意讓母親出去逛逛。

韓氏一聽，喜孜孜地看向虞世清。「青芷她爹，那我約了春梅的娘一起去看看？」

虞世清懶得理會，道：「去吧去吧！」說完他自己進屋溫書去了。明年鄉試在即，他可得好好溫書。

韓氏和春梅的娘方氏終於看到了在後臺的王春生，心滿意足地回家吃晚飯。

一進家門，韓氏就歡天喜地道：「村人都說了，請戲班子的銀子由蔡大戶家出，戲班子的飯就由各家各戶輪著管，我已經報上名，明天晚上戲班子有四個人回來咱們家吃飯，其中就有王春生。」

天已經黑透，可是蔡家大門外的麥場上卻燈火通明，熱鬧非凡。

麥場的東南角搭起了一個又高又大的戲臺子，帷幕全部用桐油油過的紅布製成，戲臺子的四根柱子上，掛著四盞氣死風燈，照得戲臺子上亮堂堂的。

戲臺上鋪著大紅地氈，正中間靠帷幕放著一張桌子、兩張椅子，上面皆搭著繡花罩子。

戲臺旁，樂器師傅們已經坐定，只等著大戲開始。

蔡羽說到做到，果真把最前面的那一排女眷座位給韓氏、青芷和春燕留了三個。她們右手邊是蔡家的女眷，再往右則是荀紅玉一家，位置還算不錯。

鍾佳霖自然挨著青芷坐在最外面的座位上，好防著有人趁亂亂摸。

他提著一個小布袋，裡面盛著晚上在灶灰裡埋的花生，放了半日不熱了，正好焦脆可口。

村裡難得有這樣的娛樂，村民都開心得很，戲臺子前黑壓壓的都是人。

隨著一聲響亮的鐃響，瞬間靜了下來，今晚的大戲《樊梨花征西》開幕了。

青芷左邊是鍾佳霖，右邊是韓氏，安安靜靜坐在那裡，抬眼看著戲臺上演出的大戲。

王春生扮演的樊梨花亮相的那一刻，觀眾歡聲如雷。

青芷靜靜看著。她發現，前世的很多記憶已經模糊，唯有和鍾佳霖有關的卻記得清清楚楚。而這位俊俏的旦角王春生，因為曾經做過鍾佳霖的常隨，如今也被她記了起來。

但一個疑問隨之浮上她心頭——哥哥到底是何時和王春生有來往的？

她前世之所以愛看戲，不過是因為寂寞，如今每日忙個不停，哪裡還會寂寞？

她看向左邊的鍾佳霖，發現他面無表情地平視前方，沒在看戲。原來哥哥也在發呆啊！

前世她曾經讓鍾佳霖陪她看戲，他就是這個樣子，身在這裡，心卻飛了！

想到這裡，青芷心情大好，故意低聲道：「哥哥，我想吃花生。」

鍾佳霖正在想心事，聽到青芷的話，便拿出提前帶來的烤花生，剝一個餵青芷吃。

青芷的眼睛看著戲臺子上的王春生，每當鍾佳霖的手指拈了花生送過來，她就張嘴吃花生，兄妹兩個配合得極為默契。

蔡翠陪著母親荀氏坐在第一排的中間位置，趁人不注意，悄悄看向鍾佳霖，恰巧看到鍾佳霖在餵青芷吃東西。

鍾佳霖溫柔地看著青芷，而青芷則專注地看戲。

看到這幅景象，蔡翠心裡又酸又澀，難受得很。

金姨娘發現了蔡翠的異狀，便順著她的眼神看過去，也看到了鍾佳霖在餵青芷吃東西。

金姨娘輕輕道：「鍾小哥是孤兒出身，因為虞姑娘才有了一個家，自然疼愛妹妹了。」

蔡翠聽了，心裡略微放下了些，視線便轉向戲臺子上。

金姨娘垂目思索，預備尋個機會和荀氏說說這件事。

大姑娘喜歡鍾小哥這窮小子，太太怕是覺得鍾小哥高攀了，認為只要一提親事，鍾小哥一定會答應。

對一般人來說，被富人家的姑娘看上，定會感激，可是鍾小哥卻不像是這樣的人啊！

她憂心忡忡地看向鍾佳霖。

氣死風燈灼亮的燈下，少年清俊溫潤，雖然衣服簡樸，卻氣質出眾，高貴典雅。

這樣的人，怎麼可能會長久居於下塵？

一場《樊梨花征西》唱罷，前排有點身分的女眷都一動不動，一直待村民都散去，這才站起身來，彼此寒暄，預備離開。

蔡翠一抬眼就看到鍾佳霖拿了件寬袖褙子幫青芷穿上，而青芷還兀自和荀紅玉討論。

她心裡一堵，不由自主地走了過去，笑盈盈道：「青芷。」

青芷抬眼見是蔡翠，忙笑道：「翠姊姊。」

鍾佳霖微微頷首，笑了笑，站立一旁，沒有說話。

蔡翠和青芷聊了兩句，便看向鍾佳霖，笑容羞澀。「恭喜鍾小哥考了縣案首。」

鍾佳霖溫聲道：「一時僥倖罷了。」

他看向青芷。「青芷，天有些冷，早些回去歇下吧！」又道：「師母已經和春梅她娘一起走了。」

青芷正和荀紅玉說話，聽他這樣說，忙答應了，和荀紅玉道別，隨著鍾佳霖離去。

蔡翠跟著荀氏和金姨娘走了幾步，忍不住又回頭去看，恰巧看到鍾佳霖伸手揪了揪青芷的丫髻，青芷歪著頭笑。

臨睡前，荀氏正在對鏡卸妝，金姨娘帶了丫鬟在一邊侍候，卻聽到外面傳來蔡翠的聲音。「娘，您還沒睡嗎？」

荀氏笑了，拔下一支赤金鑲嵌紅寶石的簪子，遞給金姨娘。「阿翠，進來吧！」

蔡翠進來後，笑容溫柔，示意丫鬟站在一邊，她和金姨娘一起服侍荀氏卸了簪環，洗漱完畢，才道：「娘，我有話要和您說呢。」

金姨娘見狀，只得和丫鬟一起退下去。

出了堂屋，她也想清楚了。自己一個姨娘，哪裡有資格管大姑娘的閒事？說不定太太和大姑娘還以為她挑撥離間呢！

荀氏見屋子裡只有自己母女二人，便笑道：「阿翠有話要和娘說？」

蔡翠忽然撲進荀氏懷裡，忍不住哭了起來。

荀氏心裡驚訝又難過，一邊撫著女兒顫抖的雙肩，一邊柔聲道：「阿翠，到底怎麼了？」

蔡翠哭了半日，眼睛哭得紅腫，望著荀氏哽咽道：「娘，我想嫁給鍾佳霖。」

第四十六章

荀氏幾乎不敢相信自己的耳朵，眼睛一瞬不瞬地盯著蔡翠。「阿翠，妳說什麼？」

蔡翠看著母親，眼淚撲簌簌又流了下來。「娘，我想嫁給鍾佳霖。」

荀氏胸脯劇烈起伏著，過了一會兒方道：「且不說鍾佳霖比妳小一歲，妳先想想他是什麼出身。」又恨恨道：「一個街頭棄兒，也敢妄想我的女兒！我去找妳爹去！」

蔡翠忙攀住荀氏的雙臂。「娘，是我偷偷喜歡他，鍾佳霖他並不知道。」

荀氏一下子愣了。

蔡翠一邊哭，一邊道：「娘，是我喜歡上他了，他根本就不知道……」

荀氏最疼愛女兒，見她哭得這麼傷心，也有些無措，忙道：「阿翠，你們姊弟的婚事，妳爹剛和我說了，是不讓我插手的。」

蔡翠眼睛一亮。「娘，您陪我去見爹爹，讓爹爹為我作主。」

她知道爹爹欣賞鍾佳霖，有心栽培鍾佳霖，如果去和爹爹說，爹爹一定會同意的！

荀氏瞋了女兒一眼。「妳爹那裡……是咱們婦道人家可以去的嗎？」

蔡翠當即想起來，她爹外書房的院子當真是藏污納垢，她一個姑娘家還是不要去的好，便道：「我讓人去請爹爹。」

荀氏攔住蔡翠。「明日再說吧，今晚妳住我這兒，明早妳爹過來用早飯，我和妳爹說。」

蔡翠見母親不再阻攔，心裡總算好受了些，便乖巧地答應下來。

第二天一大早，蔡振東果真來妻子的院子裡用早飯。

見大女兒也在，他不禁笑了。「阿翠，這麼大了，該嫁人了，怎麼還如此依戀妳娘啊！」

聽蔡振東提到「嫁人」，荀氏忙讓伺候早飯的丫鬟和金姨娘退下，然後直接問蔡振東。「說到阿翠的婚事，你覺得虞家的鍾小哥怎麼樣？」

蔡振東聞言，當即看向坐在一邊的蔡翠。

蔡翠有些害羞，低下頭去。

見女兒這情態，蔡振東明白是女兒自己的意思了，便道：「這事不能這麼急，四月的府試，還有六月的院試，都得考過了才見真章，待我慢慢籌劃。」

見爹爹算是答應了這件事，蔡翠心中歡喜，雙目盈盈，笑著起身道：「謝謝爹爹！」

今日學堂又開始上課，虞世清一早就去學堂了。

他讓學生們先背書，自己帶著蔡羽、鍾佳霖和李真去了屏風後的小書房，鄭重道：「四月就要府試了，你們有什麼打算？」

按照大宋科舉的規矩，通過縣試後要參加由知府主持的府試。府試在四月舉行，連考三場；府試合格後，才有資格參加由學道主持的院試，院試合格後，才是秀才。

鍾佳霖、蔡羽和李真剛通過縣試，只能稱為童生，須得考過府試和院試，才能成為秀才，有資格去參加明年舉行的鄉試。

因此對他們來說，考過縣試只是起點。

鍾佳霖略一沈吟，道：「先生，我想繼續考府試和院試。」

蔡羽早和鍾佳霖商量過了，當下便道：「先生，我和佳霖一樣。」

李真深吸一口氣。「先生，我也去試試吧！」

虞世清笑了起來。「既然如此，從現在到四月府試這期間，你們三個的讀書進度要改一改。來，咱們先來商議商議。」

至於青芷和韓氏，正一起在後院栽種棉花苗。

種好了兩壟棉花苗，韓氏站在地頭，看著春風中隨風搖擺的幼苗，笑道：「別看棉花苗現在小，如今春天陽光好，長得快，等到了夏天，天氣熱起來，會長得更快，到時候就需要打頂了。」

青芷想了想，道：「娘，是不是像給芝麻打頂那樣，免得棉花苗只長葉子不開花結桃？」

韓氏點點頭，道：「說起來，也該種春花生了……種兩壟吧，榨出的油，也夠咱們一家吃一年了。」

忙完回到前院，青芷洗了手，外面就響起溫子淩的聲音。「青芷，是我！給哥哥開門。」

春燕要去開門，青芷笑道：「我去吧！」

有一段時間沒見了，溫子淩似乎長高了些，輪廓更加清晰，也更英俊了。

他依舊打扮得精緻，頭上用青玉簪綰了髻，勒著寶藍泥金抹額，身穿寶藍錦袍，腰圍玉帶，腳下是青芷給他做的清水布襪和細結底陳橋鞋，初春天氣，手裡卻搖著灑金川扇子，笑盈盈走了進來，一副浪蕩公子模樣。

青芷不由笑了。「子淩表哥，你打扮這麼漂亮，是不是看上哪家的姑娘了？」要不然怎麼會一副孔雀開屏模樣？

溫子淩輕搖灑金川扇。「妳哥哥我沒有思春，我來找妳，是要給妳介紹生意。」

青芷聞言，當即熱情萬分，上前拉住溫子淩，笑靨如花。「子淩表哥，什麼生意呀？」

溫子淩抬起下巴，一臉傲慢。「嗯，我肩膀有些痠。」

青芷親親熱熱地把溫子淩安頓在梧桐樹下的椅子上，給他按捏肩膀，口中道：「子淩表哥，這下可以說了吧！」

溫子淩噗哧笑了，道：「過幾日，我和常二官人準備合夥再運一趟瓷器去江南販絲，妳願不願意參加？」

青芷聞言，忙認真地問起來，得知這次溫子淩和常二官人的生意本錢比上次要大得多，便道：「我如今一共能拿出三百兩銀子，我還入股吧！」

溫子淩點點頭，道：「明天上午妳去城南巷一趟，到時候別的股東也在，咱們一起合計。」

青芷忙道：「哥哥，我不用過去，我直接把銀子給你就行。」

她急急去了臥室，抱出一個小匣子出來，還真湊了三百兩銀票給溫子凌。

溫子凌收好銀票，讓張允拎著盒子先放在馬車上，他則給青芷寫了收據。寫好收據，蘸了朱砂摁了手印，溫子凌待上面的墨蹟乾了，才交給青芷收好。「傻妹妹，親是親，帳要清。即使是哥哥，也要寫收據的。」

青芷笑咪咪看著他，一點都不在意。

前世的這時，子凌哥哥已經沒了，如今還能活蹦亂跳在她面前，就是最大的幸福。

溫子凌要出去了，忽然又轉身道：「這次去江南做生意，我預備也跟著常二官人去。」

青芷怔怔地看著溫子凌。即使過了年，他也才十五歲，這就要遠行千里做生意了嗎？

她回過神來，疾步走上前，抓住溫子凌的手臂。「子凌表哥，這樣太危險了。」

溫子凌笑了起來。「青芷，富貴險中求，我不走這一趟，怎麼能把生意門路都蹚開？」

見她依舊怔怔看著自己，清澈的大眼睛裡滿是擔憂，溫子凌心裡暖暖的，伸手摸了摸她的臉頰，柔聲道：「傻妹妹，我來回也就兩個月，二月底走，四月多就回來了，到時候我多給妳帶一些江南的好東西。」

這時，韓氏從灶屋出來，見溫子凌要走，忙道：「子凌，中午家裡要做紅燒魚，你留下用過午飯再走吧！」

溫子凌實在太忙了，笑著道謝。「舅母，我實在是忙，下次吧，等我從江南回來，給您和妹妹送禮物，我再留下用飯。」

韓氏只得和青芷一起送溫子淩出去。

溫子淩上了馬車，又探頭出來，道：「青芷，我四月多就回來，這兩個月，妳多給我做幾雙鞋襪，再給我做個新荷包，等我回來給我。」

青芷答應了一聲，心裡卻空落落的，依偎著韓氏，目送溫子淩的馬車越走越遠，漸漸看不見了。

中午，她提了食盒去學堂送飯，和鍾佳霖說了溫子淩要隨著瓷器船去江南販絲及自己入股的事。

鍾佳霖正陪著她在後院看新長的玫瑰葉片，微一沈吟，道：「青芷，子淩表哥做得對，男子漢要想成長，是得出去走走看看，闖蕩一番。」

青芷抬眼看向鍾佳霖，想起前世的自己執意進了英親王府後，他消失的那段時間。一直到死，她都不知道哥哥在那段時間到底去哪兒了，可是重新回到她身邊的哥哥，確實變得強大起來。

她忍不住輕聲問：「哥哥，你也會遠走高飛嗎？」

見青芷呆呆看著自己，鍾佳霖心中滿是憐惜，抬手輕輕揉了揉她的腦袋，低聲道：「傻瓜。」

他靜靜凝視著正午陽光中的玫瑰苗，聲音平靜，卻帶著堅定之意。「我就算去了天邊，也會帶著妳。」

青芷聞言，胸臆中滿溢著歡喜。「哥哥，真的嗎？」

鍾佳霖睨了她一眼，揪了揪她花苞般的丫髻。「真的。」
對他來說，青芷早是自己的責任，他不會推卸自己的責任。
青芷心安了，很快便轉移話題。「哥哥，今天春生班的王春生和另外三個人輪到咱家用晚飯，娘要包餃子，你們能回來吃嗎？」
鍾佳霖看了青芷一眼，黑泠泠的眼中閃過一絲狡黠。「青芷，我四月就要考府試了，先生讓我留在學堂讀書。」
青芷聞言，忙拉著鍾佳霖的手。「哥哥，我拿了餃子過來，在這邊給你煮了吃。」
鍾佳霖眼中漾著笑意，俊臉卻平靜無波。「妳多拿些，陪我一起吃吧！」
那王春生生得太俊俏，女孩子很容易喜歡他，萬一青芷也被他容色所迷了呢？還是得提前做好防備。
青芷笑盈盈地答應下來。
她帶著春燕忙碌了一下午，終於把後院的玫瑰苗都施了肥。
忙完後院的事，青芷和春燕累得滿身汗地回了前院，發現韓氏居然用了小半天時間把前院拾掇、整理一新，連院子地上鋪的青磚都洗了一遍，還給她們燒了三大鍋熱水！
韓氏眼睛亮晶晶的，臉上的笑都沒消失過。「青芷，王春生要來咱家了，咱們自然要拾掇打扮一番嘛。」
青芷心中覺得好笑。她還沒見過自己親娘有這樣的活力呢！
青芷和春燕洗罷澡出來，發現韓氏已經把麵和好、餃子餡盤好，就等著她們包餃子了。

包了四屜子餃子後，已是夕陽西下，青芷便收拾了一屜子餃子去了學堂。

虞世清剛給學生散了學，正在喝茶歇息，見青芷提了生餃子過來，不由一愣。「不是說回家用晚飯嗎？」

青芷一邊往學堂的灶屋走，一邊道：「爹，今晚輪到咱家管戲班子的飯，王春生要帶著人來咱家吃飯，哥哥要在學堂溫書，我就在學堂給哥哥煮餃子，免得耽誤哥哥的時間。」

虞世清聞言，當即想起韓氏說過今晚王春生要在家裡用飯，忙回家去了。這王春生實在是全南陽縣婦人的夢中情郎，可得小心提防，免得出事。

青芷煮好餃子，又調了辣椒醋碟，才叫鍾佳霖出來吃餃子。

吃罷餃子，鍾佳霖一邊用絲瓜瓤子刷碗，一邊問青芷。「青芷，今晚還去看戲嗎？」

青芷笑道：「今晚要唱《陳妙常私奔》呢，我想去聽。」

鍾佳霖「哦」了聲，道：「我陪妳去吧！」

青芷聞言，先是開心，接著又有些躊躇。哥哥還要讀書呢！

她嘀咕道：「哥哥，你不是還得讀書嗎？」

鍾佳霖微笑。「沒事。」

他從蔡羽那裡借來了南陽縣歷年的府試試題，看罷後，心裡已經有了譜；況且考了縣試第一的縣案首，若是連府試都考不過，也太沒用了！

為了迎接名角王春生，虞家院子裡掛了四盞燈籠，院子裡亮堂堂的，堂屋方桌上還擺著一個玉青瓷花瓶，裡面插著一枝白玉蘭，顯見極為用心。

聽到外面的敲門聲，春燕跑去應門，很快通報道：「先生、娘子，王公子來了。」

虞世清和韓氏忙去迎接。剛走到院子，就看到兩個青衣少年和兩個中年琴師跟著春燕走了進來。

當先的青衣少年生得肌膚白皙晶瑩，眉目如畫，約莫十六、七歲，正是南陽梆子名角王春生。

虞世清還好，韓氏眼睛發亮，笑得合不攏嘴，把王春生四人迎進了堂屋坐下，又忙不迭地上了清茶點心。

王春生進了虞家大門，一雙又黑又亮的眼睛不著痕跡地看了一圈，卻沒看到想要見的那個少年。

他明面上是唱戲的，其實是周靈的暗探，周大人把他派到這南陽縣，為的就是讓他想辦法接近鍾佳霖。

在堂屋坐下後，茶都喝了兩盞，王春生還沒見到人出現，便含笑道：「虞先生，聽說高足這次縣試考了縣案首，怎麼不見人呀？」

虞世清早把韓氏支出去煮餃子了，笑道：「佳霖四月還有府試，他在學堂溫書呢。」

王春生記在心裡，便不再多問。

直到距離晚戲開始還有兩刻鐘的時候，鍾佳霖才帶了青芷往蔡家去。

今晚月色好，透過白楊樹的枝葉照了下來，在地上映下斑斑駁駁的痕跡。

鍾佳霖牽著青芷的手，慢悠悠走在月下的林蔭道上。

青芷腦子裡全是今晚的戲。「哥哥，王春生扮演的陳妙常最好看了。」

前世今生，她看了不少和陳妙常有關的戲，不管是《玉簪記》還是《張於湖誤宿女貞觀》，裡面陳妙常的扮相都比不上王春生在《陳妙常私奔》中的扮相。

鍾佳霖握著她的手，眼睛直視前方，只是「嗯」了一聲。

青芷悄悄瞅了他一眼，試探地問道：「哥哥，你認識王春生嗎？」

鍾佳霖依舊波瀾不驚。「以前曾經聽說過，倒是沒見過。」

青芷問了好幾句，發現鍾佳霖果真像是不認識王春生的樣子，她怕鍾佳霖生疑，便不再多問。

兄妹倆趕到的時候，晚戲還沒開始，第一排給他們留的位子還空著。

蔡羽今晚也來了，位子就在青芷後面。見鍾佳霖和青芷到了，他笑著朗聲道：「佳霖，青芷，你們終於來了。」

王春生剛妝扮完畢，在後臺候場，聽到前面的聲音，當下撩起帷幕看了過去，恰巧看到立在燈下和人說話的鍾佳霖。

他不認識鍾佳霖，可是看著對方清俊的眉眼，王春生立時明白了，為何周靈會讓他過來。

原來鍾佳霖生得和陛下這樣相像……

這時候，蔡翎去後臺玩，見穿著緇衣做尼姑打扮的「陳妙常」立在那裡，他也湊了過去。

知道「陳妙常」是在看鍾佳霖，蔡翎笑了起來，道：「第一排最東邊站著和我哥哥說話的那個小白臉，就是這次考了縣案首的鍾佳霖。」

王春生笑了笑，自顧自走開了。

臺下，蔡翠看見弟弟立在那裡和鍾佳霖說話，而青芷已經在鍾佳霖右邊的位子坐下，心裡一動，便起身走過去，笑著與挨著青芷坐的韓氏見了禮，低聲道：「師母，我娘在那邊坐著，她難得見您一面，想和您聊聊天呢！」

韓氏抬眼看了看，正好看到了和金姨娘說話的荀氏，忙笑著答應了，起身走了過去，和荀氏及金姨娘攀談起來。

蔡翠順勢在青芷身旁坐下來。

青芷見蔡翠挨著自己，不由笑了起來，低聲道：「翠姊姊、紅玉，咱們三個坐在一起正方便聊天，實在太好了。」

蔡翠點點頭，眼睛忍不住看向鍾佳霖。

鍾佳霖見戲快要開演，便在蔡羽肩頭輕拍了下。「坐下吧，戲快開始了。」

剛坐下，就聽一聲鐃響，《陳妙常私奔》開演了。

青芷見鍾佳霖坐下，便專心地看起戲來。

第一場戲是「落第進庵」，一開始便是落第書生潘必正的唱詞。清秀的書生瘦伶伶地站在舞臺上，頗有蕭瑟悲涼之感，唱詞也滿是前路茫茫的寂寞——

「秋江河下水悠悠，飄萍落葉有誰收。
下第無顏回故里，不知何處可藏羞。
久別姑母少問候，今日下第去相投，
借居讀書消長晝，來科再去把名求。」
到了第二場送經，穿著緇衣的陳妙常拿著經卷，在那裡踟躕徘徊，曼聲唱道：
「在房中取出了這部經卷，來到此卻為何躊躇不前？
為什麼心兒跳羞紅了臉，好端端因何故進退兩難？」
聽到這裡，蔡翠不由自主看向鍾佳霖，卻見他坐在那裡，卻似在發呆，明顯在想心事。
可饒是在發呆，卻依舊清俊好看，不似凡俗之人。
蔡翠心跳得有些快，一時看呆了。
坐在中間的青芷根本沒注意到這些，正沈浸在南陽梆子戲裡，嘴唇翕動，低低地跟著陳妙常唱著——
「承蒙相公來動問，不堪回首憶前塵。
……
金兵南侵東京陷，離鄉背井來投親。
母女途中被沖散，剩我孤身只一人。
舉目無親何處奔？無奈何呀，無奈我投身入空門。
白雲庵學禪三年整，常伴青燈到如今。」

唱著唱著，眼睛濕潤了。

這齣《陳妙常私奔》的背景便是前宋，而她則生活在後宋。

在前宋國破家亡的背景下，陳妙常能夠遁入空門，其實已經夠幸運了，不知道多少女子喪生在那場戰爭中……

鍾佳霖正在想自己的心事，察覺青芷的異狀，忙湊近她，低聲道：「青芷，怎麼了？」

青芷一顆心被悲涼浸潤，聽到鍾佳霖的聲音，這才恢復了些，低聲道：「我看戲時想到了前宋的覆亡，如今咱們新宋建朝已經百年，越來越像覆滅前的前宋了……」

鍾佳霖剛才想的也是這個問題。

他由溫子淩前往江南經商，想到了如今大宋商業發達，透過海外貿易，大量白銀湧入，卻未必是好事。

他悄悄握住青芷有些涼的手，低聲道：「沒事，有我呢。」

他一定要繼續努力，令自己的才華顯露出來，讓他生父的親信看到！

而蔡翠一直在偷看鍾佳霖。

看到他握著青芷的手柔聲撫慰的一剎那，她的心如同被浸入醋汁般，又疼、又酸、又澀，難受極了。

原來，鍾佳霖對青芷是不同的……

再看青芷，蔡翠的眼神已經沒了先前的溫和。

第四十七章

為了慶祝蔡羽縣試榜上有名，蔡家請春生班唱了三天的戲。

三天之後，春生班在天剛亮就收拾好了大車小車，預備回南陽縣城去了。

鍾佳霖習慣了早起，洗漱罷便去了後院。

他先從井裡挑水，把青芷種的玫瑰苗和薄荷苗都澆一遍，然後又割了嫩草，剁碎了撒在雞圈裡餵雞。忙完這些，他又端起水把前院灑了一遍。

這些活都是做慣的，做活的時候，他一邊在心裡背誦著《易經》。背完《易經》，鍾佳霖正要去掃院子，卻發現兩個青衣少年正拿著掃帚在清掃院子。

他立在那裡，打量著兩個少年。

兩個青衣少年都是十六、七歲模樣，其中一個生得肌膚白皙晶瑩，眉目如畫，正是南陽梆子名角王春生；另一個生得斯文俊秀，正是唱潘必正的生角王春雨。

王春生和王春雨知道鍾佳霖在打量自己，卻專心致志地清掃著院子，一直等到院子清掃乾淨，他們才放好掃帚，齊齊走到鍾佳霖面前，拱手行禮。「小人王春生（雨），情願寫紙投身文書，投靠公子，供公子驅遣，求公子收留。」

鍾佳霖打量著他們，淡淡道：「是誰讓你們來的？」

王春雨看向王春生。

王春生點點頭，恭謹行禮。「啟稟公子，小的兄弟是周靈周大人的家童，周大人事務繁忙，命我兄弟來服侍大人。」

鍾佳霖沒說話，一雙清泠泠的眼睛只是看著王氏兄弟。

王春生忙從袖袋裡掏出一紙文書。「公子請看。」

戲班子離開了，蔡家也消停了，開始處理家裡的事務。

這日上午，荀氏坐在正房堂屋裡，見家裡的管事。

如今二月底了，該春種了，趁今日有空，她打算把這些事都處理。

蔡翠帶著篆兒過去的時候，荀氏正在吩咐管事。「咱家的桃林和瓜園不是用來賣錢的，而是給縣裡和州裡的官員送禮的，不用那些亂七八糟的肥料，就上豆餅。上了豆餅的桃子和西瓜，比別人家的要甜得多……」

見母親吩咐的正是管桃林和瓜園的管事，蔡翠便在荀氏身旁坐下來，道：「娘，一向不是忠貴叔照看桃林和瓜園嗎？他既然照管得好，為何不讓他接著照管？」

蔡忠貴如今在城裡替虞家看宅子，她要透過把蔡忠貴叫回來，讓鍾佳霖主動來求自己！

荀氏笑了，端起一盞茶遞給女兒，溫聲道：「蔡忠貴被虞家借去看城裡的宅子，一時半會兒回不來。」

蔡翠擺弄著手裡的茶盞，垂下眼簾道：「可是咱家的桃林和瓜園更重要啊！爹不是說去年州裡的王大人就說了，想要吃咱家的水蜜桃和西瓜嗎？」

荀氏聞言想了想，道：「既然如此……算了吧，虞家的宅子，讓他們自家找人看著去，咱家的蔡忠貴還是讓他回來吧！」

她抬頭看向桃林和瓜園的管事。「你去和虞家說一聲，叫蔡忠貴回來吧！」

青芷這幾日都在打探哪裡有合適的桃花，帶著春燕在外面轉了半日，終於在蔡家莊北邊的董營找到了一片合適的桃林。

這塊桃林花開得紅豔豔的，色澤比一般桃花要深得多，而且香氣濃郁，是做桃花香膏的上好原料。

最妙的是，這片桃林的主人董大戶當年買桃樹苗的時候上了當，結了桃子才發現全是不能吃的毛桃，而不是賣家宣稱的五月鮮桃；可是種了整整十畝地的桃樹，真要把整個桃林砍掉的話又有些捨不得，一來二去就留了下來。

青芷去見桃林的主人董大戶，和對方簽了契書，今年和明年桃林的桃花都歸她，主人負責維護和請人採摘，青芷則一年付十五兩銀子給董大戶。

因為董營距離蔡家莊不過五、六里地，因此青芷和春燕也沒有雇馬車，直接步行回家。

此時已是傍晚，韓氏正在院子裡收晾曬的被褥和棉衣，見青芷回來，忙去端了提前準備好的菊花茶出來，一人一碗。

待青芷喝了一碗茶，韓氏才把蔡家派人過來，想要回蔡忠貴的事告訴她。

青芷聽了，覺得蔡家這樣很正常。原本她向蔡家借人的時候就說了是借用，人家要用人，自然要還回去。

只是一時找不到合適的人看宅子，她不禁有些發愁。城裡的宅子，不能沒人看著啊！爹爹還要在學堂教書，哥哥還要準備四月的府試，娘要照管家裡，她和春燕兩個小姑娘獨居不安全……

其實她給蔡忠貴開的月銀是一兩銀子，在村子裡另雇一個人也是可以的，只是得保證這個人老實忠厚又負責任。

她家一、兩個月才進一趟城，萬一雇的人不妥當，誰知道會出什麼事……

韓氏見青芷不說話，兀自想心事，不禁有些心疼，忙道：「青芷，別想了，晚上等妳爹和佳霖回來，和他們好好商量商量再說。」

女兒才幾歲，就擔負起太多責任，她這做娘的自然憐惜心疼。

天黑沒多久，虞世清就帶著鍾佳霖回來了，一家人熱熱鬧鬧地圍坐在梧桐樹下吃晚飯。吃罷晚飯，一家人聚在樹下喝茶，閒話家常。

青芷便把蔡家要叫蔡忠貴回去的事情說了，然後道：「咱們得快些雇一個人去城裡看宅子了。」

鍾佳霖這時道：「我倒是有個法子，大家商量一下吧！」

青芷忙看向鍾佳霖。「哥哥，你快說吧！」

鍾佳霖沈吟了下，道：「這幾日有兩個小廝拿了投身文書來投靠我，我見他們還算勤謹，就收了下來。如果城裡宅子需要人看著，倒是可以讓他們先過去。」

青芷笑道：「就這麼辦吧！哥哥，他們在哪兒？如今蔡家催著讓蔡忠貴回去呢！」

鍾佳霖微微一笑，道：「我讓他們明早就帶了鑰匙過去替換蔡忠貴。」

這件事情解決了，大家都鬆了一口氣。

青芷端起茶喝了幾口，道：「欸，這件事解決了，我可要接著去忙我的事情了。」

鍾佳霖看向青芷，眼中帶著疑問——她一般出門都是和他一起的。

青芷會意，道：「哥哥，我已經找到了合適的桃花，還得找適合做香膏的海棠花，你先忙你的事吧，我帶著春燕去忙就行。」

對她來說，鍾佳霖接下來的府試更重要，可不能耽誤他讀書備考。

鍾佳霖想了想，輕聲與她道：「來投身的那兩個小廝，到時候可以一個留在城裡看宅子，另一個在學堂伺候，妳若是出去，就讓他跟著。」

他其實有些猶豫，春雨和春生兩人都生得好，讓他們跟著青芷，總是不太放心……

但青芷笑著答應下來。

鍾佳霖略一思索，低聲把兩個小廝的身分說了出來。

得知來投靠鍾佳霖的小廝正是南陽縣的名角王春生和王春雨，青芷一下子呆住了。「哥哥，這……這是怎麼回事啊？」

前世的未解之謎，這一世還提前了近十年出現！到底是怎麼回事？她覺得自己都快被繞暈了！

見青芷瞪圓了眼睛看著自己，看著可愛至極，鍾佳霖柔聲解釋道：「是有人派他們來我身邊伺候的，妳需要用就儘管使喚他們，咱們不用給他們月銀。」

青芷低聲道：「哥哥，不是月銀，我只是奇怪，到底是什麼人派他們來伺候你？」

前生也是，她喜歡看南陽梆子，哥哥就組了個南陽梆子班子送到王府，其中就有王春生和王春雨哥兒倆。只是那時候的她太傻，一心戀著趙瑜，日日都在王府內宅用心，無心理會戲班子，一年不過聽一、兩回戲，王春生和王春雨大部分時間還是跟著哥哥。

重生之後，她才發現，關於哥哥，自己實在知道得太少……

怕虞世清和韓氏懷疑，鍾佳霖拿了杓子盛了兩碗冰糖雪梨水，給了青芷一碗，自己端了一碗。

兩人一起出去了，他才低聲道：「以後哥哥都會告訴妳。」

關於這些事，關於他的身世，他並非不知情……他早知道父親並不是自己的親生父親，而是親舅舅，但自己的身世卻說不得，只得將他當成外室的兒子帶回鍾家，引得繼母誤會，最後導致自己流落到這裡……但這一切都太複雜，他不想青芷知道了擔心自己。

他只希望青芷一生平安喜樂，輕鬆適意。

午睡起來，蔡翠去了母親荀氏住的正房。

正值春耕，荀氏一直在處理瑣事。蔡翠今年都十六歲，眼看就要出嫁做主母了，自然得學習如何管家，因此這幾日都要在正房待著。

蔡翠正結算羊山南麓桂園的肥料錢，篆兒進來道：「太太、大姑娘，虞秀才娘子和荀家舅太太來了。」

荀氏聽說是兒子的師母和自己的弟妹來了，忙道：「快請進來吧。」

韓氏很少來蔡家大宅，不免有些縮手縮腳，好在紅玉娘常來，給她壯了不少膽。

她主動提出要來蔡家道謝，蔡家讓蔡忠貴去城裡幫忙看宅子，真是幫了虞家不少忙，於情於理都該來謝的。

另外鍾佳霖的小廝已經去了城裡的宅子，蔡忠貴就要回來了，她也得把事情說清楚，因此韓氏帶了盒果酥點心隨著紅玉的娘來了。

蔡翠坐在一邊聽著，臉上笑容恬淡，溫柔和煦，心裡卻是恨極，藏在粉色繡花窄袖褙子衣袖內的雙手緊握成拳，恨不能掐死青芷。

她一直在等著鍾佳霖來求自己，誰知道青芷寧願花銀子雇人看宅子，都不願鍾佳霖來見她！

荀氏笑著陪韓氏聊了一會兒，得知韓氏之所以過來，是因為青芷帶了丫鬟春燕去十八里崗找海棠花了，便道：「妳家青芷可真能幹呀，妳可真有福，我們都不如妳。」

她的女兒可是要做大家太太的，怎麼可能像虞青芷一樣拋頭露面！

韓氏忙謙遜了幾句。

得知青芷帶著丫鬟去了十八里崗，蔡翠心裡立時有了一個主意。

紅玉的娘發現荀氏屋裡的家具都是嶄新的，忙問道：「姑奶奶，妳屋子裡原先的家具剛用了兩年，怎麼都換新的了？」

荀氏在韓氏和娘家弟妹面前不免有些炫耀之意，得意洋洋道：「以前的家具是雞翅木的，我不喜歡，如今換的全是上好的儋州黃花梨，可是貴得很呢。」

她笑著瞅了韓氏一眼，道：「單是這套黃花梨木家具，就能買下虞秀才家在城裡的那個宅子了。」

紅玉的娘聽了，忙笑著奉承起來；韓氏羞澀地笑了笑，倒也沒說什麼。

蔡家太富貴了，韓氏是簡樸慣的人，都快看花眼了。荀氏和蔡翠母女兩個滿身綾羅綢緞不說，還堆了滿頭珠翠，真是金光閃閃啊！

送走紅玉的娘和韓氏，蔡翠回到自己院子，讓篆兒去叫了蔡振東書房的小廝秀童過來，背著人，拿了兩個五兩重的銀錁子給秀童，又細細交代了好幾句。

秀童最是好事不過，聞言當即道：「大姑娘，放心吧，這件事交給小的，小的一定辦得妥妥當當！」

蔡翠伸手用銀釬子撥了撥紫金香爐裡的香料，淡淡道：「你若是敢洩漏一句出去，你老娘可在蔡家呢……」

秀童的老娘就在她的院子裡漿洗衣物。

秀童眼睛眯了眯，然後燦爛地笑起來，道：「大姑娘，小的嘴巴嚴實著呢！」

有人給青芷介紹了十八里崗的海棠花，她急著過去看看，可是鍾佳霖的小廝一時還沒從南陽城裡趕過來，她想著十八里崗就在蔡家莊的東北方，並不算遠，便不再等待，帶著春燕步行去了。

到了十八里崗，果真看到整個園子的海棠花，鋪天蓋地，花團錦簇，美不勝收。

青芷見了園子的主人，麻利地把生意談了下來，約定好送貨上門的日期，簽下契書，交了訂銀，便帶著春燕往蔡家莊走去。

這時已是夕陽西下時分。

從蔡家莊往東北走，全是高低起伏的丘陵，沿著路從最高處走下來，道路兩旁就變成了無邊無際的竹林。

秀童帶了兩個別村的閒漢鑽進竹林裡，蹲在那裡等著主僕倆到來。

竹林中，地上軟綿綿的，秀童乾脆坐在地上，低聲道：「等一會兒人過來了，我說蒙臉，你們就都蒙上臉，然後衝出去！也不用做別的，在那女子臉上親幾下，撕了她的衣裙，抓亂她的頭髮，也就行了。」

大姑娘的吩咐是毀了虞青芷的名聲，這個法子倒是好。

那兩個閒漢大馬金刀地坐在地上，嘴裡叼著竹葉，滿不在乎地答應下來。不就是欺負個姑娘嗎？這事他們會！

眼看著太陽快要落山，前面就要進入一大片竹林，青芷當下就拉著春燕四處張望。

春燕看了看西邊，忙道：「姑娘，咱們趕緊走吧，天都要黑了。」

青芷笑道：「再等等吧！」

這條道路連接了附近幾個村，如今正是春種的忙碌時節，來往的人和車馬一定很多。即使沒有，那她就去投奔旁邊那個叫鬼溝的村子，她記得鬼溝學堂的先生也是她爹的昔日同窗，收留她們一會兒總是可以的。

青芷正搭了手往東北方看，恰巧看到一輛牛車過來，不由笑了。「那邊來了輛牛車！」

春燕開心得跳起來。「呀，太好了！」

牛車「吱吱呀呀」趕了過來，隨之而來的卻是撲鼻的雞糞味——原來是一輛拉雞糞的車！

趕車的是老兩口，兩人都在前面坐著。

青芷深吸一口氣，抬手揉了揉臉，醞釀出最可愛甜蜜的笑，往路中間走了兩步，招手叫停了牛車，笑咪咪道：「大伯、大娘，我們要去前面的蔡家莊，能不能在你們車上坐一會兒？」

那大伯長得又黑又瘦，皺紋深刻，拿著鞭子不說話，顯見都聽老婆的。

那大娘圓臉長眉，頗為慈眉善目，她看看夕陽中美麗可愛的小姑娘，再看看自己拉雞糞的板車，躊躇道：「小姑娘，我們這車拉的是雞糞……」

青芷笑道：「沒事沒事，我也養了好些雞，聞慣了這個味道！」

那大娘還挺不好意思的，道：「如果不嫌棄，妳們就上來吧！」

青芷笑咪咪地道謝，爬上牛車，就坐在那位大娘背後的空位上。春燕見她都上去了，也不管不顧地上了車。

在濃厚的雞糞味道中，牛車轆轆而行，緩緩進入了竹林。

青芷坐在大娘身後，衣袖裡藏著姜秀珍送的那把梅花簪子形狀的匕首，含笑與大娘攀談。「大娘，你們是哪個村子的？」

大娘笑道：「我們是大姜的。」

大姜也是一個村子，就是蔡家莊的西邊。

青芷忙道：「真是太巧了，我們是蔡家莊的。」

她一路攀談，牛車在竹林間行駛著，艱難地向坡上攀爬。

這時候，天色越發暗了下來。

秀童帶著兩個閒漢往外走了兩步，藏在竹林邊緣。

牛車的聲音傳了過來，秀童探頭一看，發現一輛牛車駛了過來，坐在車前的不是虞青芷還是誰？

他當下心一凜，忙低聲道：「就是前面那個大眼睛小姑娘，你們快上！」

其中一個閒漢看了看，有些遲疑。「秀童哥，怕是不行啊，牛車上四個人呢。」

秀童一時也有些猶豫。

夕照一點點退去，林中越來越暗，牛車向前行駛著，艱難地爬著陡坡。

青芷坐在那裡，一邊同大娘攀談，一邊機警地看著兩邊的竹林。

秀童見天色越來越暗，腦海裡浮現出大姑娘的臉，頓時惡從膽邊起，低聲道：「蒙上臉！咱們現在就追上去！事成之後，一人五兩銀子。」

兩個閒漢一聽到五兩銀子，渾身就充滿了勁。不就是侮辱一個小姑娘嗎？當即掏出黑布巾蒙上臉，預備隨著秀童衝出去。

暮色籠罩了竹林，再遠一些的道路已經看不清了，只有兩邊的竹林在晚風中颯颯作響，越發有些嚇人。

青芷心中越發警惕起來，握緊手裡的匕首，問道：「大娘，太陽落山了呀，你們怎麼走這麼晚？」

大娘笑了起來。「我們是給村裡大戶拉肥田用的雞糞，一天跑五趟，恰巧從早拉到晚，哪裡怕黑呀！」這位大娘正說著話，對面忽然響起一片馬蹄聲。

馬蹄聲越來越近，身後則響起一陣急促的腳步聲。

春燕正有些害怕，渾身發冷。

青芷伸手過來，緊握住春燕冰涼的手，低聲道：「別怕，有我呢。」

這次是她疏忽了，不過事情既然已經發生，那就勇敢地面對吧！

兩騎越來越近，速度也慢了下來，青芷定睛一看，其中一個是鍾佳霖，一個是蔡羽，不禁笑了起來，一下子從牛車上站起來。「哥哥、蔡大哥！」

鍾佳霖看到好端端的青芷，當即從馬上跳下來，打算伸手去抱青芷。

趕車的大伯見狀，也把牛車停下來。

青芷心中的歡喜無以言表，當即跳下牛車，撲進鍾佳霖的懷抱。「哥哥……」

鍾佳霖的心終於放回了原位。他用力抱了抱青芷，把她輕輕放在地上。

第四十八章

蔡羽下了馬。

鍾佳霖看向他，低聲道：「蔡羽，我在這裡陪著她們，你去東邊看看，注意安全。」

他和蔡羽一過來，後面追來的人就消失了，也沒有聽見逃走的聲音，那些人一定還在竹林中。

蔡羽點點頭，把馬韁繩遞給鍾佳霖，自己向東走了一段距離，尋找剛才追過來的那幾人。

四周靜悄悄的，那幾人卻憑空消失了一般。

蔡羽停下腳步，閉上眼睛聽著四周的聲息，忽然猛地轉身，如豹子一般地躥進南邊的竹林。

藏在竹林裡的秀童見狀，一馬當先向前狂奔。

而那兩個閒漢到底比他大幾歲，很快就超越了他。

秀童早認出蔡羽了，嚇得渾身顫抖，哆哆嗦嗦地跑著。

蔡羽飛起一腳，踹倒跑在最後的那個蒙面人，上前一步，一腳踏了上去，然後拽下了那人蒙面的黑布巾。

幽暗的竹林間，蔡羽愣在那裡。

秀童渾身冒汗，臉色蒼白，聲音顫抖。「大……大公子……」

蔡羽低聲道：「說！」

秀童當即道：「大公子，是……是大姑娘吩咐小……小的，讓小的嚇……嚇嚇虞姑娘……」

他趴在地上，右手顫抖著從懷裡掏出兩錠銀錁子讓蔡羽看。「大公子，你看，這是大姑娘給的酬金……」

蔡羽心裡一沈，正要說話，外面傳來鍾佳霖的聲音。「阿羽，有什麼發現沒有？」

秀童聽了，渾身顫慄起來，牙齒咯咯直響。「大公子……大……大姑娘她……」

蔡羽心中恨極，踩在秀童背上的腳用力踞了一下，起身出了竹林，口中道：「賊人已經跑了，沒有追上。」

這時候，夜幕已經徹底降臨。

鍾佳霖拿出些碎銀子給了大伯、大娘，又鄭重地謝了他們。

回到學堂，蔡羽大約是有事，牽著兩匹馬急急地離開了。

青芷一直好奇，鍾佳霖到底為何會來接自己？可是看著鍾佳霖面無表情的俊臉，不由一陣心虛，忙乖乖地跟著他進了學堂院子。

學堂內燈火通明，有人正在灶屋裡忙碌，見他們過來，忙出來迎接。「見過公子。」又端端正正給青芷行了個禮。「見過大姑娘。」

青芷大眼睛裡滿是好奇，打量著這個清清爽爽的青衣小廝。名旦王春生居然真的來做哥哥的親隨了！

鍾佳霖看了她一眼，到底還是怕青芷被王春生那張臉給蠱惑，伸手拉住青芷的手，徑直進了自己住的西廂房。

春燕頗有眼色，沒有跟進來，而是留在院子裡，好奇地打量著王春生，滿心的話，想問卻又不敢問。

王春生是被人看慣的，根本不在意，自顧自在灶屋忙碌著。

如今王春雨留在城裡看宅子，王春生則在蔡家莊服侍鍾佳霖。

鍾佳霖讓他住在正房的西耳房，他已經把房間收拾出來，這會兒正好在灶屋把家裡送來的晚飯熱一熱。

青芷乖巧地在凳子上坐下，雙臂放在書案上，一雙清澈的眼睛看著鍾佳霖，簡直是乖得不得了。

看著這樣如小狗般的青芷，鍾佳霖一顆心頓時軟了下來。

他在青芷旁邊坐下，低聲道：「青芷，我之前是怎麼和妳說的？」

青芷低下頭，低低道：「哥哥讓我等著小廝來到，帶著小廝一起去……」

鍾佳霖凝視著她，俊臉依舊板著。「那妳怎麼不聽我的話？」

青芷低下頭。「哥哥，我錯了……我再也不這樣了……下次我再出門，一定和哥哥商議，聽哥哥的話。」

這次確實是自己的錯，這一陣子過得太順，她實在太大意了。

鍾佳霖見她可憐兮兮的，心裡早軟了下來，可是一想到今日的危險，背脊上當即冒出一層細汗——不行，一定得讓青芷長記性！

他拿出戒尺。「青芷，伸手。」

看著黑不溜丟的戒尺，青芷嚇得瑟縮了下，眼睛裡滿是哀求。「哥哥……」

鍾佳霖不說話，幽黑的雙目靜靜看著青芷。

青芷只得伸出手來。

鍾佳霖拿過她的左手翻過來，在她左手手心連打了三下，然後道：「以後再不聽話，讓自己置身於危險中，下次翻倍。」

饒是一直做粗活，青芷的手心依舊特別嫩，戒尺打了三下，手心立刻浮起三道紅痕，她疼得眼淚在眼睛裡直打轉。

鍾佳霖凝視著她的眼睛，低聲道：「疼不疼？」

青芷一眨眼，一滴晶瑩的淚珠子便滑了下來。「疼……」

鍾佳霖起身去拿了薄荷香膏，在她手心揉開。

青芷被揉搓得很舒服，趴在書案上，伸出手臂讓鍾佳霖抹了薄荷膏給她按摩手臂，口中問道：「哥哥，今晚到底是怎麼回事啊？」

鍾佳霖簡單地說了一下。

韓氏來送飯，他才知道青芷自己帶著春燕去了十八里崗，心裡便有些不平靜，就叫上蔡羽，兩人騎馬去接青芷。

青芷今日累壞了，被他用薄荷香膏按摩，因為太舒服了，搓著搓著，她就趴在書案上睡著了。

鍾佳霖見她睡著了，依舊給她按摩著手臂。

按摩完左臂，他又拿過青芷的右臂，在手臂和手心抹了一層薄荷膏之後，繼續揉搓按摩。

直到青芷睡熟了，他才起身打橫抱起她，放在自己的床上。

展開被子蓋好之後，鍾佳霖放下帳子，自己坐在書案邊思索著。

從竹林中出來後，蔡羽的神情有些不對，到底是怎麼回事？

晚上回到家裡，蔡羽當即去正房見荀氏。

蔡翠並沒有在荀氏那裡。

蔡羽搭訕了兩句，問荀氏。「娘，姊姊呢？」

荀氏坐在羅漢床上，拉著蔡羽坐下，笑著摩挲兩下，道：「我的兒，你姊姊不像你這時候才下學，她早睡下了。」

這時，金姨娘笑吟吟道：「晚飯已經擺好了，大公子快來吃吧！」

蔡羽心事重重地用了晚飯。

他一定得去見蔡翠，這件事蔡翠做得不對，即使她不喜歡青芷，也不能用這些陰毒手段！青芷才十三歲，如果不是她機警，再加上他和鍾佳霖騎馬去接，若是被秀童他們得手，青芷的名聲很可能就被毀掉了！

此時的蔡翠卸了妝容，正坐在妝檯前忙碌。

她在臉上塗了一層玫瑰香油，然後輕輕地按摩著。

青芷雖然煩人，可是她的那些貨可是真的好，自己的臉之前還沒這麼白嫩，可是堅持用了玫瑰香油之後，肌膚白皙了很多。

篆兒走了進來，道：「大姑娘，秀童的娘來了，說大公子要來見您。」

秀童的娘就在蔡翠和蔡瑩的東偏院服侍，白日漿洗衣物，晚上則住在門房裡應門。

蔡翠拿了潔淨帕子擦去手指上的玫瑰香油，笑吟吟道：「讓他進來吧！」又道：「這麼晚了，阿羽來做什麼呢？」

蔡羽很快就進來了。

他進來時，見出來迎接的蔡翠容光煥發、笑容盈盈，心情有些複雜，便道：「篆兒，妳去阿瑩那裡問她一下，看她那裡的黃山毛峰還有沒有？有了的話明日給我一些。」

蔡翠見蔡羽有意支走篆兒，心中不由有些忐忑。

不過她素來有城府，即使忐忑，面上依舊和煦，眼睛溫潤。「阿羽，怎麼了？」

蔡羽盯著蔡翠的眼睛。「姊姊，秀童是妳派去的？」

他這個姊姊從小就這樣，瞧著溫柔和順，其實下手極為狠毒，而且自私自利、善於演戲。

蔡翠心裡咯噔了一下，臉上卻表現出恰到好處的驚訝。「秀童？秀童怎麼了？」

蔡羽上上下下地打量著蔡翠。

蔡翠直視著弟弟的眼睛，掩口而笑。「你這孩子，到底是怎麼了？你找秀童做什麼？」

蔡羽見蔡翠似是真的不知道，心裡不由有些躊躇。難道秀童說謊了？姊姊並不知情？

他沈吟了一下，道：「沒什麼。」又道：「姊姊，天晚了，妳快些休息吧！」

說罷，他匆匆去了。

蔡翠立在廊下，看著滿院盛開的繁花，靜立了片刻，冷冷一笑，轉身進了屋子。

秀童已經拿了銀子遠走高飛，阿羽就算再懷疑，沒有把柄又能怎麼樣？

她又在妝檯前坐下，看著鏡中甜美溫柔恬靜的美人兒，溫婉一笑。

這次只是給虞青芷一個教訓，虞青芷若是敢再和她搶鍾佳霖，下回她再出手可就沒這麼簡單了！

第二天中午，小廝蔡福在學堂外等著蔡羽。

這會兒已經散學，蔡羽卻沒有出來。

蔡福正在翹首期盼，卻見鍾佳霖緩步過來，忙笑著拱手行禮。「鍾小哥。」

鍾佳霖含笑道：「蔡羽在問先生問題，蔡翎在等他呢。」

蔡福見鍾佳霖這會兒看起來很是和藹，便乘機打聽道：「鍾小哥，聽說唱旦角的王春生來投靠你了？」

鍾佳霖含糊答了幾句，狀似隨意道：「你家今日有沒有走失的家人小廝？我似乎聽到議論，說什麼你家有家人小廝不見了。」

蔡福一聽，當下便皺著眉頭道：「是老爺外書房的秀童不見了，昨晚就沒回來，到現在還沒見到人呢！」又哼了一聲，道：「秀童可是我們老爺的小心肝，我們老爺寵愛他，說不得又是得了老爺的賞，進城去哪個私窠子鬼混去了！」

鍾佳霖若無其事又聊了幾句，便走開了。

這件事他記住了，他是不會放棄的。

青芷是他的妹妹，他自然得保護青芷，誰若是敢欺負她，就等著他的報復吧！

蔡羽一直到了晚上散學，才得知秀童不見的事。

他默然片刻，在房間內端坐良久。

過了幾日，蔡羽散學後去了正房，見蔡翠去外面給母親掐桃花，便也跟著出去了。

蔡翠踮著腳尖折了一枝桃花，一扭頭就看到了背後立著的蔡羽，不由嚇了一大跳，白嫩的手虛虛捂著胸口，笑道：「阿羽，你做什麼啊！嚇死我了。」

蔡羽深吸一口氣，低聲道：「姊姊，鍾佳霖絕非池中之物。」

蔡翠笑了。「人人都知道鍾佳霖不簡單，一定前程遠大。」

可再不簡單，也不過是個孤兒，將來想要出頭，還得依仗爹爹的力量，還得求他們蔡家！

蔡羽擔憂地看著蔡翠。「姊姊，鍾佳霖很護短，他一直把青芷看作親妹妹，很是愛護。」

蔡翠笑了，悠悠道：「早晚有一日，鍾佳霖會知道誰更重要的。」

蔡羽見姊姊如此固執己見，也不願與她再說下去，轉身離開了。

姊姊如果一直這樣固執，早晚會得到教訓的，與其等到將來姊姊闖出更大的禍，不如現在就讓她受點教訓，起碼佳霖會看在他的面子上，對姊姊不至於太狠……

這段時間，一向自由自在來去如風的青芷，就像被套上鎖鏈的小鳥，出門的話，除了春燕，她還得帶上王春生。

青芷一直悄悄觀察，發現王春生和唱戲的時候一點都不一樣，那時候的王春生香噴噴的，一張臉雪白晶瑩，似乎上了妝似的，特別像女孩子。

如今的王春生，頭頂心用青色絲帶綁了個髻，身上穿著青色衣服、玄色褲子及黑底布鞋，一張臉雖然還算光滑，卻不復先前的白皙晶瑩，瞧著就是普通的小廝模樣。

青芷終於發現了王春生變黑的秘密——這傢伙每日早上起來都用紗布蘸了青鹽去擦牙，卻好幾天才洗一次臉，而且每日都要藉口去後院幹活，特地去曬太陽！

發現了這秘密的青芷，一看見王春生就想笑，先前的顧慮也沒了，若是外出，不等鍾佳霖催促，她會自動帶上春生和春燕一起出門。

王春生初到學堂時，蔡家莊的婦人們很是熱鬧了一陣子，每日都有人圍觀，就連鄰村的婦人也都找理由過來觀看，弄得學堂熱鬧非凡。

可是一段日子之後，那些婦人發現王春生雖然還算清秀，卻漸漸不那麼美貌，便不再圍觀了。

而整個三月，鍾佳霖都在認真讀書準備四月的府試。

青芷也忙得很，她帶著春生和春燕先用了五天時間，把所有桃花都處理了，製成了一百八十八盒桃花香脂和一百五十盒桃花香膏，剩下的空盒子則被她收在梧桐木箱子裡。

忙完這些，她又開始處理海棠花。

海棠花不如桃花好處理，整整用了七天，她才製成四十五盒海棠花香膏和四十盒海棠花香脂。

第二天，春燕留在學堂看門，鍾佳霖和青芷帶了春生去梅溪河碼頭雇船，出了南水門，進了白河。

坐在船上，青芷依舊在想心事。

鍾佳霖默默陪著，她忽然說道：「哥哥，我發現做香膏的時候，做得越多，分工越細，就越熟練，賺得就越多。」

鍾佳霖微笑看著她。「也就是說，妳想擴大香脂、香膏的產量？」

青芷點點頭。「我想建一個作坊，就像那些染布的作坊一樣，多雇幾個人來做活，比如製作玫瑰香膏，有人專門負責蒸露，有人專門負責提煉，有人專門負責調油……這樣豈不是能加快速度？」

鍾佳霖想了想。「妳現在開始制定計劃，計劃好了，我陪妳一步步去做這件事。」

「首先得需要一個僻靜的大房子——」

鍾佳霖笑了，道：「城裡那個宅子後花園不是閒著嗎？咱們在裡面建一個大通間瓦房不就行了？」

青芷想了想，又道：「估計得造個兩層樓，一層是作坊，二層放原料和製好的貨物。」

鍾佳霖「嗯」了聲。「到時候造房子的事交給我吧！」

青芷笑咪咪地答應了，繼續暢想自己的計劃。

到了白蘋洲，青芷和鍾佳霖徑直去了三棵梧桐樹。

青芷前後總共買了十二畝地，再加上韓成那塊蘆葦蕩的地，將近二十畝地全都種了薄荷。

冬天的時候，薄荷都枯乾了，到了初春，春風一吹，春雨一淋，薄荷馬上又鬱鬱蔥蔥地長了起來。蔚藍天空下，青蔥的一大片，薄荷清涼的氣息瀰漫，實在好聞極了。

青芷掐了幾片薄荷聞了聞，又揉碎試了試，看向鍾佳霖。「哥哥，可以收割了。」

種薄荷最大的好處就是一年可以收割好幾次，只要把根莖留下，過點時間就會萌發出新的莖葉。

鍾佳霖和青芷留在薄荷地裡，讓春生去村裡雇了六個短工，開始收割薄荷。

眼看著快用午飯了，青芷和鍾佳霖就去碼頭的食肆買了不少白麵餅和切好的滷肉，又讓茶攤送來兩大壺茶，和短工一起用了午飯。

到了傍晚，鍾佳霖、青芷一行人才押著三艘船的薄荷回了蔡家莊。

短工們幫著把三船薄荷搬到虞家後院之後，青芷按約定一人付了五錢銀子，這才送那些短工離開。

接下來的幾日，虞家全家都動員起來，就連在城裡看宅子的王春雨也參與了——他每日一早就從城裡過來幫忙，傍晚再進城——忙著處理這三船薄荷。

整整忙了五日，青芷終於製出三百瓶薄荷油、二百六十瓶薄荷香膏和六百塊薄荷香胰子。

忙完這件事之後，她讓王春雨去了一趟涵香樓，通知女管事胡京娘來收貨。

胡京娘正急著要貨，得知消息的第二天就乘了馬車趕來收貨。她離開之後，青芷笑盈盈地數了數胡京娘留下的銀票，遞給鍾佳霖。「哥哥，總共一千一百八十七兩銀子。」

鍾佳霖見她心中歡喜，眉眼都帶著笑，也為青芷開心，柔聲道：「銀票是妳辛辛苦苦掙的，妳收起來吧！」又道：「既然忙過這陣子了，過幾日我要去宛州城參加府試和院試，妳陪著我一起去，好不好？」

他總覺得青芷太小、太嬌了，她一不在他眼前，他心裡就空落落的，若有所失。

青芷聞言，眼睛一亮。「等一會兒我和爹娘商議去！」

但和爹娘談這件事之前，她先做了一件事。

她拿了十六兩銀子，給了春燕八兩，又給了王春雨和王春生各自四兩。

春燕幫她製作了桃花、海棠花和薄荷，王春雨和王春生只幫了製作薄荷，因此賞銀的數目不一樣。

接下來，她又拿了二十五兩銀子給王春生，細細交代一番。

第二天一大早，王春生就揣著銀子進城去了。

他先去城裡的銀匠那裡，留下十二兩銀子，選了模子，訂了一套白銀頭面。

從銀匠鋪子出來，又去了成衣鋪子，花了十二兩訂了兩套如今最時興的書生衣帽。

忙完這些，他去林家花園看了看守門的弟弟王春雨，然後用剩下的一兩銀子買了些水果、乾果和點心，大包小包地坐了蔡家莊的馬車回來。

過了幾日，王春生又進城一趟，把銀匠打好的白銀頭面和兩套儒生衣帽取了回來。

這天晚上，用罷晚飯，青芷把韓氏和虞世清請到西廂房明間坐下，先拿出盛頭面的匣子，笑咪咪地奉給韓氏。「娘，這是女兒給您的禮物。」

韓氏撫摸著女兒給自己打的亮閃閃頭面，眼睛濕潤了。

虞世清正不自在，青芷拿出兩套嶄新的初夏衣物——瓦愣帽、青紗道袍、細結底陳橋鞋和兩雙淨襪，樣樣俱全，雙手捧了過去，含笑道：「爹爹，女兒送您的新衣、新帽和新鞋。」

接過這套新鞋帽，虞世清忍不住笑了起來，道：「多謝多謝。」

哎，女兒真是好女兒啊！

他得了這兩套新衣帽，心中打算趁著明日休沐時穿戴起來，去和同窗好友會文。

見爹娘開心，萬事俱備，只欠東風，青芷微微一笑，又拿出兩個五兩重的大銀錁子，笑咪咪地道：「爹、娘，這裡一共十兩銀子，交給娘做家用吧！」
她把銀子給了韓氏。

第四十九章

青芷交了銀子後，才開始說服他們同意她陪著鍾佳霖去宛州城參加府試和院試。她的理由冠冕堂皇。「爹、娘，我如今生產的香脂、香膏和香胰子越來越多，涵香樓收不了那麼多，還不要我賣給南陽縣裡其他鋪子……」

聽了青芷的話，虞世清和韓氏都很擔心。

虞世清忙道：「青芷，那怎麼辦啊？」

這段時間，他雖然沒參與，卻長著眼睛，知道女兒製作的香脂、香膏產量有多少，如果都賣出去的話，能賣不少錢；但都積壓在手裡的話，怕是要賠不少錢。

韓氏擔心女兒，忙道：「青芷，可以去別的城裡賣嗎？南陽城離宛州城、鎮平縣城、唐河縣城和南召縣城都不遠的。」

她一生未曾離開過南陽縣，宛州、鎮平、唐河和南召這些城市，也都是聽人說起罷了，只知道離南陽不遠。

青芷就等著這句話，忙做出破釜沈舟的神情，聲音沈靜，緩緩道：「如今我也只能離開南陽城，去宛州城看看了。」又道：「宛州城是咱們方圓幾百里最繁華的城市，人多，胭脂水粉鋪子也多，應該可以找到生意。」

虞世清和韓氏聞言，都沈默下來。女兒才十三歲，又生得這麼美麗，他們哪捨得讓女兒去？

鍾佳霖正在院子裡，見青芷叫了虞世清和韓氏進了西廂房，知道她要談去宛州的事，便也起身跟去。

他立在門口，靜靜聽著青芷說服雙親，這時候也開口道：「先生、師母，我後日要出發去宛州考府試，讓青芷和我一起去吧！有我看著青芷，先生與師母儘管放心。」

如果說聽了青芷剛才那段話，虞世清和韓氏只是有些心動，如今聽了鍾佳霖說的，他們當即就同意了——佳霖這孩子一向可靠，有他保護、看管青芷，應該是沒問題的！

韓氏看向虞世清，低聲道：「她爹，不如就讓青芷跟著佳霖去宛州城吧？佳霖這孩子，做事一向妥當……」

她其實是有私心的。這一年多，她一直在觀察佳霖，覺得這孩子聰明睿智，又極為疼愛關心青芷，若是把青芷託付給他，實在合適。

虞世清原本就沒什麼主見，屋子裡連他在內一共四個人，三個人都在說服他，他很快就投降了。「好好好，我同意還不行？」

青芷聞言，心中歡喜得很，眼波流轉，悄悄看向鍾佳霖，恰巧鍾佳霖也在看她，四目相對，又很快地移開了。

青芷覺得臉有些熱，悄悄伸手摸了摸。

虞世清兀自交代著去宛州城趕考的注意事項。「趕路的話，太陽快落山，就要尋找客棧住宿，天亮了再出發……」

鍾佳霖不禁微笑。宛州距離南陽城實在太近了，一天就能趕到，路上根本用不著住宿！

不過面上依舊恭謹聽著，該答「是」的時候就答一聲「是」，頗為配合。

這次出門，鍾佳霖要帶著王春生，青芷要帶著春燕，因此第二天起來，鍾佳霖也不用去學堂讀書了，都開始忙著準備。

青芷除了收拾行李，還拿了一個桐木提箱，裡面裝滿她製作的各種香油、香脂、香膏和香胰子，預備到宛州城去推介。

中午用罷午飯，青芷和鍾佳霖帶著春燕、王春生，乘著雇來的馬車進城去了。

他們預備在城裡宅子住一夜，明日清早出發去宛州城。

得知鍾佳霖帶著青芷去了宛州城，蔡翠快要被活活氣死了。她困獸般地在屋子裡轉了好幾圈，然後道：「我找母親說去。」

聽女兒說要出發去宛州探望姑母，荀氏驚訝道：「好好的，妳去探望妳姑母做什麼？」

蔡翠在荀氏面前依舊是一副溫婉模樣，挽著荀氏的胳膊撒嬌。「娘，南陽城畢竟太小了，要什麼沒什麼，等京城衣裙、首飾的時新式樣傳到宛州，再傳到南陽城，早都過時了。我去宛州逛逛，買些時新式樣的衣服首飾回來。再說了，阿羽要去宛州參加府試，我正好過去，可以照顧他，也可以去探望姑母，聯絡感情，豈不是一舉三得？」

荀氏聽了，想了想，道：「阿羽後天才走，妳跟著他一起走吧！」

蔡翠笑了，道：「娘，您和他說吧！」阿羽不願讓她跟，可是娘出面了，他總不能拒絕吧！

此時，青芷一行人已經到了城裡的宅子。如今正是初夏，後花園內花團錦簇。

青芷和鍾佳霖把後花園轉了一圈，都看中了後花園正北的一處地方，如今種著一大片萱草，鏟走萱草，面積正好夠蓋一棟樓。

鍾佳霖和青芷都不是做事猶豫的人，兩人意見相同就當機立斷，打算在這裡建樓。

青芷看了看四周，見周圍只有她和鍾佳霖，便從袖袋裡掏出提前準備好的新荷包。「哥哥，我給你做的新荷包。」

鍾佳霖翻看著新荷包，見是玉青色的綢子製成的，上面用翠色絲線繡了幾株翠竹，很是雅致，心裡很喜歡，含笑看向青芷。「青芷，謝謝妳。」

青芷笑容燦爛，踮著腳尖湊到他耳畔，低聲道：「哥哥，我在裡面放了銀票，你拿著用吧！一共一百二十八兩，諧音是『要爾發』，意頭很好吧？」

她溫熱的呼吸撲在鍾佳霖的耳上，令他覺得溫暖而親暱。

鍾佳霖立在那裡，看向青芷，沒有說話，好半天才移開視線，啞聲道：「天黑了，春雨該把席面拿回來了，咱們走吧！」

青芷乖巧地「嗯」了聲，一起離開了後花園。

天色昏暗，她根本沒發現鍾佳霖的眼睛浮著一層水霧。

這時，王春雨已經從太白遺風酒樓訂了一桌精緻席面，正和春燕在正房擺飯，見鍾佳霖和青芷過來，齊齊行禮。「公子、姑娘，請用晚飯吧！」

用罷晚飯，青芷想著明日天不亮就要出發，洗漱後便回房睡下了。

鍾佳霖洗罷澡，來到窗前，推開窗子看向對面青芷住的西廂房。

西廂房窗內的燈已經熄了，一片黑暗，她應該已經睡下了。

鍾佳霖不禁低頭微笑。青芷怎麼這麼可愛呀！

其實他如今根本不缺銀子，王春生和王春雨拿了投身文書來投靠他，不僅帶來了投身文書，還帶了周靈命他們送來的一千兩銀票，而鍾佳霖也收下了。

他和周靈彼此意會，都不說透。他仗的是對自己身世的把握，周靈仗的卻是一片忠心。

第二天寅時，青芷一行人便乘船出發了。

船是韓成親自去雇來的，船主的爹就在他鋪子裡做掌櫃，倒是放心得很。

他們的船從梅溪河駛入運河時，天還沒有大亮，水面仍浮著一層灰藍色的霧氣。等船停靠在宛州碼頭，已是夕陽如火的傍晚時分。

王春生做事麻利，很快雇了輛大馬車，四人帶了行李登上，往宛州西門去。

府試是在知府衙門舉行，來參加府試的學子一般儘量住在知府衙門附近。

他們在府衙附近轉了半個多時辰，也沒訂到合適的客棧。

鍾佳霖當下道：「咱們先在遠一些的客棧住下，明日看看情況再說吧！」

他們自然都聽鍾佳霖的，一行人便在距離府衙三里的鄭家客棧住了下來。

可當晚就有人來拜訪鍾佳霖。

鄭家客棧在宛州屬於中等偏上的客棧，價格略貴了些，可好處是潔淨整齊，而且青芷他們訂下的屋子是一明兩暗的套間，兩個臥室內都是一床一榻，青芷帶著春燕住一間，鍾佳霖帶著春生住一間，明間用來用飯會客，倒是安全又方便。

這時，青芷正在臥室收拾行李，隱隱聽到房門外傳來女子的聲音。「……我們大人如今升任宛州同知，全家都搬到了宛州，我家姑娘自然也跟著來了，想著鍾小哥該到了，便讓我跟著詞章來尋找，誰知竟找到了。」

她略聽了一會兒也明白了，說話的女子正是前任知縣祁大人之女祁素梅的貼身丫鬟溫書，而溫書提到的詞章，應該是祁家小廝。

青芷原本要出去的，可是轉念一想，人家要見的人是哥哥，她何必去湊熱鬧？因此她便沒有出去，繼續和春燕一起收拾行李。

鍾佳霖神情平靜。「不知祁姑娘尋我何事？」

溫書笑嘻嘻道：「鍾小哥，明日我們姑娘想在附近的杏雨樓請客，為鍾小哥接風。」

鍾佳霖略一思索，道：「真是不巧，我和同窗約好了，明日要一起出去辦事。」

經過上次，他知道祁素梅的心意，沒有打算接受，便不準備吊著對方。

溫書一聽，知道鍾佳霖是故意找藉口不過去，不好再纏，只得告辭，怏怏地離去了。

用罷晚飯，鍾佳霖帶了青芷出去散步，順便探探去府衙的路。

他們問了夥計，從鄭家客棧出發，向南走了一段路，拐進一個青石小街，然後一直向東，就到了府衙所在的學院街。在外面看了府衙之後，青芷一行人往回走。

青石小巷僻靜得很，兩邊人家大都亮著燈，偶爾響起狗的叫聲，卻依舊安靜得很，別有一番靜謐之感。

青芷看向亮著燈的窗子，發現很多窗前都映出正在埋頭苦讀的身影，便笑著低聲對鍾佳霖說道：「哥哥，這條街住的應該都是來應府試的學子。」

鍾佳霖也猜到了，輕輕道：「應該是。大後日就要開始考試，自然要努力了。」

青芷忽然想起方才的事，見春燕和春生打著燈籠走在前面，離她和鍾佳霖頗有一段距離，便低聲道：「哥哥，你為何不去參加祁素梅的接風宴？」

鍾佳霖沒說話，清澈的眼睛看了青芷一眼。

青芷想了想，道：「我很喜歡祁素梅，她性格乾脆豪爽，為人光明磊落，做我的嫂子我自是願意……不過，這是哥哥的終身大事，還是哥哥自己作主的好，哥哥喜歡誰，就娶誰好了，夫妻可是要朝夕相處一輩子，嫂子一定得是哥哥喜歡的。」

鍾佳霖知道青芷在感情上還沒開竅，微微一笑，伸手摸了摸青芷的腦袋，道：「走吧，小小年紀，多管閒事。」

不管是蔡翠，還是祁素梅，抑或別的女孩子，他既然不喜歡，就不會玩曖昧。

祁素梅聽了溫書的回話，不禁愣住了。鍾佳霖分明是藉此婉轉地表達了拒絕之意。

呆坐半日，她嘆了口氣，道：「算了吧……」你若無情我便休，我不會死纏爛打。

溫書忙道：「姑娘，那杏雨樓的預約？」

祁素梅擺擺手，聲音裡帶著滿滿的疲憊。「不用取消。」又道：「表哥就要來宛州了，到時候正好請表哥去吃。」

祁素梅的親姑姑是吏部侍郎韓林的夫人，而祁素梅的表哥，正是韓夫人的長子韓正陽。

韓正陽是英親王趙瑜的伴讀，閒暇無事，帶了朋友要來宛州玩耍，正好就當作接風宴。

青芷有心要去宛州的胭脂水粉鋪子看看，可是鍾佳霖要參加府試，她不願意讓他分心，就每日陪著鍾佳霖在客棧讀書。

轉眼間，就到了府試那一日，青芷和春燕、春生送鍾佳霖去考試。

到了府衙外面，青芷看著眼前的人山人海，目瞪口呆——比縣試時的人多太多了！

宛州府下轄十三個縣，按各縣的人口劃分錄取名額，這次來宛州參加府試的學子足有一千多名，府試卻只錄取四百名，即使青芷因為前世之事，篤信鍾佳霖一定能考過府試榜上有名，卻也有些緊張。

鍾佳霖卻是不慌不忙；見青芷小臉發白，他不禁笑了起來，柔聲道：「不用擔心，我一定能過的。」

青芷「嗯」了一聲，怕自己的緊張感染了鍾佳霖，便扯出一個燦爛的笑。「哥哥，三場都考完，我請你大吃一頓。」

鍾佳霖眼神溫柔，點點頭，在青芷期盼的目光中，揹著書篋進入府衙。

把鍾佳霖送進考場之後，青芷不肯離開，就帶著春生和春燕在學院街附近找了一家茶館，要了壺毛尖和兩碟精緻點心，坐在窗前的位子喝茶、吃點心，等著鍾佳霖考完出來，日日如此。

和縣試一樣，第一場考的還是帖經，第二天考的是策論，第三天則是算學。

鍾佳霖交卷交得早，很快就出來了。

他走出府衙大門，遊目四顧，尋找青芷的身影。

府衙大門外稀稀落落的不少人，都在等考生出來，卻沒一個是青芷。

鍾佳霖想起她說每日都去雲微茶館等著，便打聽了位置，揹著書篋向雲微茶館走去。

剛進茶館，就看到了青芷正同祁素梅說話，另外還有兩個陌生的錦衣少年立在一邊。

見她面色蒼白，他忙走了進去。

祁素梅還在邀請。「一起去吧，聽說那花園大得很，有山有水，一天都逛不完……」

韓正陽略有些無聊，只是含笑立在那裡。

才十六歲就被封為英親王的趙瑜也立在那裡，看看祁素梅，又看看虞青芷。饒是他在京城見慣了美女，也不得不承認宛州的確是大宋朝的美人窩，隨隨便便就遇到了兩個風格迥異的美麗少女。

只是不知為何，他一見到眼前這位叫青芷的姑娘就心跳得快，總覺得很親近。

青芷臉色蒼白，神情卻甚是平靜，立在那等著祁素梅說完，王春生和春燕陪在她身後。

一見鍾佳霖進來，王春生忙道：「公子，您考完了！」

祁素梅正在勸說青芷一起去宛州城外的周皇親花園遊逛，忽然聽到王春生這句話，忙抬眼看了過去，只見穿著青紗儒袍的鍾佳霖走了過來，芳心不禁怦怦直跳，一雙眼睛看向鍾佳霖。「鍾小哥——」

鍾佳霖大步流星地走過去，含笑團團一揖，然後看向青芷。「等急了吧？咱們趕緊回去吧！」

青芷立在那裡，表面平靜如水，實際上渾身發冷，如披冰雪，若不是竭力控制住自己，她估計要打冷顫了。

見鍾佳霖來接自己，她忙「嗯」了一聲，屈膝行了個禮，答了聲「再會」，隨著他出去了。

祁素梅沒想到鍾佳霖和青芷說走就走，毫不拖泥帶水，不由得呆住了，愣愣看著鍾佳霖帶著青芷離開。

她還想著介紹表哥和表哥這位姓趙的朋友給鍾佳霖認識呢！

韓正陽滿臉戲謔。「表妹，這就是妳說的那個天才鍾佳霖？長得還挺好看，就是不知道是不是假天才真草包了。」

趙瑜一直看著窗外，等到那個叫青芷的姑娘隨著她哥哥離開，這才瞥了韓正陽一眼，道：「我覺得此子將來定非池中之物，你別在他面前胡說八道。」

韓正陽雖然心高氣傲，卻一向很聽趙瑜的話，聞言便笑了起來。「是，我不亂說了。」他看向祁素梅。「既然人家不去，咱們自己逛逛去吧！」

祁素梅雖然因為鍾佳霖的離開而隱隱失望，卻也知道不能怠慢了表哥的客人，便爽朗一笑。「走吧，我可得提前警告你們，那周皇親花園可沒有什麼轎子租賃，可得實打實地走路遊逛。」

趙瑜笑著瞅了祁素梅一眼，道：「走吧！」

青芷隨著鍾佳霖走著，藏在衣袖內的雙手緊握成拳，手心冰冷。

今日她正在雲微茶館內等著哥哥，誰知祁素梅帶著韓正陽和趙瑜經過，也不知是怎麼認得她的，竟然跟她打了招呼。

饒是已經重生了，可是乍一見到趙瑜，她內心依舊難以平靜。

經歷了一次痛苦的死亡之後，即使曾經有愛，也化為刻骨的冰涼。

這一世，她只求遠離趙瑜，再也不要經歷前世的失望、悲傷和痛苦。

鍾佳霖察覺到她情緒異常，伸手去握她的手，發現她的手緊握成拳，只好一點點扳開。她的手心全是濕冷的汗，他凝神看向青芷。「青芷，怎麼了？」

青芷看著鍾佳霖滿是關懷的眼睛，那顆如同浸在冰水裡的心漸漸回溫，終於變得溫暖起來。她微微一笑，道：「哥哥，沒什麼，我在想中午咱們吃什麼好吃的呢。」

鍾佳霖總覺得她有些不對，便道：「我有些累，咱們在客棧門口隨便用些午飯，回客棧歇著吧！」

青芷想起鍾佳霖剛考完府試，身體、精神的消耗都很大，確實也得休息，便笑道：「可以呀。」又道：「我已經打聽過了，鄭家客棧附近有一家專做鯽魚豆腐湯的小店，名叫李嫂魚湯，她家的鯽魚豆腐湯，湯色乳白，魚湯鮮美，豆腐入味，魚肉一點土腥味都沒有，特別好吃。而且他家店門外還擺著一個高爐，專門烤芝麻高爐燒餅，真是又焦又酥。」

一行人都被青芷說得飢腸轆轆起來，便加快步伐。

李嫂魚湯果真是個小店，店裡只有四張小桌子，不過還算整潔。

老闆娘李嫂安置了四人坐下之後，笑道：「我家專賣鯽魚豆腐湯和高爐燒餅，鯽魚是每日從碼頭買來的鴨河魚，豆腐是自家磨的豆腐，鯽魚豆腐湯雖然只有一味，可是高爐燒餅卻有五香味和砂糖味兩種選擇，不知客人想點些什麼？」

青芷一一問了鍾佳霖他們，然後看向老闆娘。「我們要四碗鯽魚豆腐湯，再要三個砂糖燒餅和三個五香燒餅。」

李嫂答應了，麻利地進了後廚忙活去。

很快地，四碗鯽魚豆腐湯就端了出來，李嫂又拿了個竹簸籮，用長筷子挾了六個高爐燒餅送來。「客官慢用。」

乳白色的魚湯魚香濃郁，上面浮著一層青蔥的蔥絲，很是好聞。

青芷舀了一勺魚湯，吹了吹，慢慢品嚐，果然滋味鮮美。

她一邊喝湯，一邊問鍾佳霖。「哥哥，咱們何時去見周大人？」

青芷說的周大人，正是虞世清的老師周信。

周信先前是南陽縣學的教授，後來升任州學的學正，如今正在州學附近居住。青芷和鍾佳霖出發前，虞世清特地寫了一封書信，讓他們尋個時間準備禮物去拜訪周信，把自己的信送過去。

鍾佳霖微一思忖，道：「明日吧，明日我們一起過去。」

待見了周信，再決定是先回南陽縣，還是留在宛州等待院試。

第五十章

用罷午飯，青芷一行人會了帳，步行回鄭家客棧，恰巧經過一間琴鋪。琴鋪內的製琴師傅正在鋪子門口調試月琴，青芷忍不住走了過去，立在一邊看著。

鍾佳霖自然也跟了過去。

那製琴師傅抬眼，見一個美麗小姑娘眼巴巴地看著自己手裡的月琴，便笑道：「小姑娘，要不要試試？」

青芷前世在月琴彈奏上是下過工夫的。

當時為了讓趙瑜開心，她還安排了三個大丫鬟和她一起，分別學彈月琴、琵琶、箏和弦子，還學了很多曲子，專門彈給趙瑜聽。

她記得那時候自己最會彈唱〈佳期重會〉，常常給他彈這首。

如今重生一世，物是人非，她再也沒了前世的心思，可是看到這熟悉的月琴，手還是有些癢。

鍾佳霖見她眼神灼熱地盯著月琴，便笑道：「喜歡就試試吧！」

宛州民間常有唱評書的女先生走門串戶，以彈唱為生，她們使用的樂器不是月琴就是琵琶；青芷聰明得很，學什麼都很快，會彈也是正常的。

青芷得了這句話，便上前接過月琴，彈撥了幾下，清脆悅耳，很是好聽。

製琴師傅沒想到這女孩子果真會彈月琴，便笑著鼓勵道：「這位姑娘不如快彈一曲。」

青芷也正有此意，想了想，便彈起了前世最熟悉的〈佳期重會〉。

初彈時還有些生澀，漸漸就熟練起來，輕輕彈如絲絲細雨，急促撥如萬馬奔騰。

眾人正聽得出神，青芷輕撥一聲，戛然而至，笑問製琴師傅。「請問這把月琴多少銀子？若是便宜，我就買了；若是貴，就算了。」

她剛才已經試過，這把月琴確實不錯，有點想買。

製琴師傅見這女孩子美麗可愛，彈得也好，便沒有說虛價，直接說了個適宜價格。「三兩銀子。」

青芷雙目盈盈地看向鍾佳霖。「哥哥，可以嗎？」

鍾佳霖笑了，掏出碎銀子讓製琴師傅用戥子稱了，將這把月琴買了下來。

難得青芷喜歡，做哥哥的自然得掏銀子了。

祁素梅帶著溫書坐了馬車，韓正陽和趙瑜騎馬跟著，在眾隨從的簇擁下出了城，往周皇親花園而去。

到了花園前，祁素梅下車，步行引著韓正陽和趙瑜進了大門，一邊走一邊道：「表哥、趙公子，這周皇親花園是前朝周貴妃娘家的花園，後來貴妃薨逝，周家得了貴妃所生的小皇子的叮囑，開放花園讓眾人遊玩，只是不准在花園內乘車坐轎、騎馬，只能步行。」

她不知趙瑜正是她口中的「周貴妃所生的小皇子」，興致勃勃地介紹著。

韓正陽聞言，似笑非笑地看了趙瑜一眼，趙瑜也笑了，隨著眾人向前走去。

如今正是初夏，周皇親花園內古木參天，流水潺潺，粉牆隱隱，紅樓掩映，很是涼爽。

祁素梅引著韓正陽及趙瑜沿著溪邊小路往前走。

小路和小溪兩側皆是參天古木，幾乎不見日頭，陰涼得很。三人都是健談之人，邊走邊說。

趙瑜走在小路上，腦海裡驀地浮現出今日見的那個叫青芷的女孩子，便不著痕跡地把話題引到鍾佳霖和青芷身上，道：「那位鍾小哥的妹子，衣飾普通，卻如清水芙蓉一般，不事雕琢，自有清韻，真乃人間姝色。」

祁素梅笑了起來，爽朗道：「我也是這種感覺，沒想到鄉下農家居然有這等姝色。」

韓正陽瞟了趙瑜一眼，道：「表妹，這位虞姑娘如今有沒有定下人家？」

祁素梅一聽，就知道自己表哥大約是想為這位趙姓好友作媒，便看了趙瑜一眼，見他生得俊秀無匹，心道：看長相，這位趙公子倒與青芷正是一對；只是這位趙公子衣飾華貴，怕是不會明媒正娶，這就大大不妥了。

想到這裡，她含笑道：「她家聽說早就放話出來，等到鍾小哥考中舉人，妹妹才說親事呢。」

「話說得冠冕堂皇，」韓正陽笑道：「不就是想攀高枝嘛！」

祁素梅皺著眉頭道：「表哥，你不知道別亂說。」

韓正陽看向趙瑜，見趙瑜點點頭，便道：「表妹，不如妳幫我找機會悄悄問一問，看那虞姑娘願不願意做貴人的妾室？」

祁素梅瞪了他一眼，可想起自家父親這次能夠升遷，的確是表哥之力，只得道：「貴人？貴到什麼地步？」

韓正陽一笑。「貴為皇室。」

祁素梅想起表哥是英親王的伴讀，想著他是要給英親王拉皮條，卻沒聯想到眼前這位便是英親王，便答應了，但想了想又補充一句。「不過若是人家不願意，表哥就別提這件事了。」

韓正陽覷了趙瑜一眼，見他沒有不悅之色，便答應下來。

青芷午睡起來，發現已經是夕陽西下，而鍾佳霖正坐在明間窗前的榻上看書，便拿了新買的月琴過去，笑吟吟地道：「哥哥，想聽什麼曲子呀？」

鍾佳霖對曲子不太瞭解，只覺得今日中午她試彈的曲子挺好聽，便道：「就妳今日試彈的那首曲子吧！」

青芷嫣然一笑，撥弄月琴，彈奏起〈佳期重會〉。

〈佳期重會〉是有曲詞的，只是這曲詞甚是香豔，不適合唱給哥哥聽。

她彈撥月琴，在心裡無聲吟唱：約定在今宵。人靜悄，月兒高，傳情休把外窗敲。輕輕地擺動花梢，見紗窗影搖，那時節方信才郎到。又何須蝶使蜂媒，早成就鳳友鸞交……

此時，祁素梅的丫鬟澀書引著祁素梅、趙瑜和韓正陽進了鄭家客棧，直上二樓，指著前面的樓道：「鍾公子和虞姑娘就住在那間屋子。」

這時，裡面便響起了悅耳的月琴聲。

趙瑜聽了一會兒，一時竟有些癡了，只覺得心頭酸楚，卻也不知為什麼？明明這〈佳期重會〉是他聽了無數次的曲子啊，以前從沒有如今的感觸。

溫書去敲了房門，鍾佳霖來開門，見是他們幾人，雖然面上驚訝卻沒失禮，先將人迎了進來。

進了明間後，彼此見了禮，分了賓主坐下。

趙瑜看向青芷，見她一雙清澈的大眼睛正看著鍾佳霖，身後糊著玉色紗的牆壁上靠著一把月琴。屋子裡沒有別的人，看來剛才彈奏月琴的人的確是她了。

只是仍像初次見面一樣，他一見到這位虞姑娘，心中就漫著淡淡的悲傷，又有著隱隱的歡喜，若有似無地牽掛著……

這正是他方才找了理由，攛掇韓正陽和祁素梅再來一次的原因。

祁素梅這次是來送請帖的。

「鍾小哥，這次我家的宴會，連知府大人也要過去，宛州城的頭面人物都要去呢，你帶妹妹去一趟，起碼可以見見世面……」

鍾佳霖含笑傾聽，待她說完，才緩緩道：「我們明日已經和別人有約了，祁姑娘，對不住，下次有空，我們一定去貴府拜訪。」

韓正陽還沒見過這麼不識抬舉的人。和別人有約了？推掉也不會嗎？

他冷笑一聲，道：「孰輕孰重，難道鍾公子不會斟酌嗎？」

鍾佳霖依舊脾氣很好，卻堅持地道：「人貴言而有信，我們不能出爾反爾。」

青芷根本不看趙瑜，她安靜地坐在那裡，偶爾抬頭，也是看鍾佳霖。

韓正陽還要說話，趙瑜卻道：「鍾小哥兄妹這樣堅持，自是真有事情，你我又何必強人所難？」

韓正陽只好悻悻地閉上了嘴。

趙瑜起身告辭，三人便一起離開了。

房門關上之後，青芷清清楚楚聽到那個韓正陽在說「真是窮鄉僻壤出來的窮小子，不識抬舉」。她看向鍾佳霖，低聲道：「哥哥，住在客棧太不方便了，若是咱們要留下準備院試，還是得租個宅子先住下。」

鍾佳霖點點頭。「這裡確實不太方便，咱們明日去見了周大人再說。」

青芷想起蔡羽和李真，道：「哥哥，你和蔡大哥、李大哥說的時間，確定是明天上午嗎？」

鍾佳霖笑著點點頭。「我已經讓春生去投了拜帖，明日巳時在周府大門外和蔡羽、李真會合。」

蔡家在宛州城有宅子，蔡羽來宛州，自然住在自家宅子裡，李真也跟著他一起住。蔡羽也邀請鍾佳霖過去住，只是鍾佳霖擔心蔡翠也過來，怕引起不必要的麻煩，沒有答應。

青芷趴在小炕桌上。「哥哥，咱們要不要再去準備些禮物？爹爹要送的都是南陽縣的土產，不怎麼值錢。」

鍾佳霖思考過這個問題了，只是道：「就按照先生準備的送去就行。」

青芷「嗯」了一聲，道：「不知道周大人家眷在任上不在？若是在的話，我就送些香油、香脂、香膏、香胰子過去，這禮物一定討喜。」

王春生立在一旁侍候茶水，聞言便道：「姑娘，周大人是帶著女眷在任上的。」

見青芷盈盈若水的眼睛看向自己，他忙垂下眼簾道：「姑娘，這是我昨日去周府送拜帖打聽到的。」

青芷便笑吟吟地看向鍾佳霖。「哥哥，我去準備給女眷的禮物，好不好？」

鍾佳霖見她如此雀躍，也笑了。「去吧！」

青芷跳下坐榻，幾步就跑進了她和春燕的臥室，吩咐著。「春燕，把上次我讓妳做的那個海棠紅紗囊拿出來！」又探頭出來吩咐春生。「春生，你去買一個錦匣，要精緻些的。」

春生答應了，走到臥室門口。「姑娘，錦匣要什麼顏色的？」

青芷看了看春燕拿出來的嶄新海棠紅繡花紗囊，道：「紗囊是海棠紅的，錦匣最好也是同色的，不要大綠大黃。」

附近就有賣首飾匣的鋪子，春生很快便買了一個淺粉色錦匣回來。「姑娘，我和鋪子老闆說好了，不滿意還可以再去換。」

青芷看了看自己準備好的紗囊，再看看春生買回的淺粉色錦匣，有些舉棋不定，便拿給鍾佳霖看。

鍾佳霖對這些根本不感興趣，可這是妹妹問，便細細看了看，最後道：「海棠紅比桃紅色深一些，非常嫵媚嬌豔，搭配淺粉色錦匣還算可以。」

青芷這才滿意，和春燕一起準備了一套海棠香膏、海棠香脂和海棠香胰子放了進去。

隔天早上要出發了，鍾佳霖見青芷還沒有出來，便自己把要帶的東西理了一遍。剛整理完，就見青芷帶著春燕走了出來。

青芷梳了兩個花苞形的丫髻，一邊插戴著一支銀鑲青玉蘭花釵，身上穿著白綾窄袖衫子，繫了條海棠紅裙子，雙目盈盈，唇色嫣紅，婀娜高挑，可愛得很。

鍾佳霖認出她丫髻上插戴的那對銀鑲青玉蘭花釵正是自己送的，心裡湧過一陣暖流。得尋個時間在宛州城裡再看看，給青芷再買些首飾，她的首飾實在太少了！

鍾佳霖扶著她上了王春生雇來的馬車，往周府而去。

蔡羽和李真帶著蔡福，正在周府前面的老柳樹下等著。

見到一輛馬車駛了過來，坐在車夫旁邊的小廝正是王春生，蔡羽忙拉了李真迎上去。

鍾佳霖先下車，又伸手扶著青芷下來。

蔡羽一見青芷，眼睛一亮，當即道：「青芷今日真漂亮。」

青芷笑咪咪地道：「蔡大哥也很英俊。」

雖然明知道她只是開玩笑，蔡羽心裡還是美滋滋的，摸著腦袋道：「哪裡哪裡。」

李真見蔡羽一見師妹就犯傻，笑了起來。「咱們趕緊進去拜訪周師祖吧！」

見到自己學生美麗可愛的女兒和三位弟子，周信自然開心，和藹可親地與鍾佳霖、蔡羽和李真談了一陣子，問了他們在府試中的表現，又分析一番，最後道：「院試三年兩考，今年就在六月，還剩下不到兩個月時間，你們不如就留在宛州城，等待院試。」

鍾佳霖、蔡羽和李真知道周信是為他們考慮，自然都答應下來。

周信看向鍾佳霖，微笑起來。在他的學生中，虞世清並不算出眾的，沒想到平庸的虞世清卻有鍾佳霖這樣芝蘭玉樹的學生！

他又看向蔡羽。在南陽城多年，他自然認識蔡羽的爹爹蔡振東，他沒想到愛財如命、好色無度的蔡振東，居然也有這樣一個好兒子！

周信又看向虞青芷，笑容添加了一分慈愛。這個小仙子一般的小姑娘，可是他的徒孫女啊！

這樣資質的女孩子，如明珠一般，就算進宮做皇妃也是可以的，只是將來不知道花落誰家？

辭別了周信之後，鍾佳霖一行人出了門。

周家夫人極為慳吝，一向是不留客的，四人此時飢腸轆轆，便一起去了不遠的宛州知名酒樓淯水樓。

因有青芷這個女孩子在，鍾佳霖直接給了跑堂的二錢銀子，要了個二樓臨河的雅間。

白河古稱淯水，流經宛州好幾個縣，包括南陽縣，河道寬闊，水流清澈，白河的鯽魚很是美味。

只要有鍾佳霖在，局面不知不覺就會變成由鍾佳霖主導，這次也是，跑堂的一進來，就把菜牌奉到鍾佳霖手中。「這位小哥，請點菜。」

他略看了看，點了青芷愛吃的紅燒白河鯽魚。

昨日青芷已經吃過清淡的鯽魚豆腐湯，今日再試試紅燒白河鯽魚。

點了菜，鍾佳霖便把菜牌拿給青芷看。「看看想吃什麼？」

青芷掃了一眼，點了個鍾佳霖愛吃的紅燒肉，把菜牌給了身旁的蔡羽。幾人各點了一道菜。

李真看了，酸溜溜地道：「啊，哥哥點妹妹愛吃的，妹妹點哥哥愛吃的，你們可真是好兄妹啊。」

青芷詫異地抬頭看李真。「咦？我對哥哥好，哥哥對我好，不是很正常嗎？」

李真無言。

正常個屁！哪有哥哥對妹妹這麼好？起碼他對妹妹就沒這樣體貼關愛！

蔡羽光風霽月，點了菜後把菜牌給了李真。「青芷這麼可愛乖巧，佳霖對她好很正常吧！」

李真見自己成了眾矢之的，連蔡羽也不幫自己，心裡好生失落，便故意點了個蒜蓉蝦。

青芷笑咪咪地對鍾佳霖說道：「哥哥，那蒜蓉蝦你可別吃，你吃了身上出紅疹子。」

李真見自己醋了半日，青芷根本不在乎自己，只在乎鍾佳霖，嘆了口氣，吩咐跑堂的。「算了吧，這個蒜蓉蝦不要了，換個青椒爆炒雞。」

青芷見李真點了個哥哥愛吃的，不由對李真笑了笑。「李大哥，你還算不錯呢。」

李真悻悻地「哼」了一聲，扭頭不看青芷，可是臉卻微微紅了。

哎，少年情懷總是詩，偏偏明月只照佳霖不照他！

菜餚很快就上齊了，眾人品嚐佳餚，聊著天，很快就聊起了鍾佳霖和青芷的住處。

聽到鍾佳霖和青芷要租宅子居住，李真忙道：「佳霖，蔡羽家在宛州城的宅子很大的。」又看向青芷。「青芷，蔡翠姊姊也來了，也盼著你們過去呢！」

蔡翠昨晚和今早都和他說了，說很想念青芷，想和青芷一起做針黹女紅呢！

蔡羽一直沒說話，只是眼睛亮晶晶，顯見也盼著鍾佳霖和青芷住在自家宅子，彼此可以一起讀書；但聽到李真提起姊姊蔡翠，他的眼神當即黯淡下去。有姊姊在，佳霖和青芷又怎麼能過去呢？

鍾佳霖聽說蔡翠也來了，更不會去蔡家，只含笑道：「畢竟還有兩個月呢，我們一共四個人，不好總去打擾。再說了，青芷和我都想找一處僻靜之地，好靜心讀書。」

李真見他態度堅決，而蔡羽又一聲不吭，自己似乎有些多事，也就不再堅持了。

用罷午飯，蔡羽叫了跑堂的過來，正要會帳，王春生卻笑嘻嘻道：「啟稟蔡公子，小的已經會過帳了。」

蔡羽不禁看向鍾佳霖。「佳霖，怎麼能讓你請客？」

鍾佳霖笑容溫潤。「那也不能一直讓你請客呀？」

眾人都笑了起來，一起出了清水樓，話別後各自離去。

蔡翠正在宅子裡等著鍾佳霖搬過來，誰知蔡羽和李真並沒有把鍾佳霖和青芷請來，她大失所望，勉強笑道：「他們也真是的，太見外了，大約是嫌我們招待不周吧！」

李真見蔡翠雖然這樣說，可眼中隱隱有些失望，忙安慰道：「翠姊姊，妳別放在心上，是佳霖說想要靜心讀書，不肯過來的。」

蔡羽卻只是看了蔡翠一眼，徑直進了書房，見李真沒有進來，便又叫了一聲。「李真。」

李真忙和蔡翠說了一聲，急急去尋蔡羽了。

蔡翠臉上的笑容依舊溫柔甜美，眼中卻早冷了下來。

過沒多久，她便藉口去買簪環，帶著丫鬟出了門。

到了下午，鍾佳霖讓王春生出去一趟，專門去見宛州城的房經紀，尋找合適的宅子。

王春生辦事效率高，出去逛了一個多時辰，很快就回來了。「公子、姑娘，我總共聯繫了兩個房經紀，準備看三套宅子，下午天黑前正好能看完。」

青芷正和鍾佳霖在看書，見狀笑了起來，道：「哥哥，時間很緊，咱們這就去看房吧！」

王春生坐在租來的馬車前，領著他們去了宛州城南關白河邊的一條臨河小巷。

小巷曲折狹窄，鋪設著年深日久被磨得光溜溜的青石，兩邊是一戶戶人家，南邊的人家都臨水。

和房經紀會合之後，王春生與房經紀領著鍾佳霖和青芷進了要看的宅子。

這個宅子在小巷的南邊，院門是半舊的木門。

房經紀是個胖乎乎的中年大嫂，帶著一個小丫頭，打開大門上的鎖，推開大門請眾人進入，道：「這宅子原是金秀才的家，金秀才如今入贅玉石張做了女婿，就把宅子交給我，讓我替他租出去。」

進了院子，青芷遊目四顧打量一番，見眼前的院子分明是後院，東邊是一叢竹子，西邊開闢成花圃，種了很多月季花，如今月季花正是花季，粉的、紅的、黃的、白的，在河風中搖曳著，豔麗多姿，芬芳宜人。

房經紀見她喜歡，便笑道：「這些花都是金秀才種的，他可是愛花之人，若不是他太太安排的新宅子有一個大花園，他還不願意搬走呢。」

鍾佳霖見青芷滿意，便給王春生使了個眼色；王春生會意，尋了個機會出去了。

眾人沿著鋪著白色鵝卵石的小徑走到前面，見是正房三間，東西廂房各兩間，另有灶屋，打開門鎖看了看之後，發現家具齊全，乾淨清雅，都很滿意。

房經紀又引著眾人去看前院，前院還有一道窄門，原來門外就是一個青磚鋪就的臺階；臺階高高的，下面河水澎湃，撞擊著臺階，發出陣陣水聲。

青芷心中喜歡，卻故意道：「這裡好倒是好，只是水氣太大，對身體不好。」

房經紀「哎喲」一聲，一拍大腿，道：「這位好看的小姊姊，這樣清雅潔淨的宅子還帶著小花園，還臨著水，多適合讀書啊，妳居然只想到水氣重對身子不好！」

青芷嫣然一笑。「可是身體更重要啊。」

這時，王春生走了過來，對鍾佳霖點點頭。

他已經出去打聽了，宅子的主人金秀才確實是個風雅之人，不追求功名利祿，最愛吟詩作畫、種花，宛州富豪張家的姑娘因此愛上他。金秀才被心愛的姑娘說服，成親後就搬到張家別業去了。

鍾佳霖見狀，笑問道：「我們打算租兩個月，不知道租金怎麼算？」

房經紀一聽，便道：「還是這位小哥哥做事爽利。」

對著美少年，她心情很好，道：「看在這位小哥哥生得這麼好看的分上，我說個實意價吧！一個月租金是三兩銀子，兩個月一共六兩，再給我一兩銀子的中間費。」

青芷看向鍾佳霖，點點頭。

鍾佳霖便吩咐王春生去和房經紀談價錢，並處理各種瑣事。

他們做事極為麻利，到了傍晚時分，直接就搬了過來。

王春生乘了馬車跑出去一趟，把嶄新的被褥衾枕、鍋碗瓢盆之類的日用品都買齊運了回來。

青芷、鍾佳霖、王春生和春燕齊齊動手收拾，到了掌燈時分，新家已經很舒適了。

晚飯是青芷和春燕一起做的，簡單的蛋炒米搭配玉米粥。

用罷晚飯，王春生在院子裡掛起一對燈籠，照得前院一片光明。

青芷和鍾佳霖出去散步。

兄妹倆打開前面的小門，出了前院，鋪了坐墊在青磚臺階上，並肩坐下，看著河上的點點漁火，享受這難得的靜謐。

河上的風帶了水氣，濕漉漉地吹過來，青芷的衣衫被風吹透，不由有些冷，正打算起身，誰知背上一暖，卻是鍾佳霖脫了外袍披在她的身上，外袍帶著鍾佳霖的體溫，自是溫暖舒適。

青芷笑咪咪地道：「哥哥，謝謝你。」

鍾佳霖看著漁火點點的河面，低聲道：「謝我做什麼？我是妳哥哥，自然要照顧妳。」

青芷心裡溫暖異常，「嗯」了一聲，道：「哥哥，等你去京城參加會試，還帶著我，好不好？」

鍾佳霖直接答了聲「好」。

青芷眼睛亮晶晶地暢想未來。「到時候，哥哥娶了嫂子，我也會敬愛嫂子、尊重嫂子。如果嫂子不嫌棄我，我就還住在哥哥、嫂子的家，幫哥哥嫂子帶姪子姪女。」

鍾佳霖一愣，當即看向青芷。他沒想到青芷是這樣想的，和自己想的完全不一樣！

青芷沒看鍾佳霖的臉，她看著前面寬闊無邊的河面，低聲道：「只求哥哥到時候別逼著我出嫁，我不想嫁人……」

經過前世，她真的不想再嫁人……

趙瑜和她也曾經山盟海誓，可是轉眼就娶了李雨岫，一個不落地睡了李雨岫給他的那些女人，最後還拿貴妃之位吊著她，以她為餌，吊著哥哥為他出力奔走……

鍾佳霖看著青芷，只覺得她身子單薄嬌弱，似乎在顫抖。

他一陣心疼，伸出手臂把青芷攬在懷裡，聲音低而堅定。「青芷，妳放心，哥哥一輩子照顧妳、陪著妳……」

我要娶妳做我的妻子，我做妳的丈夫，我們並肩而立，共同面對人生的悲喜……

第五十一章

二十天之後，府試的結果終於出來了。

鍾佳霖再次考了第一，蔡羽考了八十一，李真落榜。

鍾佳霖並沒有親自去看榜，是王春生去看的。

王春生抄錄了榜文回來讓鍾佳霖和青芷看。鍾佳霖看了一遍之後，眼神幽深，沒有說話。

他已經明白科舉的殘酷，考察的不只是智力、毅力、體力和財力，還有運氣。縣試、府試、院試、鄉試、會試、殿試一場場考下去，還不知道有多少人要被淘汰，而他要走的路還很長……

青芷看著榜單，一顆心頓時放了下來，笑咪咪道：「恭喜哥哥。」

現在還只是童生，要再過了院試才正式成為秀才，這科舉之路，委實不好走呀！

鍾佳霖低聲道：「明日，妳陪我去送李真。」

府試落榜，李真已經沒了參加院試的資格，估計明日就要離開了。

青芷答應了，想到李真，內心不禁有些黯然。

晚上洗漱罷，青芷坐在窗前，春燕幫她解開髮髻，拿了桃木梳一下一下地梳著。

春燕是青芷的崇拜者，一邊梳，一邊讚嘆。「姑娘，您的頭髮真好，黑得發亮，又豐厚，跟黑緞子一般。」

聽她奉承得如此直白淺顯，青芷不禁笑起來，道：「繼續誇，我喜歡聽。」

「……」

她噗哧一聲笑了，看向東廂房的窗口。「公子還在讀書呢！他那麼聰明，怎麼還如此用功呀？」

青芷心中嘆息一聲，道：「哥哥做事就是這樣，什麼都要力求做到最好。」

四月的天氣，惠風和暢，宛州城處處盛開著月季花，風中也帶著月季的芬芳。

李真站在碼頭上與蔡羽話別，送他回南陽縣的蔡福則提著行李站在一邊。

而蔡翠則帶著篆兒乘著嶄新的小馬車，候在一邊。

李真和蔡羽說了一會兒話，忍不住往東邊看了看，卻依舊沒看到鍾佳霖和青芷，心裡失望得很，不免有些垂頭喪氣。

蔡翠等了半日，見鍾佳霖一直不出現，也有些耐不住了，便吩咐車夫。「走吧！」

她也接到祁家的帖子，今日要去祁府的新別業參加玫瑰花會，聽說祁素梅的表哥、吏部侍郎韓林的長子韓正陽也在，她可不能遲到。

見蔡翠的馬車離開，站在松林邊緣窺探的王春生這才進了林子裡。

林子裡停著一輛馬車，青芷和鍾佳霖正站在馬車邊說話。

見王春生過來，青芷問道：「蔡翠走了嗎？」

王春生笑容燦爛。「姑娘，蔡大姑娘已經走了。」

青芷看向鍾佳霖。「哥哥，咱們趕緊過去吧，不然李大哥這小心眼會記恨咱們的。」

蔡羽正溫聲向李真解釋。「佳霖帶著青芷早就從鄭家客棧搬出去了，也不知道搬到哪裡，他們估計不知道你今天要回去。」

李真悻悻道：「他們猜也能猜到啊，我府試沒考過，自然要回到學堂繼續攻讀了。」

蔡羽知道鍾佳霖之所以躲著他們，是因為姊姊蔡翠做出的那些事，心裡暗自嘆息，略一思索，道：「你回去繼續努力吧，先生教書甚是認真嚴厲，你這次只差一點點，先生一定會加緊督促的。」

李真慨慨地應聲，忽然看到不遠處有一對少年少女走了過來，薄衫素衣，卻亮眼至極，當即精神起來，道：「佳霖和青芷過來了。」

蔡羽聞言大喜，也看了過去，果真看見穿著淺藍儒袍的鍾佳霖和穿著白綾衫子、繫了條寶藍裙子的青芷走了過來，心中不由一喜，忙招手道：「青芷、佳霖，快過來吧！」

鍾佳霖素來話不多，但直接和李真說起了接下來的讀書計劃。「……府試和院試的考試內容，雖然繁雜，卻可以形成一個架構，讓一個個架構在你腦子裡立起來。一定要多和先生、同學多交流，這樣的交流有利於知識吸收。每晚臨睡前，要把白日所學的在心裡過一遍……」

李真心中感激，認認真真向鍾佳霖長長一揖，道：「佳霖、阿羽，我會以你們為榜樣，努力讀書，努力明年考中童生。」

鍾佳霖和蔡羽並肩而立。

他看著李真，眼中似有星光閃爍。「我們師出同門，是同氣連枝的師兄弟，將來即使進入朝堂，我們也是同盟。李真，我和阿羽等著你。」

青芷在旁邊聽著，雙目盈盈如星，心中滿是崇拜。無論前世還是今生，哥哥若是願意，不但具有親和力，令人如沐春風，而且永遠都能夠激發出別人的潛力。

李真得了鍾佳霖的鼓勵，熱血沸騰，府試落榜的頹廢一掃而空，拱了拱手，跳上了船，吩咐船家啟程。

看著李真乘坐的小船揚帆遠去，越來越遠，猶如飛鳥掠過，接著就消失在海天盡頭，青芷心裡有些空落落的。

她想家了，想娘親和她那不爭氣的爹爹了……

蔡羽看向鍾佳霖。「佳霖，你和青芷如今在哪裡住？」

鍾佳霖略一沈吟，看了一眼蔡羽的小廝蔡祿。

蔡羽會意，叫過蔡祿吩咐道：「你先回宅子裡去吧，告訴管家一聲，就說我這幾日不回去了，我要和三五好友切磋學問。」

蔡祿離開之後，鍾佳霖笑了起來，道：「怎麼，你這幾日還要賴著我們兄妹嗎？」

蔡羽吁了一口氣，道：「住在我家那個宅子裡，應酬實在太多了，根本不能靜下心讀書……」

他姊姊長袖善舞，來了宛州城沒幾日，就已經結交了一幫豪門貴女，一天到晚妳來我往，舉辦各種花會、詩會，宅子裡都沒平靜的時候。

鍾佳霖很重視蔡羽，微微一笑。「走吧，我們兄妹收留你好了。」

一到鍾佳霖和青芷租住的宅子，蔡羽就滿意得很。「這裡可真是讀書的好地方！」

他在後院前院轉了一圈，又讓王春生打開門前面臨白河的小門，站在臺階上閉目聆聽了一會兒，在濤聲、風聲和花香中，整個人都靜了下來。

蔡羽決定直到院試前，自己都要留在這裡了。

他做事一向雷厲風行，當即去找鍾佳霖。

鍾佳霖聽了便道：「正好西廂房還空著，你就住在西廂房吧！」又道：「那你的衣物用具……」

蔡羽笑道：「我大姊今日要去參加一個勞什子玫瑰花會，到晚上才會回去，我現在就悄悄去搬運行李。」

鍾佳霖看了他一眼，道：「別讓人知道我們的住處。」

他現在想專心致志地準備院試，不打算理會蔡翠。

蔡羽見狀，笑了。「你還不信我嗎？」

鍾佳霖知道蔡羽瞧著粗枝大葉，其實謹慎得很，便道：「快去吧！」

蔡羽最聽鍾佳霖的話，聞言和青芷打了個招呼，便急急離開了。

青芷吩咐春燕去收拾西廂房，好讓蔡羽居住。

安排妥當後，她去找鍾佳霖。「哥哥，你是真的打算讓蔡大哥在這裡住到考院試嗎？」

鍾佳霖點點頭，俊臉帶著一抹沈思。「蔡羽性格堅韌豁達，做事有目標、有擔待、有膽氣，又果斷，只是家人有些急功近利了……」

這次府試，蔡羽名次並不靠前，院試有些危險。他既然與蔡羽是好友，就想拉他一把，起碼在院試之前，不能讓蔡羽被蔡翠給耽誤了。

青芷笑盈盈道：「哥哥，既然你做出了決定，那我就堅決執行。你們只管認真讀書，家務就包給我吧！」

鍾佳霖笑著看了她一眼。「前幾日妳生日，也沒有大辦，等明年妳及笄，哥哥給妳準備及笄禮用的簪子。」

青芷剛過了十三歲生日，如今虛歲十四歲，明年就十五了，到時候就要辦及笄禮，他打算好好準備一下，一定送給青芷一個上品簪子。

青芷自己對哥哥掏心掏肺，哥哥對她好，她也從不拒絕，當下便道：「那我先謝謝哥哥。」

當天晚上，蔡羽就獨自一個人搬進了宅子。

在祁素梅舉辦的玫瑰花會上，蔡翠不但認識了韓正陽，還結識了韓正陽的好友趙六郎。和祁素梅不同，她一見這位趙六郎，就在趙六郎身上發現了與鍾佳霖相似的氣質——一種清貴之氣。

悄悄打量著與韓正陽形影不離的趙六郎，她終於發現，這位趙六郎與鍾佳霖一樣，除了氣質清貴，眉眼其實有些相似。他們的眉眼比一般人要更黑、更秀致一些。

蔡翠是知道韓正陽的身分——吏部侍郎韓林的長子，清平帝的幼弟英親王趙瑜的伴讀。她悄悄觀察韓正陽和趙六郎的相處，發現韓正陽雖然傲氣，對趙六郎卻甚是恭謹。

這位趙六郎，既姓趙，又是韓正陽的好友，又恰好排行第六，難道這位趙六郎，便是當今陛下排行第六的幼弟，英親王趙瑜？

有了這個猜測之後，她不禁笑了起來，一張小臉越發溫柔甜美，舉止也越發雍容華貴。

她是富商之女，想要做親王正妃自是不可能的，可是側妃倒是可以爭取爭取的……

祁素梅很有奇思妙想，這天晚上在玫瑰園內掛起了滿園的琉璃燈，在燈光花香中舉辦夜宴。夜宴分為男女兩席，男席和女席中間只隔著一道窄窄的玫瑰花圃，說話相看都很方便。

趙瑜對面原本是宛州通判之女于友玲。

于友玲挨著祁素梅坐，對面是趙六郎，而祁素梅對面則是韓正陽。但蔡翠使了個詭計，使于友玲跌倒在水坑裡，裙子沾了污水，于友玲只得回去換衣。

而蔡翠就以陪伴祁素梅為名，名正言順地坐在祁素梅身旁、趙瑜的對面，乘機和他攀談起來。

趙瑜得知這位生得溫柔甜美的蔡大姑娘是南陽縣的，便問了一句。「有一位虞青芷虞姑娘，不知蔡大姑娘聽說過嗎？」

問出這句話後，他就後悔了。也不知道怎麼回事，自從見到青芷，心裡就隱隱牽掛著。

自己也覺得很奇怪，一個沒長成的農家小姑娘，有什麼好牽掛的，可他卻有些控制不住自己。

蔡翠聞言，笑容愈加甜美起來，眼波流轉。「趙六郎，你……認識青芷？」

趙瑜垂下眼簾。「曾經見過兩次，不怎麼認識。」

這時，祁素梅結束了和另一邊的聊天，插話道：「那樣的美人很容易讓人記住的，趙六郎是不是也動心了？」

趙瑜冷淡一笑。「不過是個農家小丫頭。」

聽趙瑜這麼說，蔡翠心裡反倒有些懷疑。難道這個趙六郎，對青芷一見鍾情了？想到這裡，她抿嘴一笑，道：「青芷呀，她可是有丈夫的。」

祁素梅聞言，驚訝極了，「咦」了聲。「青芷有丈夫？怎麼沒聽說過？」

蔡翠這會兒已經把心思從鍾佳霖身上轉到了趙六郎身上，微笑道：「是鍾佳霖啊！鍾佳霖是她的童養夫，我們蔡家莊的人都知道。」

祁素梅呆在了那裡，越想越覺得像，心道：怪不得鍾佳霖拒人於千里之外，原來他是青芷的童養夫啊……

得知那個對自己不理不睬、把自己當空白的小姑娘已經許了人家，趙瑜心裡說不出是什麼滋味。

既然羅敷有夫，他就更不應該對對方有什麼心思了。這次出來遊歷，在宛州已經待太久，該去別處轉轉了，不如經水路去江南吧！

蔡翠知道今日機會難得，以後再難接觸到韓正陽和趙六郎這樣的人，因此使出了渾身解數，孔雀開屏般展現出自己的優點，長袖善舞，溫柔甜美。

祁素梅都看得呆了，心道：蔡翠莫不是看上表哥了吧？

她忙尋了個機會悄悄告訴蔡翠。「我表哥已經有未婚妻了，正是益陽侯的次女，是自幼定下的婚事……」

祁素梅還是善良的，擔心蔡翠動了心卻被辜負。

蔡翠聽了，笑道：「是嗎？那可真是門當戶對了。」

祁素梅想了想，抬眼看向坐在蔡翠對面的趙瑜，低聲道：「趙六郎身分高貴，將來怕是要娶高門貴族之女為妻的。」

蔡翠笑了，水汪汪杏眼閃著狡黠的光。她沒想著要做妻子啊，她想的就是做妾！寧做英雄妾，莫為庸人妻。就算是做親王的侍妾，也是很不錯的！

見蔡翠不以為意，祁素梅便又低聲問了。「妳說鍾小哥是青芷的童養夫，這是真的嗎？」

蔡翠也瞧出祁素梅的心思，瞄了她一眼。「也就妳不知道了，我們蔡家莊誰不知道啊！虞先生沒有兒子，收留鍾佳霖就是為了給青芷做童養夫，不然虞先生幹麼那麼好心？」

祁素梅一聽，心裡有些難受，半日沒說話。

蔡翠只是含情脈脈地看向趙瑜。

韓正陽也發現了蔡翠在勾引趙瑜，便湊近趙瑜，低聲說了幾句。

趙瑜生在皇室，早早就被宮女勾引著瞭解風月之事，原本就有些葷素不忌，聽了韓正陽的話，不禁笑起來，輕輕說了一聲「好」。

片刻之後，他藉口淨手，起身去了。

蔡翠見狀，便想要抓住這個機會，也尋了個藉口起身。

見蔡翠走了，韓正陽也起身過去。

祁家的別業是新置買的，什麼都是新的，給韓正陽和趙瑜準備的屋子也豪華舒適。

趙瑜早已屏退了侍候的人，獨自坐在屋裡的羅漢床上飲茶。

蔡翠悄悄走過去，輕輕敲了敲門。「趙六郎在嗎？」

趙瑜輕笑一聲，道：「進來吧！」

蔡翠推開門進去，卻見趙六郎坐在紫檀木羅漢床上，正笑吟吟看著自己。燈光中，他的臉越發俊俏風流，她不禁有些躊躇，自己會不會太大膽了？

趙瑜輕笑一聲，道：「過來吧！」

蔡翠深吸一口氣，告訴自己：富貴險中求，這種機會可遇不可求，豁出去，也許就能為自己贏得錦繡未來！

想到這裡，她的笑容越發嫵媚，蓮步輕移，走了過去。

趙瑜一把抱住了投進自己懷裡的蔡翠。

蔡翠渾身發軟，依偎在趙瑜懷裡，低低叫了聲「六郎」。

趙瑜伸手熄了燈盞，把蔡翠摁在羅漢床上。

屋子裡一片黑暗，只有男女急促的呼吸聲和衣衫的窸窣聲，很快地，羅漢床就搖動了起來……

韓正陽聽了半日壁腳，待趙瑜完事，便走了進來。

不知春風幾度，蔡翠正渾身痠痛、暈暈沈沈，忽然聽到「嗤」的劃火石的聲音。她睜開眼睛一看，發現了眼前的景象，幾乎暈了過去。

趙瑜已經離開了，此時和她待在一起的是韓正陽。

韓正陽點了燈盞，慢條斯理地罩上燈罩，笑嘻嘻地瞅了蔡翠一眼，道：「阿翠，妳可真是好風情啊。」

蔡翠大腦一片空白，尖叫幾乎要噴薄而出，死死地盯著韓正陽。

韓正陽得意洋洋地立在那裡，撿起衣衫穿在身上，一邊繫衣帶，一邊道：「妳喊啊，把大家都喊過來，看看妳做了什麼？」

蔡翠摀住嘴哭了起來。

韓正陽穿好衣服，搖搖擺擺出去了。

聽到門關上的聲音，蔡翠壓抑地哭泣著。原來這些達官貴人是這樣的驕奢淫逸、無恥至極……

哭了一會兒之後，她知道自己不能再留了，會被人發現的，便顫抖著起身穿上衣服，重新梳了頭，悄悄打開門走出去。

她沒有再回宴會，也不想見到那兩個畜生，便叫住一個往宴席上送酒的丫鬟，吩咐她叫自己的丫鬟篆兒過來。

篆兒很快就過來了。姑娘突然不見，她已經找了將近兩刻鐘了。

蔡翠帶上篆兒，去了祁素梅給她安排的房間。

而後，得知蔡翠身體不舒服睡下了，祁素梅忙帶人去看她。

蔡翠躺在床上，竭力漾出微笑。「沒事，我就是喝了幾杯酒，有些醉了。」

祁素梅交代丫鬟去取解酒湯，然後在床邊坐下，陪蔡翠說了一會兒話，道：「我表哥和趙六郎明日清晨就要離開了，他們要去江南遊玩……」

蔡翠臉上帶笑，內心苦澀。她原本的打算便是乘機賴上趙六郎。若是今晚只有趙六郎，或者只有韓正陽，她還可以想法子賴上一個，可是兩個人，她怎麼賴？

要是懷上了，她也不知道是誰下的種……這世上居然真的有這樣的畜生！

都怪祁素梅！她既然舉辦宴會，為何不在別業各處都安排好人，到處都是侍候的人，這樣韓正陽和趙六郎的陰謀就不會得逞了！

看著絮絮說話的祁素梅，蔡翠心裡滿溢著恨意。都怪她！若不是她舉辦宴會，自己怎麼會上那兩個登徒子的當？

時間飛逝，轉眼間就進入六月，院試的日期近在眼前了。

金秀才的宅子臨著白河，極為安靜涼爽，果真是讀書的好地方。

這兩個月，蔡羽一直留在這裡，自學之餘還與鍾佳霖互相交流探討，學業進步了不少，對於即將到來的院試也頗有幾分把握。

們。

青芷知道院試重要，一直在家裡安排家務，種花讀書，做做針線女紅，很少去打擾他

院試這日，天還黑漆漆的，王春生就趕著租來的馬車，送兩人去府衙參加院試。

待鍾佳霖和蔡羽離開之後，青芷原本打算睡個回籠覺，誰知躺在床上翻來覆去就是睡不著，最後索性起來了。

王春生跟去送鍾佳霖和蔡羽了，家裡只有春燕陪著她。

春燕見她情緒不穩，便不打擾她，自顧自打掃院子去了。

青芷打開前院臨河的窄門，把坐墊放在臺階上，坐下看著廣闊無邊的河面，試圖理順紛亂的思緒，令自己平靜下來。

院試與縣試、府試比，有一個地方不同——四場考試期間，考生不能離開考場。她實在擔心自己哥哥能不能受得了？

另外，她沒想到這次陪著哥哥來宛州，居然會見到趙瑜。

對她來說，趙瑜代表著一段不堪回首的記憶，她寧願全部忘記，再也不要想起。起初經歷時覺得美好的一切，如今再想，卻發現原想的愛情，不過是利用，趙瑜利用她牽制哥哥……

想到這裡，青芷的心就隱隱作痛。

原來，前世的她不僅害了自己，還把哥哥也賠了進去……

此時，東邊太陽漸漸昇起，河面上的霧氣漸漸消散，碧波萬頃，美好如畫。

她忽然啞然失笑，發現自己真是多慮了。

哥哥在外面流浪那麼久，即使到了虞家，這一年多也沒有停止體力勞動，身子骨要比那些文弱書生要強很多，只是瞧著高瘦罷了。

再說了，同樣的院試，哥哥前世也是一次就考過的。

想通之後，青芷不由笑了起來，接著又想起了趙瑜。

前世的她是明年才遇到趙瑜的，重生之後，似乎發生了一些改變，她居然今年就見到了，而趙瑜也似乎與前世不太一樣……

前世的趙瑜對她一見鍾情，一見她，眼睛就亮了起來。

今生的趙瑜連話都沒和她說過，對她似乎沒什麼想法，連看她都不看。也許這一世認識得太早，她還只是個毛丫頭，所以趙瑜根本就沒看上她？

這個念頭令青芷緊繃的心漸漸放鬆下來。

這時，太陽越昇越高，不久前還覺得陰冷，這會兒就覺得有些熱了。

她站起身，伸了個懶腰，笑咪咪道：「繼續努力吧，虞青芷！」

這一世，她不再重蹈覆轍，要和哥哥一起好好經營人生，照顧爹娘，開心幸福地生活下去！

等王春生回來，就讓春燕看家，她讓王春生跟著保護，帶上她的香油、香脂、香膏和香胰子推銷去。

以後她的貨物產量越來越高，單獨一個涵香樓怕是不需要那麼多，宛州距離南陽縣不過一天路程，到時候可以經水路運到宛州城去賣。

另外，她打算去給娘買禮物，順便也給爹爹買。她還打算也送個禮物給哥哥，慶祝他考完院試。

這四天哥哥不在家，她也有許多事情要忙呀！

回到房裡，青芷開始整理自己帶來的那些瓶瓶罐罐。

做生意的時候，若是想賣出高價，適當的包裝必不可少。她得讓春燕多做一些那種繡花紗囊，用來裝貨物。

春燕一聽說青芷需要她做的繡花紗囊，當即答應了。「姑娘需要多少，我就做多少。」

青芷看著春燕的笑顏，也笑了，道：「妳儘管做吧，一個紗囊我給妳五分銀子的工錢，一百個就是五兩銀子了。不過品質得好，品質不好我可不給妳工錢。」

春燕臉有些紅，怪不好意思地試探著問：「姑娘，真的可以這樣嗎？」

她的身契在姑娘手裡，她是姑娘的人，姑娘讓她做什麼她就得做什麼，怎麼可以要工錢？

青芷笑容燦爛。「妳辛辛苦苦做紗囊，我自然不能讓妳白做工了，妳都攢起來，將來嫁人的時候可以做嫁妝傍身。」

春燕起先還沒聽出來，想了一會兒，忽然看向青芷。「姑娘……姑娘的意思是……」

難道姑娘以後還會放她嫁人？

青芷凝視著春燕的眼睛，柔聲道：「妳好好侍候，將來若是有了妳喜歡的、合適的人，我自然要給妳銷了奴籍，放妳嫁人的。」

前世的自己並沒有好好收攏人心，以至於連身邊的人都被李雨岫收買；這一世，她要記取教訓，一心待人，以誠待人，同時用利益籠絡人。

春燕喜出望外，鼻子一陣酸澀，眼睛當即濕潤了。

她飛快地用衣袖擦去眼淚，端端正正給青芷行了個禮。「姑娘，我一定會好好服侍的！」

青芷扶起她，溫聲道：「妳只要勤謹忠心，我也會好好待妳的。」想了想，又道：「春燕，妳這幾年跟著我，掙的銀子都攢起來，千萬別給那把妳賣了的家人。一個女子要想活得自在，還是得自己手裡有銀子，自己能掙錢。」

春燕開心極了，眼睛亮晶晶，臉紅撲撲的。「我都聽姑娘的。」

兩人正在西廂房裡說話，卻聽到後院傳來敲門聲。

春燕忙道：「姑娘，我去看看，應該是春生回來了。」

片刻之後，王春生和春燕一起過來見青芷。

青芷打量著王春生。「春生，一路上還順利吧？」

王春生回來得有些急，額頭上都是一層細密的汗珠子。

他拱手行了個禮，道：「啟稟姑娘，一路很順利。這次主考的學政是從京城派來的，名叫齊忠旭，原是禮部員外郎，聽說性格方正，為人正直，並不是李太傅的人，公子這次院試應該會很順利。」

第五十二章

青芷沒想到王春生把話說得這麼透，便凝神打量著他。

朝中如今分成好幾派，文臣中勢力最大的便是李雨岫的父親李太傅。李太傅門生故舊遍朝野，前世的趙瑜娶了李雨岫為王妃，李太傅的勢力便都投入了趙瑜的陣營。

而哥哥因為她，也輔佐趙瑜。趙瑜就這樣權勢日盛，一步步掌握大宋權柄，在清平帝病危時，成為正式的皇位繼承人，而她就在那時中毒死去……

王春生被青芷打量得有些不好意思，低頭不語。

青芷見狀，便道：「你去歇息一會兒吧。下午涼快些再去替我買一疋玉青色的青紗和翠色絲線，我和春燕要製一些紗囊。」

王春生答應了，退下歇息去了。

青芷讓春燕退下，自己立在窗前想心事。

如今想起前世的死，她腦海中最清晰的一幕是哥哥握住她的手，眼中氤氳著晶瑩的淚，濃長的睫毛也濕漉漉的。從不流淚的哥哥在哭……

也許是彌留之際迴光返照，她記得清清楚楚，哥哥不管不顧地跪在地上，貼近她的臉，說：「妹妹，妳放心，哥哥會給妳報仇。」

這是前世她聽到的最後一句話……

到了下午，王春生稟了青芷就出門了。

約莫一個時辰，他就回來了，甚至雇了一頭驢子，馱了青芷交代的那疋青紗，褡褳裡放著她要的絲線。

這下青芷和春燕有事做了。

這時已經是傍晚，依舊炎熱，而前院小門外的臺階上既沒有夕照，又臨著水，倒是涼爽得很，青芷和春燕便坐在那裡做針線。

一時有些累了，她讓春燕取了月琴過來，教春燕彈月琴。

不遠處的臨水老柳樹下繫著一艘小船。

小船停在那裡很久了，一點聲息也沒有，河面波濤蕩漾，小船就隨著水波晃動。

春燕學了一會兒，便央求青芷彈唱給她聽。

青芷抱著月琴思索了一會兒，道：「我給妳彈唱〈南商調二郎神・惜花〉吧！」

春燕興奮地拍手。「姑娘，快些快些！」

青芷彈撥了幾下琴弦，試了試音，便開始彈奏，隨著空靈的樂聲，輕聲吟唱。「空中似塵，淡濛濛是誰人夢魂？苔前似鱗，點疏疏是誰人淚痕？平明一陣寒差甚，繡簾不卷風尤緊。正酒暈扶頭，倦妝時分……」

東廂房南暗間窗前的竹榻上，王春生正倚著窗臺坐在那，用軟布擦拭一把精緻的匕首。

聽到外面傳來叮叮咚咚的月琴聲，他不由自主停下了手裡的動作，豎起耳朵聽著外面的琴聲，一時竟有些癡了。

樹下的小船中，醉酒睡了半日的趙瑜在月琴聲中漸漸醒了過來。

他閉著眼睛，聽著月琴聲中的輕聲吟唱。這是他在夢中聽過的曲子！

「苔前似鱗，點疏疏是誰人淚痕……」

聲音也是夢中的聲音！

韓正陽睡得正熟，被月琴聲吵醒，頓時大怒，爬起來就要出去罵人，卻被趙瑜拉住了。

「別動。」

韓正陽頓時不敢動了，僵坐在那裡，聽著外面的小妮子彈著月琴哼唱。

青芷唱罷，笑盈盈看向春燕。「還想聽什麼？」

春燕想了想，道：「村子裡走門串戶的那些娘子們，彈唱的都是故事，我喜歡聽姑娘彈唱小曲。」

青芷抬手撥了撥琴弦，輕輕吟唱——

「一江清自流，正微風、淺淺春柔。

寒消煙暖，桃林無限嬌羞。

是真還似幻，眷念這香色水間浮。

情復如斯，誰人步履悠悠。

重拾故地，還雀躍、鳩鳥白鷗。

舊年杳來，心緒都在眉頭……」

趙瑜躺在小船裡，聽著那青澀的吟唱，一顆心陣陣蹙縮，難受極了，眼淚流了出來。

兩個月前，他和韓正陽去了江南，誰知卻趕上了江南最濕熱的夏季，乘興而去，匆匆而歸，途徑兖州。

今日只是偶然興起，帶了韓正陽出來釣魚飲酒，沒想到會再次遇到虞家那個女孩子。

韓正陽莫名其妙地坐在那裡，早看到了趙瑜臉上的淚水，卻只能裝作沒看到，心裡疑惑得很。一向玩世不恭的英親王什麼時候變得這樣多愁善感了？

他是趙瑜的伴讀，兩人臭味相投，各種爛事一起做盡，心裡很清楚趙瑜的為人。

趙瑜這人和他一樣，什麼都有，就是沒有節操，簡直就是直立行走的畜生。

畜生居然還會躺在小船裡默默流淚？

見趙瑜閉著眼睛，韓正陽便悄悄探出頭看了看。

看到水邊臺階上的少女時，他有些明白了——花花公子英親王這是動了凡心了！

韓正陽縮回頭，低聲道：「王爺，喜歡就去勾引啊，我不信有女人會拒絕你。」

趙瑜沒有吭聲。

不知道過了多久，韓正陽聽到他帶著鼻音的低沈聲音。「走吧，今晚就回京。」

韓正陽道：「……是，王爺。」

他面上恭順，心裡卻在嘀咕。咦？狐狸居然還有不吃小雛鳥的時候？

院試的第二天，青芷留下春燕看家，自己帶了王春生出去。

馬車在宛州最大的胭脂水粉鋪子舒玉齋前停下來。

王春生先跳下馬車，接過青芷遞來的桐木提箱，伸出手臂，讓青芷搭著他的手臂下車。

青芷下了車，理了理衣裙，把散下來的一縷碎髮掖回耳後，躊躇滿志地道：「春生，咱們進去試試吧！」能不能拓展市場，就看今日了。

夏季天氣太熱，舒玉齋裡並沒有什麼客人，只有兩個女夥計看店，見一個美麗的少女帶了個清秀的小廝進來，女夥計還以為是顧客，其中一個年紀大些的忙笑著迎上去。

青芷隨著女夥計把鋪子內的香膏、香脂、香油和香胰子都看了一遍之後，心裡有了底——鋪子裡的貨物，都不如她的！

她嫣然一笑，看向女夥計。「我想見見妳們這裡的管事。」

說著話，青芷修長白嫩的手伸了出去，把一個小小的銀錠子塞到女夥計手裡。

女夥計驚訝地捏了捏銀錁子，再看向青芷時，眼裡的笑變得真誠許多。

她握著銀錁子的手極有技巧地縮回去，笑盈盈道：「這位姑娘請等一等，我這就去找鄭管事。」

王春生看見這一幕，神情平靜如水，內心泛起波瀾。一個小姑娘居然懂得這些……

過沒多久，那名女夥計就帶著一個青年過來了。

青芷笑容越發甜蜜——居然是男管事？男管事也不怕！

她示意王春生。「把桐木箱拿過來吧！」

王春生提著桐木箱走上前。

青芷向那位管事行禮，開門見山道：「鄭管事，我想請您看幾樣東西。」

那鄭管事原本神情平淡，可是一見到青芷，眼睛就亮了，眼中閃過驚喜，走到青芷身邊打量著。「這位姑娘……找我做什麼？」

他的聲音比一般男子的音色要亮一些，尾音有點上揚，有些女氣。

青芷意識到了這一點，凝神看他，發現這位鄭管事臉上居然還有妝，只是淡得很，不細看也看不出來。

她笑咪咪道：「鄭管事，我想見你，是因為我發現舒玉齋的貨物都沒我拿來的好。」

鄭管事眉一挑，塗了薄薄香膏的唇一抿，就要開口嘲諷，誰知青芷微微一笑，提起桐木箱打開，把裡面的瓶瓶罐罐一一拿出來，最後拿了幾樣用青紗繡囊盛著的香胰子。

她這些瓶瓶罐罐，都是上好的玉青瓷，胎質細膩，釉面色澤瑩潤，有的盒蓋上繪著一枝含苞待放的深紅玫瑰花，有的繪著一枝金燦燦的桂花，有的是一枝海棠花，有的是碧綠的薄荷，也有的是豔麗桃花，但左下角都有一個簪花小楷的「芷」字。

那鄭管事沒見過這樣別緻的盒子，當下便走近，拿了個繪著一枝海棠紅的玉青瓷盒子，輕輕擰開，只見裡面是海棠紅的香膏，細膩鮮豔，色澤潤澤，散發著宜人的香氣。

他一時有些遲疑。

青芷從桐木箱裡拿出一個靶鏡，遞給鄭管事，笑咪咪道：「鄭管事，這是海棠香膏，我給您抹一下試試吧？」

鄭管事眼睛發亮，卻欲言又止。

青芷取了潔淨帕子，把手指細細擦拭一遍，然後用右手尾指挑了些海棠香膏，左手扶著鄭管事的下巴，右手尾指則在鄭管事唇上細細塗抹著。

鄭管事此時距離青芷很近，不禁觀察青芷的肌膚，發現她的肌膚白嫩晶瑩，似透著一層瑩光。

塗抹完畢，青芷嫣然一笑。「鄭管事，您看看怎麼樣？」

鄭管事對鏡一照，發現塗了海棠香膏的唇不是很紅，可是瑩潤飽滿，似乎年輕了好幾歲；他抿了抿嘴，發現還帶著海棠的清香。

他眼神亮了起來，看向青芷。「這位姑娘，妳這些貨物，咱們都試試吧！」

從舒玉齋出來，王春生提著空空的桐木箱，忍不住問青芷。「姑娘，您真的打算八月再來一趟送貨？」

青芷剛得了不少訂單，正開心呢，笑嘻嘻地道：「那是當然，到時候我哥哥怕是要忙著讀書，你和春燕陪著我過來吧！」

因為先前唱戲的關係，王春生認識的女子也算是多了，卻從來沒見過青芷這樣的女孩子。明明長得這麼美麗又聰明，卻從來沒想過憑藉美貌發達，而是一直打算靠手藝掙錢養活自己，照顧家人……

回到宅子，王春生忍不住問青芷。「姑娘，明日要不要去別的胭脂水粉鋪子看看？」

青芷進了後院大門，清澈的大眼睛裡滿是得意。「不用了，我們的產量有限，南陽縣的涵香樓和宛州城的舒玉齋，已經差不多了。」

走在房屋西邊的小徑上，她忽然想起了什麼，扭頭看向王春生。「春生，我哥哥喜不喜歡這個宅子？如果哥哥喜歡這個宅子，我就買下來送給他。」

王春生想了想，道：「公子嫌這裡水氣太重，還說春夏居住正好，冬日怕是對姑娘的身子不好。」

青芷一聽也知道鍾佳霖對這個宅子沒什麼想法，便向前走去，口中道：「哥哥不喜歡就算了。」

王春生還沒見過這麼豪爽的女孩子，都不知道該作何反應了，目瞪口呆地站在那裡。姑娘這……這是不是把公子的臺詞給搶走了？這樣的話，不是該男人來說嗎?!

春燕一直在做青紗繡囊，見青芷回來，忙起身迎接。「姑娘，渴不渴？我準備了薄荷蜂蜜茶。」

青芷笑道：「好呀。」又吩咐王春生。「春生，你去把剛買的西瓜盛在竹簍裡，浸到河水裡涼一涼吧！」

王春生答應了，抱著西瓜去了前院的小門。

到了晚上，青芷跟王春生、春燕一起，坐在河邊吃著入口即化的沙瓤西瓜，心裡卻在想：後天哥哥就要考完了，我得守在府衙外面，讓哥哥一出來就看到我！

院試不能自帶食物，應考學子們吃的都是府衙衙役送的飯菜。好在朝廷重視科舉，學政大人要求嚴格，因此飯菜雖然不算美味，卻還能入口。

鍾佳霖在外流浪那麼久，很能吃苦，這樣的飯菜對他來說還算不錯。

院試時最難熬的其實是住宿，可是鍾佳霖一進自己的號房，就發現狹窄的號房乾乾淨淨，被褥居然是嶄新的，枕頭、蓆子也是新的，還散發著竹子清香。

鍾佳霖有些疑惑，看了看別的號房，發現其他號房的寢具看著也乾淨，卻明顯不是新的。

他心中不由有些疑惑，不禁想到了縣試時的異常。

經過一天的考試之後，天色漸漸暗了下來，考場內的號房一個個亮起燭光。

號房內有發放的蠟燭和火石，鍾佳霖卻沒有秉燭答題，而是直接睡下了。

他躺在號房狹窄的床上，聽著四周號房嘩啦啦的翻紙聲，不知不覺地睡著了。

朦朦朧朧中，他似乎聞到了薄荷的氣息。

到了第四天上午，鍾佳霖端坐答題。所有的試卷他都做完了，如今做的不過是把草稿謄寫在試卷上。

他專注答題的時候，這次院試的主考齊學政帶著一群考官經過他的號房，特地看了鍾佳霖一眼——他知道這個號房裡的學子才十五歲，卻已經考了縣試的第一和府試的第一。

發現鍾佳霖生得異常清俊、氣質清貴，眉目間莫名有些熟悉，齊學政不禁一愣，想起了周靈給他的那封密信……

他細細打量，基本確定周靈告訴他的應該是真的！

作為清平帝曾經的伴讀，齊學政十分清楚清平帝少年時的長相。

他竭力壓抑內心的悸動，打量著正專心答題的鍾佳霖。

旁邊號房的考生發現巡視的考官們在這裡停留太久，紛紛抬頭張望。

鍾佳霖也感覺到異常，抬頭看了過去，恰巧和齊學政四目相對。

那如蘸了墨精心描畫的眉，黑泠泠的眼，挺直的鼻梁，緊緊抿著的唇——這分明是少年時候的陛下！

見少年看向自己的眼神中帶了一抹探究，齊學政忙輕咳一聲，負手向前踱去，眾考官忙跟了過去。

鍾佳霖繼續低頭謄寫。

終於到了交卷時。交了試卷、走出號房之後，饒是鎮定如他，也有種終於解脫的感覺。

眾考生排成好幾支隊伍，向府衙外走去。蔡羽一眼看到了排在另一個隊伍裡的鍾佳霖，忙叫了他。

鍾佳霖抬頭看他，微微一笑，雙目清澈，臉上依舊是清清爽爽的。

蔡羽皺著眉頭打量他，方道：「佳霖，你怎麼沒被蚊子咬？」

鍾佳霖看到蔡羽臉上咬出的紅痕，問道：「難道你的號房裡沒熏薄荷嗎？」

蔡羽一臉不滿。「哪裡有熏薄荷！若是熏了薄荷，老子還會是這個德行？」

他說著話，忍不住在脖子裡撓了一把。

這時，排在鍾佳霖前面的考生也扭頭道：「號房裡哪裡熏薄荷了？」

那個考生生得眉清目秀，約莫十六、七歲，走了幾步又扭頭看鍾佳霖。「這位小兄弟，你的號房裡難道有薄荷熏香？」

鍾佳霖鎮定地搖搖頭。「怎麼可能。」原來他號房裡的薄荷香是獨家的呀！

「那蚊子怎麼沒咬你呀？難道蚊子也以貌取人？」

蔡羽噗哧笑了起來。

鍾佳霖無奈地笑了，正要說話，卻聽到外面傳來一聲嬌呼。「哥哥、哥哥——」

看著在府衙外向自己招手的青芷，鍾佳霖笑了起來。「青芷。」

鍾佳霖一出府衙，青芷就跑了過來，一把握住他的手。「哥哥，終於考完了。」

湧出來的學子在號房裡封閉了四日，一出來乍見這麼美麗的少女，都看了過來。

方才的考生看了看鍾佳霖，再看看外面那個漂亮姑娘，心裡一動，問蔡羽。「這位兄弟，我是南陽縣的學子徐微，請問你們是——」

蔡羽笑了起來。「我們也是南陽縣的學子，我叫蔡羽。」又指著鍾佳霖。「他叫鍾佳霖。我們是城西蔡家莊學堂的，你呢？」

那考生眼睛一亮。「原來是上次的縣案首啊，長得真好看！」他笑咪咪地道：「我叫徐微，在縣學就讀，咱們下次一定會見面。」

縣案首是一定會被選去縣學讀書的，而這位叫蔡羽的學子，衣料華貴，即使不夠資格去縣學，也能掏銀子進去，成為附學生。

蔡羽沒想到這位叫徐微的如此看重長相，不由打量他一番，發現徐微生得也不錯。

徐微緊跟著蔡羽，眼睛發亮地看著青芷，低聲問蔡羽。「這個女孩子是鍾小哥的妹妹？有人家沒有？」

蔡羽忙道：「她早定下人家了。」

徐微頗為遺憾，盯著青芷一邊看，一邊嘆氣。

鍾佳霖發現人越來越多，便把書篋遞給王春生，攬著青芷一起出去了。

青芷湊近鍾佳霖，用力吸了一口氣，大眼睛滿是疑惑。「哥哥，大夏天的你四天沒洗澡，怎麼味道還挺好聞？似乎是薄荷……」

鍾佳霖笑了，低聲道：「回家後我還是先洗個澡吧！」

青芷「嗯」了一聲，道：「我在清水樓訂了個席面送到家裡，你洗完澡，咱們就用飯。」

蔡羽原本是要叫住兩人的，可是一抬眼見自己姊姊的馬車在不遠處停著，便閉嘴了。

鍾佳霖原本打算叫上蔡羽一起走，但看到了站在不遠處的蔡福和篆兒，他知道蔡翠就在不遠處，便對蔡羽說道：「阿羽，你家裡來人了，我先帶妹妹回去。」

說罷，他護著青芷先離開了。

蔡羽聽到鍾佳霖說自己家裡來接，知道是姊姊來了，頓時沒了開玩笑的心思。

王春生揹著鍾佳霖的書篋在前面引路，三個人很快就到了王春生租來的馬車那裡。

直到上了馬車，鍾佳霖才靠在椅背上，放鬆地吐了一口氣。

這樣連考四天不能離開考棚，真的是對考生身心的極大考驗。

青芷坐在旁邊，看著他蒼白的臉，心中憐惜，便道：「哥哥，你閉上眼睛休息一會兒吧！」

鍾佳霖聽話地閉上眼睛。

青芷陪著他坐在車裡，從車窗縫隙看著外面熱鬧的街景，胸臆中滿溢著歡喜——哥哥終於考完了，真好！

回到金秀才的宅子，春燕已經按照青芷的吩咐準備了熱水，鍾佳霖吃了幾塊點心，就回房由王春生服侍著洗澡去了。

等他洗罷澡出來，發現席面已經送來了，擺在正房明間，聞著還挺香。

青芷陪著鍾佳霖吃了一會兒，見他已經吃了一些菜餚，胃裡有食物墊著，這才倒了兩盞薄荷酒，遞給鍾佳霖一盞，自己一盞，笑盈盈道：「先預祝哥哥院試高中，考中秀才。」

縣試、府試考過之後叫童生，院試過了才是秀才，如今鍾佳霖已經通過府試，是正式的童生身分了。

鍾佳霖端起酒盞與青芷碰了碰，一飲而盡。酒味甘甜清涼，是女孩子愛喝的酒。

青芷敬鍾佳霖喝了三盞酒之後，發現有份鮮肉芥菜煎餃特別好吃，便挾了一個放在鍾佳霖的碟子裡。「哥哥，這個好吃，你嚐嚐。」

鍾佳霖吃了，發現果真美味，又挾了一個。

待他吃得差不多了，青芷盛了一碗百合蓮子粥遞過去。「哥哥，喝點粥吧！」

鍾佳霖喝罷粥，酒意有些上湧，已經堅持不住，便回房睡去了。

青芷服侍鍾佳霖睡下，讓春燕和王春生吃罷收拾，她也洗漱了回房睡下。

哥哥在府衙參加院試很疲累，她在家一直懸著心也累，如今哥哥考完，她終於可以好好歇歇了！

等青芷醒來，已經是清晨。

她洗漱罷出來，見王春生正在收拾行李，便問了一聲。「春生，我哥哥呢？」

王春生含笑道：「姑娘，公子在河邊呢。」

這會兒太陽還沒有出來，青色輕霧漫著，帶著河上的水氣和河邊薄荷的清涼氣息。

青芷深吸了一口，腳步輕捷地向河邊走去。

她一出小門，就看到鍾佳霖立在臺階上，正在看霧氣瀰漫的河面。「哥哥。」

鍾佳霖看了她一眼，眼中滿是笑意。「嗯。」

兄妹並肩而立，看著霧氣漸漸消散，河上的點點帆影清晰起來。

青芷問鍾佳霖。「哥哥，咱們接下來做什麼？」

鍾佳霖微笑道：「上午我帶妳去給先生和師娘買禮物，下午妳和春燕在家收拾行李，我帶著春生去找房經紀退租，再去雇船，明日凌晨就出發回家。」

青芷頓時歡呼一聲。「太好了！」她笑盈盈地看向鍾佳霖。「哥哥，我想娘了，想家了。」

鍾佳霖也笑。「我也想家了。」

以前的他一直覺得有青芷的地方就是他的家，這次卻是真的有點想家，想村東的學堂、想念先生的嘮叨、想念師母的廚藝……這是一種對他來說有些陌生的情感。

此時蔡家在宛州城的宅子裡，氣氛卻有些緊張。

蔡羽正看著蔡福在收拾行李，蔡翠走了進來，笑盈盈道：「阿羽，何必急著離開？不如我讓人去清水樓訂個席面送到家裡，你給鍾佳霖下個帖子，請他過來吃酒，順便商議一下一起走的事。」

蔡羽聞言看向蔡翠，試圖從她眼睛裡看出些什麼。

經歷了上次姊姊讓秀童帶人去害青芷的事情後，他就不再信任她了。

蔡翠笑容越發溫柔。「阿羽，怎麼了？」

蔡羽低聲道：「沒什麼。」又道：「佳霖急著回去，怕是昨日就出發回南陽了。」

蔡翠聽了，頓時有些急躁。「不可能吧？考了整整四日，他一出來不是得先沐浴歇息？怎麼可能立時就走？」

她已經失身，不再是處子，必須把這事栽贓栽到鍾佳霖身上，逼鍾佳霖娶她。

她想好了，打算灌醉鍾佳霖，到時候把他弄到自己床上，等他一醒來，木已成舟，只得負責！

蔡羽一直在觀察蔡翠，見狀更堅持自己的想法——姊姊一定有貓膩！

他看著這個姊姊，總覺得她變得陌生得可怕。

蔡翠兀自謀劃著，打算回到南陽縣後再實施計謀，反正回去之後機會更多。

心中計議已定，她微微一笑。「好吧，阿羽，那咱們也早些回家吧，爹娘一定都想咱們了。」

蔡羽總覺得姊姊似乎又要起什麼么蛾子，見她急著回去，便故意道：「姊姊，十日後院試的成績就要出來，屆時榜上有名的學子要去參加為學政齊大人舉辦的謝師宴。我想在宛州等著成績出來，不如妳先回去吧，我自己能顧著自己，讓蔡福和篆兒跟著妳回去。」

蔡翠沒想到一向聽話的蔡羽居然有了自己的意見，不由一怔，忙道：「你自己怎麼行？咱們還是一起回去吧！」

但蔡羽堅持。「姊姊，咱們家裡也算有些浮財，可是在官場上畢竟沒有什麼勢力，若是這次我能榜上有名，我打算多和學政齊大人聯絡感情。」

蔡羽說得這麼冠冕堂皇，蔡翠也沒法子反駁，只得勉強笑了。「好吧，那你在這裡等著，我先帶著蔡福和篆兒回去。」

蔡羽站在窗前，看著姊姊走出去，心裡頗為難受。

他不知道姊姊為什麼要這樣做？家裡給姊姊準備了豐厚的嫁妝，為姊姊找個門當戶對的如意郎君並不是難事，為何姊姊要這樣折騰？

蔡翠如風擺楊柳般地走了出去，藏在衣袖裡的雙手緊握成拳。她最討厭自己的計劃出現變數了。

蔡羽如今變得好討厭啊！

第五十三章

夏日清晨，太陽還沒出來，天氣還沒那麼熱。

韓氏頭上包著帕子，身上穿著窄袖夏衫，背上揹著背籠，正在後院裡採摘芝麻葉。

雖然清晨不算熱，可是芝麻地的作物長得太高，待在裡面還是有些悶熱，韓氏忙了沒多久就捂出一身的汗，衣服也濕透了，有些難受。

不過一想到女兒愛吃芝麻葉綠豆麵，韓氏就鼓起幹勁，繼續採摘芝麻葉。

忽然聽到前院似乎有人敲門，她停下動作，果真聽到了「咚咚咚」的敲門聲。

韓氏放下背籠，這才往前院去。

到了前院，敲門聲就更響了。她一邊走，一邊問道：「誰呀？」

外面傳來青芷帶笑的聲音。「娘，是我和哥哥，快開門吧！」

韓氏聞言，歡喜極了，當下衝過去一把拔出門閂，打開大門。

大門外正是青芷和鍾佳霖，韓氏心中歡喜，都不知道怎麼說了，急急道：「可算是回來了，快進來吧！」又看向正在搬行李的春燕和王春生。「你們也快進來吧！」

把青芷和鍾佳霖安頓在院子的椅子上之後，韓氏解掉帕子，又用胰子細細洗手。她一早上都在採摘芝麻葉，手上黏黏的。接著才道：「都沒吃早飯吧？我這就去給你們做。」

青芷忙道：「娘，我想吃清粥配您做的魚鮓、茄鮓和涼調青椒絲。」

韓氏笑咪咪地答應了，又看向鍾佳霖。「佳霖，你想吃什麼？」

鍾佳霖微微一笑。「師母，我和青芷一樣就行了。」

吃早飯的時候，青芷問韓氏。「娘，我爹呢？」

韓氏給青芷挾了塊魚鮓，口中道：「學堂今日休沐，妳爹去城裡梅溪書肆和朋友會文去了。」

青芷想了想，道：「爹看來很緊張今年的科試啊。」

按照大宋的科舉制度，每屆鄉試之前，都由朝廷派出學政巡迴各府州舉行考試，名叫科試。凡欲參加鄉試的秀才，只有科試考試合格，才被准許參加鄉試。明年是鄉試之年，今年八月就有科試，只剩不到兩個月時間。

韓氏神情卻有些不對。

青芷忙道：「娘，怎麼了？」

韓氏見旁邊只有青芷和鍾佳霖，便低聲道：「我覺得妳祖母情況有些不對……」

青芷聞言眉頭微蹙。「祖母如今還在屋裡睡著？」

韓氏點點頭，道：「我去請她起來，不但不肯起來，還想要打我。」

青芷思索了下。「等一下用罷早飯，我去看看。」

祖母若是熬不過去，她爹得守孝三年，這一次鄉試怕是要錯過了。

她正在發呆，鍾佳霖把最後一塊魚鮓挾到她碗裡，低聲道：「沒事，有我呢。」

青芷抬眼看了過去，忽然笑起來。

幸虧她有先見之明，給哥哥登記戶籍的時候買了白蘋洲的地，把哥哥單獨登記為戶主，而不像前世一樣，哥哥改名為虞佳霖，成為爹爹的義子。

這樣的話，起碼祖母去了，哥哥不用守孝。

想到這裡，她又開心起來，很快就把一碗粥吃完了。

王氏的情況確實不好。

因為韓氏的細心照料，她身上沒有生出偏癱病人常見的褥瘡，再加上常曬太陽，膚色也算正常。

只是王氏不知為何，瞧著懨懨的，連看見一向討厭的青芷進來，也沒有像以前那樣表現出強烈的厭惡，只是翻翻眼皮，瞅了一眼，見是青芷，便又閉上眼睛裝死。

出了正房，青芷低聲問韓氏。「娘，姑母們這段時間來看祖母沒有？」

這麼多年來，祖母心裡除了蔡春和，就是她的那些姑母了，尤其是三姑母和六姑母。

韓氏搖搖頭，嘆了口氣道：「妳們離開的這兩個月，只有你大姑母、二姑母、五姑母和七姑母來過一趟，其餘的都沒有回來過。」又道：「縣衙的人來了一趟，說妳六姑母一家乘船去宛州城，遇到了水匪，一家人都沒了……」

青芷默然片刻，想起前世，她爹娘就是死在她祖母和六姑母手裡，心中不禁有些快意：真是善有善報，惡有惡報！

鍾佳霖見家裡無事，便和韓氏及青芷說一聲，先回學堂去了。

他之前臨出發去宛州的時候，交代在城裡看宅子的王春雨，讓他把蓋房子用的材料買回來先堆在後院，不知道如今怎麼樣了？他預備進城裡去看看，順便去接先生回來。

鍾佳霖給王春雨留下了五十兩銀子，王春雨兢兢業業，在後花園的那塊草地上建了一間兩層樓房，一樓二樓都是大通間，還沒裝窗子，瞧著寬敞明亮。

鍾佳霖進了城，帶著王春生進去轉了一圈，看了看，發現牆壁也甚是結實，便看向他。「不錯。」

王春雨一向不愛說話，和王春生相比，瞧著有些木訥，沒想到是個會做事的人。

王春雨羞澀地笑了，問鍾佳霖。「公子，屋子裡面準備怎麼收拾？」

鍾佳霖略一思索，道：「待我妹妹過來，讓我妹妹看看再說，她預備用這個屋子來製作香脂、香膏。」

王春雨忙答了聲「是」。

忙完這邊的事，鍾佳霖又乘了王春生雇來的馬車去接虞世清，一起回蔡家莊。

虞世清原本因為虞冬梅一家人的死訊心情低落，如今見到自己的得意門生，才算是振作了一些，在馬車裡把府試和院試的事情細細問了一遍，然後道：「這次院試是學政齊大人主考，實在太好了。齊大人公正嚴格，唯才是舉，佳霖你一定可以通過院試。」

鍾佳霖微微一笑，道：「先生，如今院試能不能通過還不一定呢，還有幾日消息就下來了，咱們先等著吧！」

虞世清見鍾佳霖居然開始小大人般地叮囑自己，當下笑了起來。「佳霖，你放心，我不會出去說的。」

天黑時分，他終於帶著虞世清回到蔡家莊。

但馬車剛在學堂門口停下，蔡家的老家人蔡忠貴就迎了上來。「虞先生、鍾小哥，我們老爺請你們過去呢。」

天氣又悶又熱，濃密的樹冠中，蟬拚命地嘶鳴著。

蔡府外書房，斷斷續續地傳出蔡振東與蔡羽的談話。

蔡振東接過兒子奉上的茶盞，飲了一口，道：「阿羽，這次院試結果還沒出來，你覺得佳霖有幾分把握？」

蔡羽恭謹地立在一邊。「爹爹，我覺得佳霖一定能榜上有名。」

他相信好友的能力。

蔡振東頗信任兒子的眼光，點了點頭，道：「我相信你。」

蔡羽看向蔡振東。「爹爹的意思是——」

蔡振東又喝了一口清茶，潤了潤喉嚨，才道：「我打算招贅鍾佳霖，以後好好培養他，讓他成為你的助力。」

蔡羽聞言大喜，道：「爹爹，咱家若是想要和鍾佳霖結親，須得在院試結果公布之前。」

見爹爹挑眉看自己，蔡羽笑容燦爛。「因為院試公布之後，南陽縣想要讓佳霖做乘龍快婿的人可就太多了。」

蔡振東聽兒子這樣說，也笑了起來，道：「就按你說的辦。」

蔡羽甚是聰明，察言觀色一番，道：「爹爹，佳霖今年十五歲，二妹今年十三歲，倒是合適……」

姊姊蔡翠今年十六歲，雖然比鍾佳霖才大一歲，年齡也算合適，可是他很擔心自己這位姊姊將來會毀了佳霖，因此故意提的是二妹蔡瑩。

蔡振東原本打算把大女兒蔡翠許配給鍾佳霖，聽兒子這麼一說，便覺得二女兒似乎更合適，於是點點頭，讓蔡羽出去了。

蔡福跟著蔡羽出了外書房，路上見到篆兒提了一個竹籃過來，忙和蔡羽說道：「大公子，您先回去吧，我和我妹妹說句話。」

蔡羽便徑直回自己的院子去了。

蔡福見篆兒的籃子裡都是一朵朵的月季花，便道：「大姑娘讓妳摘花？」

篆兒笑了，道：「大姑娘晚上洗澡，浴桶裡要撒月季花瓣。」

蔡福隨著篆兒到了一叢月季花前，一邊幫著採摘花瓣，一邊有一句、沒一句地瞎聊著，隨口道：「我聽見老爺和大公子說了，要把二姑娘許給鍾小哥呢。」

篆兒聞言，忙道：「二姑娘才十三歲，大姑娘都十六歲了，還沒許人呢，姊姊還沒人家，為何要先給妹妹訂婚？」

蔡福渾不在意。「管他呢，誰知道老爺和大公子心裡想的是什麼？也許是嫌鍾小哥配不上大姑娘吧！」

聽了蔡福的話，篆兒再也無心摘花瓣了，匆匆和哥哥道別，提著花籃回東偏院去了。

蔡翠正在花園的亭子裡看書納涼，聽了篆兒的話，不由微微一怔。「篆兒，妳確定爹爹這樣說了？」

篆兒噘著嘴。「姑娘，是我哥哥在老爺的書房外聽到老爺和大公子商議的。」她忿忿不平地道：「憑什麼啊，二姑娘才十三歲，又是小婦養的，還敢和大姑娘爭？」

蔡翠垂下眼簾，片刻後彎唇一笑。「走吧，隨我去看看爹爹。」

到了外書房，蔡翠讓篆兒留在門外，自己進去了。

蔡振東正在鑑賞一份新近入手的名畫，見女兒進來，含笑招手。「阿翠，來看看爹爹這幅《溪山行遊圖》。」

蔡翠走了過去，陪蔡振東賞了一會兒，見他興致正高，便開口道：「爹爹，女兒有一件事要和您商議呢！」

蔡振東聞言，劍眉微揚。「阿翠，何事？」

蔡翠微微一笑，道：「爹爹，這次宛州的府試，鍾佳霖考了榜首，您知道嗎？」

蔡振東笑了起來。「我知道啊，阿羽已經和我說過了。佳霖這孩子不錯啊，縣試考了案首，府試考了榜首，難道院試還要考榜首？若是的話，他可真夠厲害的，以後就是我們南陽縣年紀最輕的秀才了。」

他說著，見女兒含笑看著自己，頓時明白了。「阿翠，妳的意思是……想要與佳霖結親？」

蔡振東早就打算過了，若是這次院試，鍾佳霖能榜上有名，成為秀才，他就打算開口把二女兒蔡瑩許配給他，以後好好培養他，卻沒想到大女兒先過來了。

蔡翠大大方方地道：「爹爹，我今年已經十六歲，該定下親事了。」

蔡振東聞言，失笑道：「阿翠，妳放心，爹爹早給妳看中了一戶人家。」

蔡翠杏眼盈盈。「爹爹，是哪戶人家？」

蔡振東最欣賞大女兒這一點——外表秀麗嫵媚，溫柔甜美，彷彿是柔軟的閨秀，可是態度卻大大方方的，自己想要什麼就開口要，要不到，就用手段去爭取！

他笑了起來，道：「爹爹看中的那戶人家，便是宛州城做茶葉生意的大戶張家。他家在桐柏山有整整一個山頭的茶樹，在宛州各縣都開有茶葉鋪子，而且還在京城開有茶葉鋪子。張家大郎今年十七歲，生得頗為英俊，已經接管了他家在京城的茶葉鋪子，很是能幹，以後自然要繼承家裡生意，堪堪能配我的女兒。」

蔡翠聽了，沒有立即吭聲，而是垂目立在那裡，把弄著手裡的鮫綃帕子。

蔡振東知道女兒一想事情就是這個樣子，便也不急，拿了把檀香骨灑金扇子，慢慢搧著。

蔡家修有冰窖，這書房裡放著盛了冰山的銅盆，因此並不算熱。

片刻後，蔡翠抬眼看向蔡振東，眼中帶著一抹堅定。「爹爹，我還是想嫁鍾佳霖。您得趕在院試結果出來之前和他跟虞先生提這件事，免得……以後競爭的人太多了。」

見女兒如此果斷，蔡振東不由笑了起來。「放心吧，我的女兒，爹爹這就讓人去請虞世清和鍾佳霖師徒，一定把妳的親事先定下來。」

蔡翠拉著爹爹的胳膊撒嬌。「多謝爹爹。」

虞世清仍坐在馬車裡，聽了蔡忠貴的話，當下就要答應，誰知鍾佳霖搶先道：「忠貴伯，我們先生今日與朋友相聚，不免多飲了兩杯，如今酩酊大醉，不如我隨你過去，替先生向蔡大叔賠罪。」

他說著話，抬手在虞世清肩膀上輕輕摁了一下，示意先生不要動。

鍾佳霖這段話說得滴水不漏，蔡忠貴忙道：「虞先生既然醉了，就先回家休息吧！鍾小哥隨我過去，向我家老爺解釋一下，也就行了。」

虞世清既然「醉」了，只得眼睜睜看著鍾佳霖下車，帶著王春生隨著蔡忠貴去了，這才吩咐車夫。「繼續往西，到我家門口再停下吧！」

車夫是村東頭張家的人，每次虞家人進城都是租他家的馬車，嘴巴很嚴，答應了一聲，趕著馬車往西走去。

進蔡家大門的時候，鍾佳霖看到蔡福在大門口與另一個小廝說話，便笑著吩咐道：「蔡福，你去和阿羽說一聲，就說我去蔡大叔書房裡了。」

蔡福一直跟著蔡羽，知道兩人是好朋友，便答應了一聲，一溜煙找蔡羽去了。

蔡振東的外書房門上的細竹絲簾子一掀起來，鍾佳霖就聞到了一股菜香、酒香和檀香夾雜在一起的氣味——裡面應該是擺酒了。

他微一沈吟，走了進去，見蔡振東正坐在書案後面，便微微一笑，拱手行禮。「見過蔡大叔。」一行罷禮，又不卑不亢地解釋道：「蔡大叔，先生他難得與昔日同窗見面，一下子酊大醉，實在無法過來，命我來向蔡大叔解釋一下。」

蔡振東坐在那裡打量著鍾佳霖。

兩、三個月不見，鍾佳霖似乎又長高了一些，臉上原先的稚氣漸漸不見了，越發顯得容顏清俊，氣質清貴。怪不得阿翠看上他，佳霖這孩子的確是好！

他微笑起來，起身道：「佳霖，不打緊，你來就行。來，過來陪你蔡大叔喝兩杯。」

蔡振東心裡清楚，像鍾佳霖這樣的早慧孩子，處世清根本影響不了他的決定，因此並不在意。

鍾佳霖答應了，先請蔡振東坐下，這才坐下來。

蔡振東先前一直把他當小孩子看，如今看來，他舉止有度，令人如沐春風，實在是個人才啊！

聊了沒幾句，鍾佳霖已經敬了蔡振東五、六杯酒，饒是蔡振東久經酒場，空腹喝了這幾杯，也有些暈眩。

他撫了撫額頭，正要醞釀一番，直接和鍾佳霖提親，誰知鍾佳霖又是三杯酒敬了過來，蔡振東只得勉力飲下。

鍾佳霖一邊各種勸酒，一邊觀察著蔡振東，見蔡振東已經酒至半酣，正是好唬弄的時候，便開口道：「蔡大叔知道嗎？這次院試我一定能榜上有名，明年的鄉試，我也一定能考中舉人。」

蔡振東豪爽地把酒一飲而盡，笑道：「我知道，你這孩子不是池中之物，早晚要一飛沖天！」

鍾佳霖笑容清澈。「蔡大叔不想知道我為何這麼有把握嗎？」

蔡振東飲得有些多，腦子這會兒沒那麼靈活。「佳霖，你為何這麼有把握？」

鍾佳霖現出傲然之色。「蔡大叔，告訴您一個秘密吧，京城來了一位位高權重的貴人，對我很欣賞，親自接見我，以其女許之。」

蔡振東搖了搖頭，試圖讓自己清醒一些。「佳霖，你是說，有位京城來的高官看上了你？」

鍾佳霖繼續糊弄，得意的笑容裡帶了些靦覥，點了點頭。「蔡大叔，這位貴人交代，讓我努力讀書，除了最親近的長輩都不要傳揚開去。」

蔡振東拚命想著，這些日子到底有哪些京城高官去過宛州？

他的生意做得很大，連宛州也有幾家鋪子，因此對宛州官場也算瞭解，知道近日去宛州的官員有本科學政禮部員外郎齊忠旭，另外還有鄭御史……

鄭御史只有兩個兒子，而齊忠旭倒是有三個女兒，其中有適齡的也未可知……

富不和官鬥，蔡振東再有錢，也不願意和官員爭女婿，便悄悄息了招婿之心，轉而打起了別的心思，待鍾佳霖也更親熱了，親自給鍾佳霖挾了一筷子涼調鮑魚。「嚐嚐這個，這個好吃。」

蔡福在蔡羽的院子沒找到蔡羽，便又去了內院正房。

蔡羽正在正房陪荀氏打葉子牌，聽說鍾佳霖被自己爹爹叫來，頓時就坐不住了，拉了蔡瑩坐下替自己打。「阿瑩，妳幫哥哥打牌，贏的算哥哥的，輸的算妳的。」

蔡瑩剛拿起葉子牌，就發現嫡母荀氏和親娘金姨娘都看著她笑，這才想起大哥的話有毛病，當下就嗔了一聲，起身要去追蔡羽，誰知蔡羽竟然如草上飛一般，早飛遠了。

蔡羽生怕鍾佳霖吃虧，一路飛奔到了外書房。

王春生正在廊下候著，見蔡羽過來便低聲道：「大公子，我們公子在書房裡呢。」

蔡羽滿頭大汗地衝過去，掀起了書房門上掛的門簾，卻見鍾佳霖正端著酒壺給爹爹斟酒，這才鬆了一口氣。

鍾佳霖見蔡羽來了。「阿羽，你來了，一起喝一杯吧！」

蔡振東也想讓兒子多和鍾佳霖親近，當下笑道：「阿羽，你也來吧！」

蔡羽笑著答應。他剛才跑得太急，跑出了一身汗，書房裡放了冰，涼絲絲的，他滿身的汗頓時變成冷汗，又濕又冷，不太好受。

可是看到佳霖無礙，才是最重要的。

第五十四章

夏日晚上，暑熱漸漸消散，晚風帶來河上的涼氣，倒是涼爽了不少。

蔡羽和鍾佳霖都飲了幾杯酒，這會兒都有些微醺，並肩走在林蔭道上。

蔡福打了個燈籠走在前面，王春生默默跟在後面。

鍾佳霖看向蔡羽，由衷地道：「阿羽，謝謝你。」

蔡羽抬手在鍾佳霖背上拍了一下。「佳霖，你可真狡猾。」又道：「大丈夫志在四方。我知道你的心思並不在南陽縣，也不在宛州府，而是在更廣闊的地方，我也是這樣想的。」

他看向鍾佳霖，笑容爽朗。「佳霖，好男兒志在天下，你我兄弟，攜手並肩，一起向前。」

佳霖既然不願意娶他的姊姊、妹妹，那也沒什麼，反正他和佳霖會是一輩子的好朋友，何必非得結成姻親？

聽了他的話，鍾佳霖停下腳步，神情凝重地打量蔡羽，把手放在蔡羽肩上。「阿羽，你我兄弟，攜手並肩，一起向前。」

兩人不約而同地擊掌，笑了起來，笑聲裡滿是少年的不羈和灑脫，以及對未來的自信。

蔡羽帶著蔡福把鍾佳霖和王春生送到學堂門口，這才告辭回去。

此時，虞家院子裡還亮著燈。

梧桐樹上掛著一盞燈籠，樹下，薄荷叢旁放著一張躺椅，虞世清正躺在上面閉目養神。

韓氏和青芷母女坐在薄荷叢前的椅子上說話，春燕搬了張小凳子坐在一邊，正在納鞋底。

青芷等得有些急，心裡擔心鍾佳霖，便站了起來。「爹、娘，我帶著春燕再去學堂看看吧！」

虞世清閉著眼睛道：「蔡大戶叫佳霖過去，能有什麼事？很可能就是想問問佳霖院試的事，妳著個什麼急？」

青芷根本不理會，正要往外走，聽到外面傳來敲門聲，接著就是鍾佳霖的聲音。「青芷，是我。」

青芷大喜，忙跑了過去，打開了門。「哥哥。」

外面正是鍾佳霖。他一見青芷便笑了起來。「青芷。」

青芷總覺得鍾佳霖看著自己，笑得特別燦爛，心中狐疑，湊過去在他下巴那裡聞了聞，撲鼻便是一股酒味，心裡擔心，忙問道：「哥哥，你喝了多少酒呀？」

鍾佳霖怔怔看著青芷，心中無限歡喜，卻又說不出為何歡喜。

青芷抬眼望他。

院子裡，燈籠的光暈照在他臉上，越發顯得眉如墨畫、目如點漆、唇似塗丹，清俊非常。

尤其是他的眼中，似乎氤氳著一層水氣，水氣瀲灩，令青芷有些移不開眼睛。

鍾佳霖看著她，她也靜靜地看著鍾佳霖，心裡滿是莫名的歡喜與悸動。

兩人之間一句話都沒有，可是彼此似乎又清楚得很。

正在這時，韓氏道：「青芷，還不把妳哥哥帶進來？」又吩咐春燕。「妳去把浸在井裡的西瓜提上來吧，切了大家吃。」

青芷答應一聲，牽了鍾佳霖的手，柔聲道：「哥哥，走，吃西瓜去。」

哥哥的手因為走了夜路，涼絲絲的。

鍾佳霖反握住她的手，用力握了下才鬆開，和青芷一起閂上門，向院子裡走去。

第二天早上，韓氏在灶屋做早飯。

青芷和春燕一起把王氏素日躺的竹床抬了出來，放在廊下，又鋪上乾爽潔淨的褥子，正要回去把王氏抬出來曬太陽，這時，鍾佳霖走了進來。

青芷笑著打招呼，見他穿著青紗道袍，淨襪涼鞋，瞧著清清爽爽的，沒有一絲宿醉痕跡，她不由抿嘴笑了。

鍾佳霖見青芷瞅著自己微笑，不由有些靦覥。「青芷，我去搬老太太出來。」

青芷應聲，帶著鍾佳霖進了正房的東暗間臥室。

鍾佳霖瞧著瘦，力氣卻大，一把將王氏搬起來，直接出去了。

把王氏放在外面的竹床上後，鍾佳霖略一思索，去找虞世清了。

虞世清正坐在臥室窗前讀書。再過一個多月就要參加科試，科試若是不過，明年八月的鄉試便無法參加，因此格外努力。

見鍾佳霖過來，他忙道：「佳霖，怎麼了？」

鍾佳霖沈吟片刻，才道：「先生，老太太……」

見他欲言又止，虞世清放下了書。「佳霖，老太太怎麼了？」

鍾佳霖眼睛清澈，神情平靜，理智得很。「先生，老太太怕是不行了，您得做好準備。」

虞世清聞言，身上的力氣似乎瞬間被抽離，整個人一下子軟了下去。

他整個人都慌了，六神無主。「佳霖，你安排吧，我……我這會兒一點主意都沒有了……」

如果母親去了，他以後就是孤兒；如果母親去了，他得在家守孝二十七個月，明年的鄉試是注定要錯過，後面春天的會試也要錯過了……

一想到這裡，虞世清就覺得天塌了一般。

他活了三十歲，讀了二十年多的書，講究的便是「習得文武藝，貨與帝王家」，如今母親要是去了，他要錯過的東西可是太多了。

鍾佳霖態度沈靜，不急不躁。「先生，那就由我來安排吧，您放心。」

虞世清雙手摀住臉，低聲道：「佳霖，幸虧有你……」

他沒有兒子，不過幸好有佳霖，佳霖可是比親兒子還能支撐門戶。

鍾佳霖出去叫了王春生過來，吩咐王春生去司徒鎮請大夫。

他還特意交代一句。「到了司徒鎮，你先去一趟溫家，問候一下七姑母，把事情說一下，然後再去請司徒大夫。」

王春生答了聲「是」，急急出去了。

青芷走了過來，低聲道：「哥哥，祖母快不行了嗎？」

鍾佳霖點點頭，看了躺在廊下竹床上的王氏一眼，道：「臉都青了，氣息渾濁。」

青芷看著王氏，神情複雜。就是這樣一個女人，她的親祖母，前生把她爹娘一個個送上了黃泉路，又把她賣入煙花寨，若不是被趙瑜救了，她早就墮入深淵……

上午，鍾佳霖拿了一本書坐在樹蔭下讀著，外面傳來一聲馬鳴，接著便是王春生的聲音。「公子，司徒大夫來了，溫大公子也來了。」

鍾佳霖放下書，起身迎接。

青芷正在屋子裡和春燕拾掇昨日採摘的玫瑰花，聽到聲音也出來迎接，卻見溫子淩頭上繫著藍綢抹額，一身藍綢道袍，手裡拿著泥金川扇，搖搖擺擺跟在司徒大夫身後走過來，她心中一陣驚喜。

她先見過司徒大夫，笑著迎上溫子淩。「子淩表哥，你從江南回來了。」

溫子淩好幾個月沒見她了，倒是頗為想念，眼中含笑，上上下下打量她一番，道：「青芷，妳胖了。」

「……我不是胖，是健壯。」

溫子淩噗哧一聲笑了，抬起泥金川扇在青芷腦袋上輕敲了一下，道：「傻丫頭，女孩子，寧可被說變胖，也不能說健壯，記住了。」

青芷睨了他一眼。「我生得這麼美，就算健壯，也是健壯美。」

溫子淩哈哈大笑起來，轉身吩咐張允。「快把我給青芷帶的禮物都拿過來。」

張允從馬車中搬出一個大大的竹篋，走了進來。

青芷低聲道：「子淩表哥，你還是先去看看祖母吧！」

她聰慧得很，知道哥哥之所以讓王春生請大夫之前先去七姑母家一趟，就是為了讓子淩表哥來做個見證。

溫子淩也是聰明人，看了一眼帶著司徒大夫去正房的鍾佳霖，摸了摸青芷的腦袋，低聲道：「青芷，我心裡都明白。放心吧，看罷外祖母，五位姨母那邊都由我派人去通知好了。」

得了溫子淩這句話，青芷頓時高興起來，笑嘻嘻地道：「子淩表哥，謝謝你。」

她心裡鬆快，又伸了個懶腰，道：「嗯，有子淩表哥，實在太好了。」

溫子淩頓時笑了。「我先去看外祖母，妳去看看我給妳的禮物。」

青芷笑靨如花，推著溫子淩往正房走。「快去看看吧！」

一見王氏臉色發青，整個人漫著死氣，溫子淩還有什麼不明白的？

一個人若是不想活，別人也沒有法子。舅母和青芷已經盡力了，外祖母癱了這麼久，身上還沒有生褥瘡，這就是最好的證明；若是姨母們生事，他也可以反駁回去。

待司徒大夫給王氏檢查完，溫子淩便和鍾佳霖一起請他坐下，問道：「司徒先生，不知外祖母病情如何？」

司徒大夫嘆了口氣，搖搖頭，道：「家裡人照顧得很用心，病人身體乾爽，肌膚有彈性，也沒有生褥瘡，只是病人自己不想活，誰也沒辦法。」

溫子淩問了一句。「不能用針了嗎？」

司徒大夫直搖頭。「老太太自己不想活了……」又嘆息了聲。「這樣活著，確實辛苦……」

見司徒大夫不肯施針，也不願意開藥，鍾佳霖便和溫子淩送司徒大夫出去。

鍾佳霖從袖袋裡掏出個一兩重的小銀錁子，鄭重地遞給司徒大夫。「真是辛苦司徒大夫了，一點心意，不成敬意。」

司徒大夫忙推讓了幾下。

鍾佳霖微微一笑。「司徒先生，請收下吧！若是有人來家裡鬧，到時候還得請您來主持公道呢。」

聽他這麼一說，司徒大夫才收下銀錁子，道：「鍾小哥，若是需要，儘管讓小廝去司徒鎮叫我。」

張允趕了馬車，送司徒大夫離開了。

待馬車消失在視野中，溫子淩笑了起來，看向鍾佳霖。「佳霖，辛苦你了。」

鍾佳霖一臉感慨地看著溫子淩。「子淩表哥，多謝你。」又道：「姑母們下午估計就要過來大鬧，你乾脆別走了。」

青芷忙湊過來，清澈的大眼睛滿是祈求。「子淩表哥，求你了，別走了，一想到姑母們要來活撕了我和我娘，我就想哭。」

溫子淩見她如此，不由大笑起來，拍了拍青芷的腦袋，道：「傻丫頭，我不走了，放心吧！」

鍾佳霖很欣賞溫子淩，覺得他特別講理，幫理不幫親，便笑著吩咐春燕。「春燕，妳去切個西瓜送過來吧！」

溫子淩打量著鍾佳霖，道：「佳霖，舅舅這裡幸虧有你，不然青芷可太辛苦了。」

他心裡清楚得很，外祖母自私狠毒，姨母們各懷心思，偏偏舅舅懦弱，舅母柔弱，家裡只能靠青芷和佳霖了。

鍾佳霖笑了起來，望著溫子淩。「先生、師母和青芷對我有恩，若是沒有他們，我說不定還在哪個犄角旮旯裡窩著呢，我自然要孝敬先生和師母、待青芷好。」

大宋朝雖然禁止姑表通婚，民間卻沒人理會，他一直很欣賞溫子淩，先前還曾考慮過讓青芷親上加親，嫁給溫子淩，可是如今，自己卻有了新的想法……

溫子淩眼睛幽深，輕笑一聲，道：「沒事，青芷還有我這個表哥呢。」

青芷見春燕端著切好的西瓜過來了，便道：「哥哥、子淩表哥，來吃西瓜吧！」又特意道：「西瓜特別甜呢！」

溫子淩和鍾佳霖坐了下來，一人拿了一塊西瓜開始吃。

吃罷西瓜，鍾佳霖回學堂去了。溫子淩取出帳本，開始給青芷結算上次去江南行商的本錢和分紅。

青芷一聽說有分紅，開心得眼睛亮晶晶的。「啊，太好了，我見銀子最親了！」

溫子淩揪了揪青芷的丫髻，笑了起來。

他給青芷結算的本錢和分紅，一共是七百八十二兩銀子。

青芷歡喜得很，珍而重之地把銀票和碎銀子都收起來，然後叮囑溫子淩。「子淩表哥，下次你再做生意，一定要來找我入股。」

溫子淩笑著答應下來。「走吧，看看我給妳帶的禮物。」

他拿了剪刀剪去竹簸上捆的草繩，打開竹簸讓她看。「都是江南風物，我想著妳喜歡的，挑選著給妳弄來。」

竹簸放在西廂房明間的桌子上，青芷站在旁邊，一樣一樣往外拿。

子淩表哥對她實在太好了，竹簸裡什麼都有。

她先取出一個絲綢包裹，裡面是兩塊疊得方方正正的紗綢，一塊是海棠色的，一塊是玉青色的，都極輕、極薄，輕若無物；抖開之後，卻發現一塊足有一疋。

溫子淩在一邊介紹道：「這是蘇杭新出的一種衣料，夏日做衣裙穿，最是涼快。」

青芷把兩塊紗綢收好，又從竹簸裡取出一包杭州白縐紗汗巾子，笑了起來。

溫子淩也笑了。「我想著女孩子喜歡，就給妳帶了這幾條回來。」

青芷又翻出一個小錦匣，裡面是一對金絲鑲紅寶石牡丹釵，十分精緻可愛，頓時愣住了，忙道：「子淩表哥，這個太貴重了，我不能收。」

溫子淩「嗤」地笑了，得意洋洋。「青芷呀，妳表哥如今是南陽城有名的大商人了，送給自己妹子這麼小的紅寶石，這麼細的金絲，說出去沒得被人笑話，妳還嫌貴重！呵呵。」

青芷只得收了下來。

她從竹篋裡又拿出不少禮物，都是杭州風物。她知道溫子凌待她好，便認真地道謝，又問溫子凌。「子凌表哥，你送我的這些禮物，我可以轉送別人嗎？」

溫子凌微微一笑。「傻丫頭，給妳帶這麼多，就是想著妳要送人。」

青芷頓時開心了。

竹篋裡有一疋上好的青紗和一疋上好的白綾，她打算給哥哥做件道袍，再做一套中衣。

這會兒家裡沒什麼事情，青芷便和溫子凌坐在院子裡的梧桐樹下閒聊。

梧桐樹樹冠濃密，樹蔭很大，加上旁邊就是青芷種的薄荷叢，因此還算涼爽。

青芷做了壺薄荷蜜茶，給溫子凌倒了一盞，然後問道：「子凌表哥，你賣給我的那種瓷瓶、瓷盒子，若是賣給別人，你賣多少錢一個？」

溫子凌端起茶盞嚐了嚐，發現甚是清涼甘甜，便又飲了一口。「若是大量賣的話……」

他眼波流轉地看向青芷，見她正目光灼灼看著自己，顯見在等著自己回答，心中暗笑，做出沈思狀。「若是大量賣的話……也是很便宜的！哈哈哈！」

青芷好氣又好笑，便道：「哥哥，我如今需要的瓷瓶、瓷盒子越來越多，不能再占你的便宜了，你還是按正常進價走吧，不然我可就要去別的瓷窯訂做了。」

溫子凌端著茶盞飲著，抬起頭，似笑非笑道：「去年到今年，妳賺了多少銀子了？」

「不告訴你，」青芷微笑。「反正不少了。」

可。

她知道溫子淩好奇心重，越不告訴他，他就會越著急，抓耳撓腮的，非要找出答案不可。

溫子淩果然好奇心大起，問了半日，見她就是不肯說，便道：「妳告訴我妳總共賺了多少銀子，我告訴妳瓷瓶和瓷盒子的本錢，好不好？」

青芷這才點點頭，道：「那你得先說。」

溫子淩湊近她，說了一個數字。

青芷見他說的數字比自己估計得還低一些，不禁笑起來，對溫子淩伸出一根手指頭。

溫子淩試探著道：「一百兩？」

青芷笑嘻嘻地搖搖頭。

溫子淩笑了。「一千兩？」

青芷點點頭，得意洋洋地道：「怎麼樣？子淩表哥，我很厲害吧？」

溫子淩知道青芷的生意挺賺錢，卻不知道如此賺錢；不過想想她都賺錢在縣城裡買宅子了，哪裡還有不相信的？

他凝視著青芷，溫聲道：「妳的銀子賺得也不容易，那麼多的玫瑰花瓣才製出那麼一點香油、香膏……青芷，辛苦妳了。」

溫子淩是真的心疼青芷，他的庶妹溫歡和青芷年齡差不多大，日日不過是吃、睡、梳妝、賞花、打葉子牌和陪母親，青芷卻承擔了養家餬口的責任。

青芷笑了起來。「子淩表哥，雖然辛苦，可是我能賺到銀子養活自己，不用看祖母臉色，不是也不錯嗎？」

前世的時候，她不會賺錢，結果一旦爹爹重病，真是忽地大廈傾，最後家破人亡。如今她會賺錢了，起碼可以作自己的主，也可以支撐這個家了。

聽了青芷的話，溫子淩莫名有些鼻酸，垂下眼簾，嘆了口氣。

傍晚時分，溫子淩派人把虞家姊妹都請了過來。

王氏最後看了眼女兒們，喉嚨裡「喀喀喀喀」響了幾聲，翻了個白眼就嚥氣了。

虞世清姊弟齊齊放聲大哭。

在震耳欲聾的哭聲中，韓氏默默站在那裡，表情木然。

折磨了自己和女兒這麼多年的老太太就這樣去了？原來惡人死去，也是這樣普通……

韓氏覺得似真似假，可拿著帕子也哭了起來。她正哭著，忽然覺得一陣噁心，控制不住地乾嘔起來，卻什麼都沒吐出來，只吐了些酸水。

青芷見狀，心中擔心，忙吩咐王春生。「春生，快去請大夫！」

見妻子吐得都快要虛脫，虞世清也顧不得哭了，忙過來詢問。「青芷她娘，妳到底怎麼了？」

韓氏話都說不出來了，一邊乾嘔，一邊流淚，難受得話都說不出來了。

大夫很快就被王春生給接了過來。

大夫看了脈息，再看看四周，不知道該不該說恭喜？

青芷忙問道：「先生，我娘怎麼樣了？」

前段時間太忙，她也疏忽了，沒給母親請大夫再號脈，母親後來也沒有什麼不舒服，便把這事忘在一邊；可她覺得母親這樣應該是有了身孕，又不敢肯定。

大夫撚鬚看向虞世清。「虞秀才，令夫人有了身孕。」

虞世清驚喜得話都說不出來了，一把握住韓氏的手，眼淚當即流下來了。

青芷向大夫問了半日，得知母親可以移動，便讓王春生雇了個轎子，載母親進城去了。

祖母走了，母親要安心養身子，不如一家人搬到城裡的宅子，也省得母親操勞。

她自然也跟過去照顧，喪事交給哥哥辦就行了。

接下來這幾日，虞世清無心辦喪事，溫子淩和鍾佳霖也行動起來，很快就把虞家宅子作價四十兩銀子賣了，約定好六月底前搬家，接著就風風光光把王氏給發送了。

頭七這日，虞家請了道士在家裡做道場。

道士正拿了劍唸唸有詞，虞世清跪在一邊燒紙，卻聽到外面傳來王春雨的聲音。「大叔，公子，咱家有大事了！」

虞世清嚇了一跳，還以為韓氏在城裡宅子出事了，忙吩咐鍾佳霖。「佳霖，你快出去看看！」

鍾佳霖剛出去，虞世清就聽到王春雨的聲音在大門處響起。「公子，報喜人去了城裡宅子，院試您考進了甲科，名列第一，院試案首！姑娘已經給過報喜人賞錢，讓小的來稟報您和先生！」

虞世清聞言，又驚又喜，一下子把悲痛給忘了。

第五十五章

正在唸唸有詞的道士頗為耳聰目明，也聽到了王春雨的話，當下一邊舞弄著木劍，一邊豎起耳朵聽著，生怕錯過了什麼。

虞世清原本在鋪在地上的蓆子上跪著，此時忙直起身子，大聲道：「佳霖，快把春雨帶進來！」

他自己要守孝三年，明年的鄉試是不用想了，可是佳霖只是他的學生，並沒有過繼，倒是無礙的！

一想到自己教出了院試案首，虞世清就歡喜得很，再次感謝老天爺。幸虧沒過繼佳霖為子啊，不然佳霖也得跟著守孝了。

鍾佳霖在門口應聲，很快就領著王春雨走了進來。

虞世清細細問明情況，得知鍾佳霖確實考了院試的案首，不由微笑。「佳霖，這下子你要去縣學讀書了。」

院試也是分檔次的，前十名便是甲科，不用再經過考試就自動成為廩生，能進入縣學讀書了！

鍾佳霖神情鎮定，看向王春雨。「蔡羽應該也上榜了吧？」

他知道蔡羽的能力，院試對蔡羽來說不成問題。

春雨當即道：「公子，蔡大公子也上榜了，只是不是甲科。我問過報喜人了，蔡大公子似乎是第二十三名。」

得知蔡羽也考上了，虞世清和鍾佳霖師徒如釋重負。第二十三名雖不是甲科，名次卻也相當靠前了，交一些銀子就可以進入縣學讀書。

蔡家富豪，這點銀子不算什麼。

道士這時候也停了下來，忙著恭喜虞世清。「恭喜虞先生高徒高中榜首！」

虞世清心情有些複雜。

母親去世，按說他應該悲痛欲絕的，可先是妻子有孕，接著學生又考中院試案首，雙喜臨門，他想悲傷都醞釀不出情緒了，再擠也擠不出眼淚來，真是不孝啊！

道士又笑著恭喜鍾佳霖。「鍾小哥高中院試案首，小道聽說鍾小哥縣試、府試和院試都是案首，這可是『小三元』，以後可是要被記入南陽縣誌了。」

縣試、府試、院試，凡名列第一者，稱為案首，一人連得三案首就是所謂的「小三元」。這位鍾小哥年紀輕輕，又如此俊秀，辦事妥當，如此能幹聰明，真是讓人羨慕啊！

鍾佳霖到了此時已經穩重了，一點都沒有狂喜之態。

他謙遜了幾句，便看向虞世清。「先生，等一會兒蔡家怕是要來報喜，鄉親們也會來賀喜，我先去門口迎著吧！」

他得準備賞錢給來報喜的孩童。

虞世清點點頭。「你去吧，記得準備些銅錢賞人。」

鍾佳霖答應了，取了一串銅錢出去。

他剛到大門口，便看到一群小孩簇擁著蔡羽走過來。這群小童一邊圍著蔡羽跑來跑去，一邊大聲喊著。「恭喜恭喜！秀才在此！恭喜恭喜！秀才在此！」

蔡羽一見鍾佳霖，眼睛一亮，笑了起來，忽然想起今日是王氏的頭七，忙收斂笑意。「佳霖，先生呢？」

鍾佳霖低聲道：「等一會兒我陪你進去。」

小童們湧了過來，對著鍾佳霖紛紛作揖，口中道：「恭喜恭喜！秀才在此！」

鍾佳霖微微一笑，拿了一串銅錢出來，給了來報喜的小孩子。

小孩們接了銅錢，一哄而散，找地方瓜分去了。

蔡家莊已經好多年沒這樣的盛況，一次考中兩個秀才，而且都是俊秀的少年郎，村民們紛紛在一邊說笑恭喜，煞是熱鬧。

鍾佳霖和蔡羽並肩而立，團團一揖，說了幾句客氣話，便一起進院子見虞世清去了。

城裡的宅子裡，青芷正陪著韓氏在後面花園裡散步。

這會兒太陽已經落山，後花園樹蔭頗多，倒是不算熱。

青芷和韓氏都穿著孝，不過氣色都好，母女兩個笑盈盈地慢慢踱著步。

韓氏孕吐嚴重，一點油味都不能聞，一聞到就要嘔吐，不過離開老家那個環境，而且折磨多年的婆婆終於去了，她心情愉快，眼睛裡滿是笑意，很有生氣。

青芷扶著韓氏慢慢走著，道：「娘，我是特意讓春雨去蔡家莊報喜的。我就不信了，得知哥哥考了小三元，爹爹還能接著悲傷下去？」

韓氏笑了起來，道：「終於離開了那個家……簡直像作夢一樣。」

不過先前是惡夢，如今卻是美夢！

青芷想起了後院的那些玫瑰苗，嘆息道：「只是可惜了我的玫瑰苗和娘的那些蔬菜莊稼。」

韓氏想起了也有些心疼，不過看看後院，又笑了起來。「等我有空，就把這裡的後院給刨出來，可以種玫瑰苗，也可以種菜。」

青芷沒想到娘親還記掛著要種菜，忙道：「娘，您先安心養胎，其餘事情以後再說。」

韓氏的心思馬上被轉移了，輕輕撫著自己的腹部，笑容溫柔。「真是沒想到……還以為自己以後再也不會懷孕了，沒想到居然還會再懷上！

青芷笑咪咪地道：「娘，我要有弟弟妹妹了，真好。」

娘有了身孕，就有了寄託，不會再重演前世悲劇了。

晚上，王春雨又跑了回來，告訴青芷一個好消息。「姑娘，公子讓我傳話，姑娘種在後院的那些玫瑰苗，他和春生忙了一晚上，連土都鏟了，如今都種到學堂後院去了。」

青芷聞言大喜，笑了起來。「呀，真是多謝哥哥了！」

接下來幾日，虞世清留在蔡家莊，鍾佳霖帶著春生和王春雨，雇了兩輛大車，連跑了好幾日，終於把家給搬完了。

到了最後，虞世清看著空蕩蕩的宅子，痛哭一場，這才隨著鍾佳霖進城。他經歷了喪母之痛，學堂裡自然還得再放幾日假。

一家人在城裡宅子安頓下來，便開始準備鍾佳霖去縣學讀書的事情。

七月二十這日，天氣一直有些陰沈，也沒下雨，可是風涼颼颼的，帶著些濕意。

青芷留春燕在家裡陪伴韓氏，自己和王春雨一起送鍾佳霖去縣學。

春雨揹著行李跟在後面，鍾佳霖揹著書篋和青芷走在前面。

縣學距離他們宅子不遠，沿著青石小街走一下就到了大街上，很快就到了縣學。

青芷眼中滿是歡喜，抬眼向縣學門內看去，發現縣學內翠竹茂盛，綠意盎然，撲簌簌竹聲陣陣，真是讀書的好地方。

她有些依依不捨，抬頭看向鍾佳霖。「哥哥，真的不能走讀嗎？」

鍾佳霖笑了，道：「縣學就是這樣，為了保證讀書時間，學生一律在學舍居住的。」

見青芷眼中滿是不捨，他柔聲道：「放心吧，到了休沐日我就回去了，妳要好好照顧師母，也照顧好自己。」

青芷應聲，心裡湧起淡淡的憂傷。家裡和縣學距離這麼近，她卻只能十天見哥哥一次了。

鍾佳霖心裡也有些不捨，卻知道青芷都這個樣子了，自己再表現出來，她怕是更難受，便笑著接過王春雨遞來的行李，拎在手裡。「聽話，讓春雨陪妳回去吧！」

青芷「嗯」了一聲，立在那裡，目送他進了縣學，這才帶著王春雨回家去。

鍾佳霖進了縣學的門房，把自己的文書遞給負責的門役。

門役翻了一下文書，發現這位清俊的小哥就是今年考了小三元的院試案首，上上下下打量鍾佳霖一番，忙拱手行禮。「原來是考了院試案首的鍾小秀才啊。」

其餘幾個門役聽了，也忙笑著過來見禮。

鍾佳霖含笑回禮，看向原先那個門役。「煩請向胡教諭通報一聲。」

那門役笑了，道：「鍾小秀才，胡大人交代過了，你們幾位新的學生來報到是不用通報的，小的這就帶您過去。」

鍾佳霖先把行李和書篋放在門房，自己跟著這姓張的門役沿著翠竹夾道往裡面走。

張門役一邊走，一邊介紹道：「鍾小秀才，縣學瞧著大，其實不大，一共三進的院落，第一進院子是秀才們讀書的學堂，第二進院子是學生們住宿的學舍，第三進院子才是縣學中的教諭和三位訓導的住處。」

到了第三進院子，張門役指著前面的正房道：「三間正房是胡教諭素日住宿公幹之所，東廂房住著歐陽教導，西廂房住著方教導，楊教導則住在後院的花廳裡。」

鍾佳霖拿出一塊碎銀子賞給張門役，笑道：「多謝。」

張門役沒想到這鍾小秀才人生得好，聰明會讀書，還這麼會做人，當即便小聲道：「胡教諭素來寬和，歐陽教導精明嚴厲，方教導貪財了些，瞧著卻是正義凜然；住在後花廳的楊教導獨善其身，教學上倒是認真。」

鍾佳霖笑著道謝。

張門役把碎銀子收進袖袋裡，美滋滋地前去通報胡教諭。

胡教諭先前在縣試的時候見過鍾佳霖，知道他身分與眾不同，因此聽說他來了，忙親自出來迎接。

彼此見禮罷，胡教諭與鍾佳霖進了正房明間坐下，嘘寒問暖一番後又說了些縣學的規矩，才讓張門役帶著鍾佳霖先去學舍安頓，下午再去學堂讀書。

鍾佳霖隨著張門役沿著青竹夾道往第二進院子走，口中問道：「張門役，城西蔡家莊蔡大戶的長子蔡羽來報到沒有？」

張門役笑了，道：「蔡大公子是昨日傍晚過來的，他如今一個人占了一間學舍，專門吩咐了，要等著鍾小秀才過來呢。」

鍾佳霖一聽，不由笑了。

第二進院子與第三進院子不同，是一道窄窄的木門，門口種著幾株月季花，正盛開著粉色、黃色和大紅的花朵，散發著芬芳。

一進木門，裡面便是長長一排房屋。

張門役引著鍾佳霖往裡走，口中道：「一排房屋有六間學舍，整個院子總共有六排，總共有三十六間學舍，可以住下七十二個學生。只是一些秀才年紀大了些，都是在這裡掛個名，平時不過來。」

蔡羽的學舍就在第二排的第三間，門口種著一株白玉蘭，如今葉片油綠，孤零零立在那裡；學舍的門上方貼著一張白紙，上面寫著「玉蘭齋」三個墨蹟淋漓的大字，正是蔡羽的筆跡。

學舍的門上掛著鎖，張門役讓打掃學舍的小廝去學堂叫蔡羽，自己和鍾佳霖打了個招呼，自去取鍾佳霖留在門房的書篋和行李。

鍾佳霖閒來無事，打量著周圍環境，發現院子裡鋪著青磚，潔淨整齊，六間學舍門口都有一棵樹，有的是梅樹，有的是桂樹，有的是忍冬，有的是杏樹，有的是桃樹，倒是雅致。

他正在打量，忽然種著一株桂樹的學舍從裡面被人打開，一個穿著月白道袍的書生走了出來。

那書生一見鍾佳霖就愣住了。「是你！」

鍾佳霖認出這位眉清目秀的書生是在宛州院試時的徐微，便微微一笑。「徐兄，好久不見。」

徐微性格甚是活潑，大步走了過來，笑嘻嘻道：「叫什麼徐兄！叫我徐微就行了，我也直接叫你佳霖。」

鍾佳霖見他如此爽利，便從善如流，叫了聲「徐微」。

這時，一陣急促的腳步聲傳了過來。

鍾佳霖一聽那腳步聲就知是蔡羽，便喊了「阿羽」。

那邊答應了聲，果真是蔡羽，後面則是提著鍾佳霖的書篋行李的張門役。

蔡羽跑了過來。「佳霖，我來給你開門。」

他拿了鑰匙過來，開了門，請鍾佳霖和徐微進去。

學舍不算大，裡面並排擺著兩張床帳，東窗和西窗的窗前各自擺著一張書案，東牆擺著一個書櫃，西牆也擺著一個書櫃。

蔡羽從來不在意細節，笑嘻嘻道：「佳霖，你先挑選吧！」

鍾佳霖見蔡羽的行李在西邊放著，便把行李放在東邊。

徐微見了，頗為羨慕。「你們兩個倒是都好說話，一般學舍內兩個人為了爭這位置，都要鬧一鬧的。」

蔡羽詫異道：「這有什麼好爭的？」

徐微笑著指窗外。「東窗外有樹啊，讀書累了，抬眼看看，豈不悅目？」

蔡羽「嗤」了一聲，道：「我不在意這個。」

他伸出長臂攬著佳霖的肩膀，眉開眼笑道：「佳霖最是愛乾淨又勤快，以後我就不擔心學舍裡不乾淨了！哈哈哈！」

縣學裡不讓帶小廝進來，洗衣打飯、收拾學舍都得這些學生自己做，蔡羽哪裡會收拾學舍，自然盼著鍾佳霖。

鍾佳霖好氣又好笑。「我收拾整理學舍，你得負責打飯洗碗。」

蔡羽美滋滋答應了。「好呀好呀！」

今日上午不上課，大家都在學堂裡自習。

鍾佳霖愛乾淨，見屋子還需要打掃，便不準備去上課，要先收拾房屋。

蔡羽一聽，就大模大樣地往外走。「好，你先收拾吧，我去學堂看會兒書。」

鍾佳霖眼疾手快，伸手揪住他的衣領，把他給拽了回來。「一起打掃。」

蔡羽苦著臉，提水桶打水去了。

徐微見狀，不由笑了起來，也留下和鍾佳霖一起拾掇學舍。

在蔡羽和徐微的幫助下，鍾佳霖很快就把學舍拾掇得一塵不染、窗明几淨，這才滿意。「若是能在書案上擺一盆蘭草，那就更好了。」

用過簡單的午飯後，鍾佳霖和蔡羽各自回自己的床上睡午覺。

到了下午，他們是被學舍裡的銅鈴聲給叫醒的。

洗漱後，蔡羽和鍾佳霖叫上隔壁的徐微，一起去了學堂。

第一進院子裡總共五個學堂，分別以「天地君親師」為名，蔡羽、鍾佳霖和徐微都是新生，進的都是君房。

鍾佳霖見裡面還算潔淨，稀稀疏疏放著九套桌椅，已經坐了五個人。

第一排正中間的桌子空著沒坐人，鍾佳霖便提著書篋走過去。他喜歡坐在第一排，心神更集中，不容易走神。

徐微便在第一排靠門口的位置坐了下來。

見鍾佳霖在第一排正中間坐了，蔡羽自然而然地走到他後面的第二排，打量著已經在那裡坐下的人，見對方二十一、二歲的樣子，穿著綢袍，腰間掛著玉珮，顯見是殷實人家出身，便笑道：「這位哥哥，你好，我是蔡家莊的蔡羽，不知哥哥是哪裡人？」

那青年機靈得很，見這個衣著華貴的英俊少年和前面那個清俊小哥一起進來，又和自己搭訕，猜到他想坐自己這個位置，便笑著站起來，道：「我是謝儀文，蔡兄若是想坐這個位置，我換個位置好了。」

說罷，他拎著書篋去了第二排右邊的空位。

蔡羽大喜，忙拱手道謝。「謝兄，多謝多謝。」

他還以為自己得鼓動三寸不爛之舌，才能說服對方換座位呢，沒想到對方如此知情識趣，真是好人啊！

被蔡羽認定為「好人」的謝儀文去了第二排右邊的空位，一邊拿出抹布擦拭桌子，一邊用眼尾餘光觀察鍾佳霖。

鍾佳霖從書篋裡拿出青芷特地給他準備的抹布，細細擦拭桌子和椅子。

他的抹布是白色的粗布，用青色絲線鎖了邊，角落裡繡了一叢翠竹，正沐浴在細雨中，寓意便是「佳霖」，正是青芷的手筆。

把桌椅擦乾淨後，鍾佳霖這才坐下，把書篋裡的筆墨紙硯一一拿出來，有條有理地擺在桌上，開始整理書本。

蔡羽一眼看見鍾佳霖的抹布，忙探身拿了過來，展開一看，嫉妒得心都酸了。「喲，一定是青芷給你繡的。」

鍾佳霖奪了過來，疊好放回原處，拿出另一塊抹布扔給蔡羽。

蔡羽展開一看，見是翠色絲線鎖邊，角落裡繡了一片翠羽，知道這是青芷送自己的，心裡開心，美滋滋地湊近鍾佳霖，低聲道：「佳霖，你和青芷說一聲，讓她給我繡個帕子吧！」

鍾佳霖理都不理他。

蔡羽悻悻地「哼」了一聲，開始研墨。

這時又進來一個人，君房內的九套桌椅很快就坐滿了，大家安安靜靜坐著，等著先生來上課。

進來上課的先生是一個又高又胖的中年人，姓王。

王先生長得普通，講課卻風趣得很，深入淺出，旁徵博引，博學得很。

鍾佳霖沒想到縣學內居然有這樣高明的先生，聽課越發認真起來。

下課後，徐微湊過來道：「佳霖、蔡羽，你們知道咱們王先生是什麼身分嗎？說出來嚇死你們。」

鍾佳霖黑泠泠的眼睛裡滿是笑意，語氣卻格外認真。「王先生是什麼身分？」

他也意識到這位王先生的水準實在太高，區區南陽縣哪裡能盛得下這樣的人物？

徐微往四周張望了一下，見同學們都沒注意這邊，就連謝儀文也在整理書冊，低聲道：「王先生便是先前的禮部尚書王治，因丁母憂回鄉守孝，沒想到縣學居然把他給請來了，真是小廟藏高僧啊！」

鍾佳霖若有所思，修長的手指放在面前的那摞書上。

蔡羽眼睛發亮。「天啊，咱們的老師裡居然有禮部尚書！我的天，回去告訴了我爹，我爹可是要開心極了！」

旁邊的謝儀文嘴角挑了起來。

他看了鍾佳霖一眼，心道：原來這位主子長得與陛下如此相像，不知道陛下見了，會作何感想？

他可是前科探花，卻還要來陪……太子讀書。

不過陛下只有這一棵獨苗，只要這棵獨苗活著，皇太子之位就毫無懸念，這樣看的話，自己來這一趟還是值得的！

謝儀文又看了鍾佳霖一眼，見他正聽兩個同學說話，眼睛裡帶著溫暖笑意，臉頰上酒窩深深，聽到開心處，笑容燦爛。真是一個清風明月般的少年！

一刻鐘後，君房裡的九位學生整齊地立在學堂西邊的校場上，等著新的武學先生到來。

校場四周種著不少棵白楊樹，樹蔭倒是濃密。

片刻後，一位身穿月白紗袍，腰圍黑帶，腳蹬快靴的青年大步走了過來。

他身材高䠷，英姿颯爽，聲音自帶著爽朗之意。「我是你們的武學先生趙青，以後各位的武學課由我來教授。」

他目光掃視了一圈，視線在鍾佳霖臉上定了定，又緩緩移開了，道：「第一項，圍著校場跑圈，一共九圈。」

學生暗自叫苦，卻也不敢嘀咕，老老實實排隊跑圈去了。

下了課回到學舍，蔡羽一頭栽倒在床鋪上，口中連連叫苦。「這趙青是什麼來歷？怎麼這麼折騰我們啊！」

鍾佳霖卻提了水桶出來。

徐微也跟了進來，看著鍾佳霖忙碌，道：「趙青你們都沒聽說過？前科的武狀元，滄州節度使趙崢的兒子，因毆打了貴妃娘娘的親弟弟，被奪了功名。」

鍾佳霖舀了兩瓢倒在自己的盆裡，先用薄荷香胰子洗了手，又換水洗臉，把自己弄得清清爽爽了，再用香胰子洗了手巾搭起來，才道：「看來咱們真是幸運，先生都這麼有本事。」

從今天下午的這兩堂課，他已經發現異常——君房配置的先生可都太厲害了，有丁母憂在家守孝的前禮部尚書，有打了人被奪了功名的前武狀元，不知道明天還會遇到什麼先生？

這時，謝儀文也走了過來，含笑與鍾佳霖、徐微和蔡羽打了個招呼。

蔡羽躺在床上，哼哼唧唧。「佳霖，我腳上都起水疱了，你幫我脫了靴子，用針挑了吧！」

鍾佳霖渾不在意道：「你去用香胰子把腳洗三遍，然後再來找我。」

蔡羽「嗷」了一聲，真的找了洗腳盆出來，拿了香胰子出去洗腳。

鍾佳霖找出蠟燭點著，又尋出一根針放在一邊。

謝儀文和徐微沒想到鍾佳霖居然真的要給蔡羽挑腳疱，很吃驚；尤其是謝儀文，目瞪口呆地站在那裡。「佳……佳霖，你……你真的要給蔡羽挑腳疱？」

鍾佳霖神情自若。「我們是同門師兄弟，他最心疼自己，捨不得下手，我幫他很正常啊。」

原來鍾佳霖這麼重感情啊，看來這次來南陽縣是來對了！

徐微拍了拍鍾佳霖的肩膀。「佳霖，你真是好兄弟！」

這時候，蔡羽穿著絲綢編的涼鞋，猴子般地跳著進來。

他一屁股在床上坐定，一雙赤腳蹺了過來。「佳霖，總共五個疱，你小心些，哥哥我怕疼。」

鍾佳霖笑了，拈起繡花針，把針尖湊到燭火上燒了燒，然後蹲在那裡，一手捏著蔡羽的腳，一手拈著繡花針去挑腳疱。

謝儀文和徐微在一邊看著，都快屏住呼吸了。

挑罷腳疱，鍾佳霖便拿薄荷香胰子出去洗手。

徐微湊到蔡羽腳上，細細觀察一番，才道：「怪不得我們四個人，只有你一個人長腳疱。你一個大男人，腳怎麼這麼細嫩啊？」

蔡羽舒舒服服地枕著枕頭，蹺著腳躺在床上。「沒辦法，別看佳霖生得細皮嫩肉，其實我的腳可比他的腳嬌嫩多了。」

大家都笑了起來。

晚上下起了雨，雨滴打在屋頂的瓦片上，噼啪作響。

蔡羽傍晚時睡了一會兒，這會兒睡不著了，便問鍾佳霖。「佳霖，你睡著了嗎？」

鍾佳霖沒睡著。「想聊什麼？」

蔡羽輕輕道：「我姊姊的婚事已經定下來了，未來姊夫是宛州做茶葉生意的張家大兒子。張家大郎今年十七歲，已經接管了他家在京城的茶葉鋪子，很是能幹。我姊姊下個月就出嫁，出嫁後和張大郎一起住在京城。」

鍾佳霖聲音清冷。「女孩子成親早，再過幾年，就『綠葉成蔭子滿枝』了。」

蔡羽滿心悵然，嘆了口氣。「說不定明年我就要做舅舅了……」

鍾佳霖的腦海中忽然浮現出青芷笑盈盈的模樣，心裡卻道：青芷年紀小，須得好好護著她。聽說女孩子年紀小生孩子容易難產，可不能讓她太早有孕……

第五十六章

送走鍾佳霖後，青芷安頓好母親，帶著春燕和王春雨先去後面花園看王春雨督建的房子。

走到後院，看著突兀出現的兩層樓房，青芷有一瞬間的怔忡。

王春雨見狀，斟酌了一下，才道：「姑娘，公子說先建好房子，等姑娘您看了裡面，再斟酌如何收拾？」

青芷看了王春雨一眼，笑了起來。「嗯，咱們先去看看再說吧！」

一樓是一個大通間，青芷在裡面轉悠了一圈，看好了建大灶的地方和修建煙囪的地方，也看好了放置做好的產品之處，心裡都有了譜，她才帶著王春雨和春燕上了二樓。

上二樓的梯子是建在室外的，梯子上鋪著帶花紋的青磚，外面還有楊木製成的扶手，倒是不容易滑倒。

二樓是一明一暗兩間房，外加一個一間房大小的平臺，可以用來晾曬花瓣。

青芷看了看，笑了，道：「這兩間房可以修一下，也可以住人。」

她這時候心裡已經有了計劃，便回去畫圖了。

畫罷圖紙，青芷又和王春雨商議圖紙。

王春雨在這方面頗有天分，拿了軟尺一點點測量，和青芷一起修改，終於把圖紙完成。

接下來這幾日，青芷就把這件事交給了王春雨。

王春雨進進出出買料、雇人，整整忙了五、六日，終於把後花園的兩層樓給拾掇了出來，又指揮著短工打掃乾淨，這才來見青芷。

青芷過來一看，發現地上鋪著青磚，家具全用楊木製成，窗簾之類則用普通的青布，乾淨、整齊、實用，完全符合要求。

她不禁笑了起來，道：「不錯，這就是我想要的樣子。」

王春雨靦覥地笑了。

韓氏正坐在堂屋廊下擇菜，見青芷過來，便笑道：「青芷，晚上燒紅燒排骨，再炒一個小青菜吧！」

青芷答應了一聲，道：「娘，晚飯我做，再用排骨湯給您做個蝦米冬瓜湯。」

韓氏的孕吐終於停了，可以吃葷了，青芷這幾日都在想辦法給她補充營養。

要做到既補充營養，又不能讓孕婦過胖，這個程度可要把握好。

韓氏笑著答應了。

青芷因為忙，不常下廚，可是她做出的菜餚就是比春燕和韓氏自己做出的美味得多。

青芷一邊擇著小青菜，一邊道：「明日我得帶著春雨再去一趟城南巷，去子淩表哥的店裡再訂些玉青瓷瓶子盒子。」

她答應了宛州城舒玉齋的鄭管事，八月分要去送一趟香脂、香膏；還有南陽城的涵香樓，王氏喪事的時候，涵香樓的管事胡京娘親自來弔唁，約定八月中旬要來取香脂、香膏、香油和香胰子。

接下來這段時間，青芷可是要用盡全力，加快速度，盡可能多地製成貨物了。

縣學第一進院子的君房內，鍾佳霖、蔡羽、徐微和謝儀文等九位學生正在上今日的最後一堂課。

給他們上課的正是前禮部尚書王治。

王治講的是聖人的學問，卻能把聖人學問與治國結合起來。

比如說，他講《孟子》的時候，先搖頭晃腦地背誦幾句——「……謹庠序之教，申之以孝悌之義，頒白者不負戴於道路矣。七十者衣帛食肉，黎民不飢不寒，然而不王者，未之有也」，然後解釋，解釋後問學生。「為何聖人提倡興辦教育？你們知道原因嗎？」

學生回答後，王治點評補充，又開始結合時政。「我們大宋讀書識字的人有多少，你們知道嗎？一百個人裡只有五個人讀書！為何會這樣少？原因有很多，咱們剛才都談過了，學堂太少、束脩太貴、科舉名額太少……不過還有一個原因，就是已經因為讀書得到利益的人，試圖壟斷讀書科舉，這樣就能保證他們的後代一代代繼續成為人上人，比如東晉時的世家大族。你們覺得，這樣對國家來說是好事嗎？佳霖，你來談一談。」

這些事情，其實鍾佳霖早就考慮過，只是從來沒有人和他聊這個。

他起身後略一思索，緩緩道：「先生，我認為少數人壟斷知識和教育，對國家來說有害無益。只有百姓的素質提高，國家才會越來越富強……」

鍾佳霖有條不紊，娓娓道來。「……綜上所述，朝廷若是能夠大力興辦教育，擴大科舉門類，我相信對大宋來說利遠大於弊。」

王治雙目炯炯地看著鍾佳霖，眼睛早濕潤了。

他原先還不想來這地處中原腹地的南陽縣，如今才知道請他來的那人說得很對——一個好的儲君，起碼能夠保證為大宋再續三十年的命！

看看眼前這個清俊靈秀的少年，若是他年這孩子做了天子，豈止是能保證為大宋再續三十年的命？明明是可以讓大宋強大起來！

王治深吸一口氣，道：「佳霖說得很有道理。在座諸位，還有誰願意起來說說？」

他一邊講，一邊與學生討論，課堂很是輕鬆愉快，卻又能啟人心智。

下課的銅鈴聲響起之後，王治在九位學生的恭送中，挺胸凸肚慢悠悠離開了。

見先生走遠，蔡羽忙抬手朝坐在他前面的鍾佳霖肩膀上拍一下，低聲道：「佳霖，青芷今日會不會來接你？」

鍾佳霖心裡自然是盼著青芷來接的，這樣他就可以和青芷一起說話，沿著青石街慢慢走回去，可是他心裡想歸想，面上卻平靜得很，似乎很不在意。「我不知道。」

不過他一邊和蔡羽說話，一邊收拾著書本，整理好就收到書篋裡面。

蔡羽想了想，道：「我覺得青芷一定會來接你。她真的把你當親哥哥看？哼，比親哥哥還親呢，我妹子蔡瑩對我可沒青芷對你這麼親。」

鍾佳霖聽了，心裡美滋滋的，面上依舊波瀾不驚。他整理好書篋，起身道：「走吧！」

蔡羽目瞪口呆。「你不回學舍收拾髒衣服？」他堆了一堆髒衣服，今天都要拿回家洗。

鍾佳霖神情自然。「我自己都洗過了。」

蔡羽「啊」了一聲，撲上來抱住鍾佳霖。「佳霖，你真的好勤快，以後我的衣服你也一起洗了吧！」

一邊裝著整理書本的謝儀文和徐微。「……」

天下居然有心這麼大的人，敢讓鍾佳霖給他洗衣服……

鍾佳霖雖然慣著青芷，卻不意味著他願意慣別人。

他推開蔡羽。「自己的事情自己做。」

蔡羽唉聲嘆氣做西子捧心狀。「佳霖，你可真狠心啊。」

鍾佳霖急著去見青芷，抬手在蔡羽肩膀上拍了一下，提起書篋揹在背上，與眾同學道別，起身離開了。

徐微這時候也收好書篋，忙揹在背上追了出去。「佳霖，等等我。」

謝儀文微微一笑，也揹起自己的書篋出去了。

鍾佳霖聽到徐微的聲音，便停下腳步等在那裡，待兩人都趕了過來，才一起向外走去。

青芷和春燕到了縣學門口，發現已經來了不少人，便尋了個顯眼位置，靜靜立在那裡等著——她怕哥哥出來看不見她。

春燕一邊探頭往裡面看，一邊道：「姑娘，這竹林太茂密了，公子出來咱們也看不見啊。」

青芷正要說話，卻見到一個明媚的女子走了過來，後面跟著篆兒——原來是蔡翠！蔡翠是特意來找青芷的。

她笑盈盈打量了青芷一番，見青芷丫髻上別著一朵白月季花，知道她還在為死去的王氏戴孝，便道：「青芷，我下個月就要出嫁了，嫁給在京城做茶葉生意的張家大郎。」

青芷聞言一動。蔡翠還是要嫁給前世的丈夫了！

她記得前世蔡翠便是嫁給了做茶葉生意的張家大郎，夫妻和睦，兒女雙全。

蔡翠笑咪咪道：「不管先前咱們有什麼不愉快，我既然要遠去京城，先前的事情就一筆勾銷，我在羊山南麓的桂園，如今交給貴心叔管理，妳若是買桂花，去找貴心叔就行了。」

她雖妒忌虞青芷，可恨歸恨，生意還是要做，整個南陽縣也就她能把桂花全買下來！

蔡翠知道自己和鍾佳霖沒緣分，便不再拖泥帶水。她是個聰明人，知道應該向前看。雖然嫁不了鍾佳霖，可是她去了京城，自有一番新天地等著她去開拓！

和青芷說完想說的話，蔡翠便和青芷道別，登車離去了。

徐微一邊走，一邊問鍾佳霖。「佳霖，剛才蔡羽說有人來接你，是不是以前在宛州見過的你那個妹妹？」

鍾佳霖正要說話，一眼便看到了立在縣學外面的青芷，頓時什麼都顧不得了，忙笑著和徐微及謝儀文拱手作別，急急走了過去。

青芷一見到哥哥，忙也迎了上來。「哥哥。」

謝儀文和徐微跟在鍾佳霖後面出來。

見鍾佳霖和一個女孩子說話，謝儀文凝神看了過去，見那女孩子約莫十四、五歲，生得頗為美貌，只是丫髻上戴著一朵白花，應該還在孝期。

他原本想著鍾佳霖會向他和徐微介紹妹妹，沒想到鍾佳霖直接帶著人走了。

謝儀文看到鍾佳霖即使走路也記得護著妹妹，自己走外側，讓妹妹走內側，心中明白了一件事：這個生得極美麗的妹妹，是鍾佳霖真正在乎的人。

青芷和鍾佳霖並肩走著。

十日沒見，她有好多話說，嘰嘰咕咕不停說著，鍾佳霖含笑聽著。

眼看著快到家裡了，青芷湊近鍾佳霖，低聲道：「哥哥，還有一件事，等晚上咱們倆去後花園散步，我再告訴你。」

鍾佳霖見青芷如此鄭重，知道事情怕是不小，便點點頭，道：「到時候咱們一起商議。」

他倆帶著春燕進了家門，才發現虞世清剛帶著王春生回來，站在灶屋門口和韓氏說話。

鍾佳霖和青芷不禁笑了，一起上去見禮。

到了晚上，虞家堂屋裡點了兩個燭臺，方桌上擺著六樣小菜——糖醋里脊、清蒸魚、清炒豌豆尖、魚鮓、黃雀鮓、芥末鴨掌——和一壺酒。

虞家一家四口圍坐在方桌邊吃菜飲酒聊天，煞是開心。

春燕和王春生、王春雨則在西耳房用飯，桌上也是同樣的六樣小菜一壺酒。

用罷晚飯，虞世清不免多喝了幾杯，韓氏便扶著他回房歇下了。春燕拾掇杯盤，王春雨和王春生去後面小樓炮製玫瑰花，青芷便和鍾佳霖去後面花園散步。

見外面濕冷，鍾佳霖便脫了身上的夾衣，穿在青芷身上。

衣服上殘留著鍾佳霖的體溫，令青芷一下子暖和起來，她一邊在花園的青磚小徑上散步，一邊好奇地問鍾佳霖。「哥哥，你不冷嗎？不如我們回去再拿衣服吧！」

鍾佳霖伸手握住青芷的手，亮晶晶的眼睛裡滿是得意。「我的手涼嗎？」

青芷發現即使脫了外衣，鍾佳霖的手依舊溫暖有力，便笑了起來。「哥哥真的比以前強壯了不少呢。」

鍾佳霖便把縣學裡每日都有武學課的事說了。

得知他的武學先生是前科的武狀元，青芷簡直目瞪口呆。「天啊，縣學這麼厲害，那還不擠破頭了？」

鍾佳霖抿嘴一笑，道：「這些事，讓徐知縣和胡教諭去操心就行了。」

他早就發現不對勁了，前禮部尚書來教授他們四書，前戶部侍郎來教授他們算學，前武狀元來教授他們武學，前工部員外郎來教他們百工——這先生的配置，連皇子也不過如此了。

雨雖然停了，可是到處濕漉漉的，整個後花園黯淡潮濕陰冷，只有遠處的小樓透出昏黃的燈光。

青芷覺得天氣濕冷，可是有自己哥哥陪著，心裡卻滿足得很。

鍾佳霖也覺得靜謐安心，陪著青芷慢慢地走在濕漉漉的青磚小徑上，道：「青芷，妳說的大事到底是什麼？」

青芷便把接他的時候遇到蔡翠的事說了。

鍾佳霖垂下眼簾，遮住幽深眼波，片刻後，他淡淡道：「生意妳想做就繼續做，不過以後不要和她來往了。」

蔡翠對青芷動過歪心思，鍾佳霖牢牢記得這件事，若是蔡翠敢再有這樣的心思，他絕對不會放過她！

鍾佳霖攤開自己的手看了看。

他肌膚白皙，手指修長，在這黯淡的夜色中，越發顯得如白玉一般。

鍾佳霖知道，朝廷如今分為兩派。

一派是以李太傅為首的李黨，在朝廷政治鬥爭中處於上風，他們支持的繼承人是清平帝的幼弟英親王趙瑜；另一派是以丞相郭子平為首的郭黨，如今處於下風。

正因為李太傅一派支持清平帝立幼弟英親王趙瑜為皇太弟，所以郭黨的人便不肯支持趙瑜，轉而尋找當年被送出宮廷的清平帝親生子。

而郭黨的人即使已經找到清平帝的親生子，卻未必會立即認主，怕還得一段時間的考察。

在這考察期間，這位皇子不能出錯，要處處表現得聰慧、仁善、有大局觀，適合做皇位繼承人。

青芷前世處處和哥哥作對，重生以後卻什麼都聽哥哥的，她笑咪咪道：「好，我都聽哥哥的。」

鍾佳霖笑著看了青芷一眼，道：「白蘋洲的薄荷該割了，我明日帶著春生和春雨去收了運回來。」

青芷聞言笑了，道：「是該收割了。」

鍾佳霖伸手握住青芷有些涼的手。「我們看看春雨和春生把妳的玫瑰花炮製得怎樣了。」

青芷「嗯」了一聲，隨著鍾佳霖向小樓走去。

第二天青芷醒來，發現外面依舊暗沈沈，還是一個陰雨天，便有些捨不得溫暖舒適的被窩，又鑽了進去，閉上眼睛，很快就睡著了。

鍾佳霖洗漱罷用過早飯，預備出發去白蘋洲，見青芷還沒有起來，便走過去，立在房門外叫了一聲「青芷」，道：「我出去了。」

青芷迷迷糊糊應了一聲，翻身又睡著了。

等青芷起來，雨還在下，已經是半上午時候。

韓氏已經兩個多月的身孕，不過一點都不明顯，她去灶屋給青芷熱了早飯端過來，笑咪咪道：「妳哥哥天不亮就起來，帶著春生和春雨出城去了。」

青芷舀了一調羹清粥吃了，才道：「我和哥哥在白蘋洲田地裡的薄荷該收了，哥哥帶春生他們去收薄荷。」

韓氏忙道：「薄荷收回來還堆放在後面小樓嗎？」

青芷「嗯」了一聲，道：「等一會兒我就帶著春燕去小樓幹活，不過人手還是有些不足，要是能再雇兩個人就好了。」

雇人的缺點是只能做有些粗淺的活計，稍微複雜的活就不能讓他們幹，以防止她製作的訣竅洩漏。

韓氏點點頭。「等妳哥哥回來，讓他陪妳去牙行雇人吧！」

青芷笑咪咪道：「我自己帶春燕去也行。」。

她又吃了一口粥，然後才問道：「娘，我爹呢？」

韓氏微微一笑，道：「你爹去買豬肉、菜和米了，說中午燒紅燒肉，蒸米飯。」

青芷沒想到自己這爹如今這麼賢慧，不由笑了起來，抬眼看向韓氏。「娘，我爹怎麼這麼賢慧？」

韓氏伸手摸了摸腹部，道：「你爹盼著我肚子裡懷的是兒子呢。」

青芷看著母親的眼睛，發現她眼睛裡有憂慮，便笑了起來，道：「娘，弟弟也好，妹妹也不錯，如果您生的是妹妹，我爹嫌棄的話，那咱們就把我爹趕出去，反正如今戶主是哥哥，而掙錢養家的是我。」

韓氏。「……」

她越想越覺得青芷的話有道理，「噗哧」一聲笑了，起身走過來，一把抱住青芷單薄的身子，聲音裡滿是喜悅。「我的青芷實在太聰明了，走一步想好幾步，妳比娘強。」

抱著女兒，韓氏歡喜到了極點，眼淚流了出來。她若是能像青芷這麼堅強、聰明，母女倆怎麼可能吃這麼多年的苦？

青芷得意洋洋道：「娘，您放心，以後即使您和我爹和離了，也有我照顧您、照顧弟弟妹妹呢。」

韓氏「嗯」了一聲，悄悄拭去眼淚。

青芷不知道母親落淚，思索片刻後道：「娘，即使是女子，在經濟上最好能獨立，不用靠男人，就不會處處仰男人鼻息。」

韓氏笑了起來。「好好好，妳說的都對。」

用罷飯，青芷帶春燕去了牙行，挑選了兩個年輕健壯的女子，帶回家教了一下，讓她們一個負責燒水，一個負責冷卻，待她們能夠上手，便開始忙碌起來。

一直到傍晚時分，青芷才把玫瑰香油全都榨出來，至於玫瑰香膏、香脂和香胰子，明日再忙一天，就能全部出來了。

這兩個來做短工的女子，做活都很索利，青芷很滿意，原本說好一天五分銀子，青芷給了她們一人一錢銀子，笑道：「明日我還要找人幹活，妳們若是願意的話，辰時三刻過來就行。」

那兩個女子，一個是賴大嫂，一個是王七娘，接了碎銀子，千恩萬謝去了。

青芷送了她們出去，見暮色蒼茫，可是哥哥還沒有回來，不禁有些擔心。

白蘋洲買賣土地的張經紀已經搬到城裡住了。

鍾佳霖到了白蘋洲，先看了那十幾畝薄荷的生長情況，見地裡的薄荷特別茂盛油綠，產量不會低，便讓王春雨去碼頭雇船，他自己則帶著王春生去白蘋洲村子裡雇短工。

饒是鍾佳霖估算過了，特地多雇了幾個短工，可是這十幾畝的薄荷田，還是割了整整一日才割完。

鍾佳霖又看著人把一車車薄荷拉到碼頭裝船。

等船經過南水門進了城，到了梅溪河碼頭，天已經黑透了。

提前雇車過來的春雨正帶著好幾輛大車候在碼頭，待船停穩，便開始卸貨。

王春雨先押了兩輛車離去，鍾佳霖付給船主費用，然後和王春生帶著從白蘋洲雇來的短工，各自押了兩輛車往家的方向去了。

大車上堆得高高的，全是薄荷，薄荷垛用麻繩捆得緊緊的，鍾佳霖坐在最上面，整個人陷進薄荷堆裡，周身全是清涼的薄荷氣息。

他索性躺下，發現天居然放晴了，滿天繁星，美不勝收，無限靜美。

妹妹一定在家裡盼著他回去，熱湯熱菜也早準備好了……這樣的生活真的好幸福。

青芷正在家門口翹首期盼，一直等到鍾佳霖從大車上跳下來，她這才鬆了一口氣，跑上前抱住了鍾佳霖。「哥哥。」

見青芷如此擔心自己，鍾佳霖心裡暖暖的，抱了青芷一下，輕輕道：「先生和師母出來了。」

青芷忙鬆開鍾佳霖，笑咪咪道：「哥哥，你辛苦了。」

鍾佳霖根本不覺得辛苦。他和青芷一起，為了生活努力，哪裡會覺得辛苦？

虞世清和韓氏也走了出來。

他們早看到青芷抱了鍾佳霖一下，卻一致裝作沒看到，慢慢走了過去。「佳霖回來了。」

鍾佳霖含笑答應了一聲，先請韓氏和虞世清站在一邊，然後指揮著車夫把大車趕進後院，又指揮著短工卸貨。

忙碌了半日，待貨卸完，鍾佳霖一個短工給了二錢銀子做工錢，送了他們離開。

鍾佳霖和青芷給的工錢算是比較高的，短工們和他們合作不少次了，都很滿意，擺了擺手，一起離開喝酒去了。

用罷晚飯，青芷和春燕一起燒了水，讓鍾佳霖和王春生、王春雨洗澡。

浴桶裡熱氣騰騰，洗澡水已經準備好了。

鍾佳霖正準備要換上中衣，卻聽到外面傳來青芷的聲音。「哥哥，我可以進來嗎？」

鍾佳霖笑了。「進來吧！」

青芷推開門走進來。「哥哥，我給你做了一套白綾中衣，已經洗過晾乾了，等一會兒你換上吧！」

她把疊得整整齊齊的白綾中衣放在一邊，笑著問鍾佳霖。「哥哥，你想用薄荷香胰子洗澡，還是用桃花香胰子洗澡？」

鍾佳霖笑了，道：「用薄荷香胰子吧！」

青芷拿出一塊薄荷香胰子放在一邊，本來都要走了，忽然扭頭嘆了口氣。「唉，我還沒見過哥哥洗澡呢。」

鍾佳霖。「……」

他面紅耳赤走了過去，把青芷給推出去，口中道：「我洗澡有什麼好看的？」

他擔心青芷正是青春少艾時候，容易對男子的身體產生好奇心，忙又道：「青芷，男人的身子真沒什麼可看的。」

青芷見哥哥耳朵都是紅的，眼睛水汪汪，不由笑了起來，乖乖出去了。

鍾佳霖泡進浴桶裡後，想起青芷如今十四歲，是大姑娘了，又生得這麼美，不知道多少人會覬覦她，妹妹的處境實在危險啊！

他越想越擔心，簡直連澡都洗不下去了。

洗罷澡出來，鍾佳霖叫來王春雨，認真交代道：「春雨，我不在家裡，你得好好保護我妹妹，她去哪裡你也去哪裡，千萬不要讓她落單，即使她跟女子見面，你也得跟著……」

王春雨剛開始恭謹地答了聲「是」，後來越聽越不對了。公子也太囉嗦了點，這是哥哥嗎？這明明是親娘啊！

鍾佳霖盡情交代了一番，還是擔心得很，心道：唉，待明年參加鄉試可得帶著青芷，不然心裡真是不放心……

因為一大早鍾佳霖就要去縣學讀書，因此青芷一大早就起來了，她打算去外面買些他愛吃的早餐。

天地之間籠罩著灰藍色的晨霧，街市上還沒幾個人。

青芷帶了春燕正要出門，卻見到王春雨衣帽整齊，揉著眼睛跟了出來，不禁笑了。「春雨，我帶春燕去就行，你不用跟去了。」

王春雨眨了眨眼睛，道：「公子吩咐了，讓我一直跟著姑娘。」

青芷一聽是鍾佳霖讓春雨跟的，便不再多說，帶著兩人一起出去了。

青芷買了好幾籠松針小籠包，讓王春雨提回來。

這種小籠包是南陽縣特有的，蒸小籠包的時候籠底墊的是松針，包子出籠後，皮薄餡鮮，帶著松針的清香，別具風味。

用罷早飯，青芷送鍾佳霖去學堂，王春雨和春燕自然也跟在後面。

青芷一邊走，一邊和鍾佳霖商議著。「哥哥，下次休沐，你陪我去宛州往舒玉齋送貨吧！」

鍾佳霖點點頭，道：「咱們早上出發，下午回來，完全可以在天黑前趕到南陽縣，一天時間也就夠了。」

謝儀文帶了小廝走過來，他故意放慢腳步慢慢走，終於等到了鍾佳霖。

看著鍾佳霖笑著看他那個妹妹，聽他妹妹說話，謝儀文心裡忖度著：不知道鍾佳霖對他這個妹妹，到底是兄妹之情，還是男女之情？

若是兄妹之情，那就好說了，怕就怕是男女之情……

父親可是有聯姻之意。

第五十七章

想到這裡，謝儀文含笑著迎了上去。「佳霖。」

蔡羽和徐微稱呼鍾佳霖為「佳霖」，他也跟著這樣叫，彼此的距離似乎近了不少。

鍾佳霖聞聲看了過去，見是謝儀文，便含笑與謝儀文見禮。

他正要向謝儀文介紹青芷，可是看了謝儀文一眼後，鍾佳霖放棄了這個打算。謝儀文二十一、二歲年紀，生得清秀文雅，衣著低調華麗，很容易吸引女孩子，萬一青芷喜歡他了呢？

想到這裡，鍾佳霖微微一笑，低聲交代青芷。「妳快回去吧，平時不要太晚回家。」

青芷答應一聲，和他道了別，立在那裡目送鍾佳霖與謝儀文一起進了縣學。

謝儀文揹著書篋走著，與鍾佳霖聊些功課方面的話題。

眼看著快要走到第二進院子的門口了，謝儀文佯裝不在意地問鍾佳霖。「剛才那個是你妹妹嗎？」

鍾佳霖「嗯」了一聲，一副不樂意多談的模樣。

謝儀文含笑道：「佳霖，你妹妹瞧著有十四、五了吧，不知道定沒定人家？」

鍾佳霖笑得雲淡風輕，心中警惕非常。「我妹妹年紀還小著呢，家裡的打算是等我中第，再提妹妹的婚事。」

反正他是絕不會把妹妹嫁給別人的！

謝儀文以為鍾佳霖的打算是考中進士後再給妹妹說親，好攀附高門，當即心裡一動，打量了鍾佳霖一眼，心道：佳霖若是真有這個意思，看他對妹妹如此疼愛，將來娶了他妹妹，似乎也不錯……

鍾佳霖自以為拒絕得夠明顯了，還不知道謝儀文心裡已經有了更長遠的打算，兩人一起進了學舍，往各自的屋子去了。

蔡羽正在學舍裡和徐微說話，見鍾佳霖進來，忙道：「佳霖，你來了。」

鍾佳霖和蔡羽、徐微打過招呼，便解開自己的包袱，開始整理衣物。

青芷這幾日給他新做了一套白綾中衣和一套月白儒袍，白綾中衣他穿在身上，月白儒袍卻帶了過來。

蔡羽見鍾佳霖拿出一套嶄新的月白儒袍往衣箱裡放，湊過來道：「佳霖，青芷給你新做的？」

鍾佳霖笑著點點頭，又拿出幾雙嶄新的淨水布襪，也放進了衣箱裡。

蔡羽一看就知道也是青芷做的，悻悻道：「佳霖，你都那麼多布襪了，和青芷說一聲，讓她也給我做幾雙吧！」

鍾佳霖直接拒絕了。「我妹妹很忙的，你別煩她了。」

蔡羽「哼」了一聲，道：「佳霖，你也別太得意，青芷早晚要嫁人，到時候她就只給她未來的相公做衣服鞋襪了，你就等著在一邊酸溜溜地妒忌吧！哼哼。」

鍾佳霖。「……」

他睨了蔡羽一眼，沒理會蔡羽。

整理完畢，鍾佳霖、蔡羽和徐微一起鎖上房門，叫上謝儀文，一起去學堂上課。

在自己的位置上坐下之後，鍾佳霖打開書篋，把裡面的筆墨紙硯一一擺在桌上，一直在想著蔡羽的話。

一想到將來青芷嫁給別人，只給她的相公做衣服鞋襪、只照顧她的相公，鍾佳霖心裡真是酸溜溜的，一顆心似被浸入老陳醋中，酸得難受。

他心中有了一個想法：與其讓妹妹嫁給別人，讓我老是不放心，還不如妹妹嫁給我，我一定會照顧妹妹一生一世，一定會一輩子對妹妹好……

正在這時候，教授四書的王先生背著手，邁著八字步慢悠悠地來了，鍾佳霖忙收斂心神，集中注意力預備認真聽課。

送罷鍾佳霖，青芷帶著春燕和王春雨又去了趟牙行，雇了四個女子回家幹活。

她們剛到家不久，昨日那兩個短工賴大嫂和王七娘也趕來了，青芷安置好韓氏，便帶著王春雨、春燕和那六個女短工去了後院小樓。

她帶著這些人，用了整整三天時間，才把這幾車薄荷都處理完了。

轉眼到了八月。

這日一大早王春雨就押著幾大車桂花回來了。

他天不亮就出去，待城門一開，直接去了羊山南麓的蔡家桂園，看著人用他拿去的布袋裝了桂花，又看著人一袋袋裝車，然後才押著車回城。

青芷帶著王春雨指揮八個短工在後花園小樓裡拾掇這些桂花，忙得腳後跟打後腦勺。

春燕則看著那些繡女在門面房的二樓做青紗繡袋，也忙得不亦樂乎。

韓氏是個閒不住的，見青芷帶著春燕和王春雨忙成這樣，自己也坐不住了，便打算去灶屋做飯。

春燕在門面房的樓上看到了，忙去告訴青芷。

青芷雖然沒懷過孕，可是前世趙瑜的侍妾倒是有幾個懷孕生子，所以她知道懷孕的前三、四個月是極危險的，而韓氏這時候正是三個月身孕。

她忙吩咐王春雨看著短工們幹活，自己帶著春燕去了前院。

韓氏正在灶屋門口擇菜，見青芷拎著裙裾匆匆跑了過來，忙道：「青芷，妳跑這麼快做什麼？」

青芷看著韓氏，意識到自己的生意越做越大，家裡人手根本就不夠用，必須得再買一個人來伺候母親了！

她沒空出去，便把這件事交給王春雨，細細叮囑道：「得把人的底細打聽清楚，一定得是清白人，若是做了壞事被人發賣的人，可得小心；另外最好會侍候孕婦、產婦……」

王春雨認真聽著，都記在了心裡，待青芷說完，便又重複一遍，然後看向青芷。「姑娘，有沒有遺漏？」

青芷笑道：「沒有，去吧！」

到了傍晚時分，王春雨果真帶了一個五十多歲的婆子回來了。

青芷細細問了問，得知這婆子姓葉，一直跟著主子家從小奶大的姑娘，結果姑娘夫死再嫁去了外地，嫌她年紀大，把她給拋閃了，只得出來自己找活幹。

得知這婆子先前曾伺候過孕、產婦，會做飯，還會接生，青芷便笑道：「既然如此，先留下用吧，若是妥當，以後也是一個月一兩銀子的月錢，過年過節另有賞；若是不行，就打發出去。」

那葉婆子瞧著倒是勤謹模樣，輕輕道：「姑娘請往後看，老婆子一定勤謹伺候。」

青芷便暫時留下了葉婆子，因王春雨如今在門面房一樓住著看門，便安排葉婆子在門面房二樓住著，稱她為「葉嬤嬤」。

安頓好家務，青芷得知溫子淩要去宛州城談生意，便打算搭溫子淩的船去宛州城送貨。

鍾佳霖自然不放心，恰逢休沐，便也跟著去了。

中午的時候，鍾佳霖、溫子淩一行人終於趕到了宛州城外的運河碼頭。

溫子淩去忙自己的生意，鍾佳霖便和青芷去舒玉齋送貨。

從舒玉齋出來，鍾佳霖帶著青芷去了宛州城有名的臨水魚莊。

青芷和鍾佳霖進了臨水魚莊，卻聽到上方傳來女孩子滿是驚喜的聲音。「青芷！」

青芷仰頭一看，發現祁素梅正帶著丫鬟溫書站在上方樓梯上，正笑盈盈看著她。

看到許久不見的祁素梅，青芷心中愉悅，拎著裙裾登上樓梯。「祁姊姊。」

青芷笑著和祁素梅說話，忽然見到對面的雅間門打開了，一個俊秀的白衣少年立在那裡，幽黑雙眼靜靜看著她。

原來是趙瑜！

趙瑜怎麼會在這裡？

一見到趙瑜，青芷如披冰雪，渾身發冷。

她不敢看趙瑜，竭力控制著自己。

趙瑜垂下眼簾，腦海裡閃過一個畫面，似乎是在夢裡，也有一個嬌美的女孩子在笑，眼睛亮晶晶。

他不由自主又看向青芷。

不知為何，他一見到這位虞姑娘，心中就瀰漫著淡淡的悲傷，又有著隱隱的歡喜，若有似無地牽掛著。

不敢再看一眼，卻忍不住想再看一眼，一顆心似懸在半空，飄飄悠悠，無依無傍……

韓正陽也認出了鍾佳霖，笑了起來。「鍾佳霖，你怎麼來宛州了？既然來了，一起聚聚吧！」

鍾佳霖早發現青芷的異狀了。

上次在雲微茶館，那時這個白衣少年也在場，青芷手心出了一層冷汗。

他看了青芷一眼，見她沒有說話，便道：「這次就不叨擾韓兄了。」

祁素梅卻捨不得青芷，也想多和鍾佳霖在一起待一會兒，就硬拉著青芷往他們的雅間走。「走吧，我們也是剛到，咱們難得一聚。」

青芷深吸一口氣，告訴自己：我已經重生了，此生此世和趙瑜再無干係，對我來說，他只是個外人！

心中計議已定，她隨著祁素梅進了雅間，道：「我帶了些禮物要給妳，本來準備用罷午飯去你們府上拜訪呢。」

祁素梅心中歡喜，道：「如此甚好，咱們真是有緣。」

她是真的喜歡青芷，牽著青芷的手進了雅間，讓她挨著自己坐下，低聲絮絮道：「妳不用怕，那個穿青色袍子的是我表兄韓正陽，穿白色袍子的則是我表哥的好友趙六郎，咱們不用理會他們，妳只管和我在一起就行了。」

青芷也很喜歡祁素梅，和祁素梅在一起，她能感受到祁素梅對她的善意，兩人總是有說不完的話。

鍾佳霖他們寒暄了幾句，也都進了雅間。

韓正陽拿了菜牌子，吩咐臨水魚莊的夥計。「女孩子愛吃清淡些的，來個高湯魚片。」

趙瑜不知為何，忽然道：「換成酸辣魚片吧！」

韓正陽看了趙瑜一眼，心道：趙瑜不是愛吃清淡的菜餚嗎，怎麼突然要嚐嚐酸辣的？不過他從來不會違逆趙瑜，笑嘻嘻道：「那就換成酸辣魚片！再來一個清蒸黃牙鰱。

嗯，這個燒白河鰱魚可以試試……」

青芷左邊是祁素梅，右邊是鍾佳霖，雖然對面坐的是趙瑜，不過這一世的趙瑜不像前世，對她一見鍾情，這一世的趙瑜根本不看她，也不愛說話，垂著眼簾似乎心事重重。

這令青芷放下心來，沒多久就和祁素梅有說有笑起來。

因為一會兒就要和鍾佳霖一起離開宛州，青芷便拿出包袱裡裝著的錦匣遞給祁素梅，笑咪咪道：「我給妳帶的禮物，妳看看吧！」

祁素梅打開一看，見裡面是幾個玉青瓷瓶子和盒子，香油、香膏、香脂和香胰子俱全，有玫瑰和桂花兩種，心裡很喜歡，珍而重之地命溫書收起來，然後握著青芷的手，笑道：「多謝妳，青芷。」

青芷也不和祁素梅見外，輕輕道：「妳先別謝我，我等一會兒要求妳一件事呢。」

祁素梅知道青芷的性子，不會提令自己為難的要求，便笑嘻嘻道：「放心吧，但凡我能辦到，一定幫妳。」

說話間酒菜如流水般擺上，滿滿當當擺了一桌子。

眾人開始吃酒。

鍾佳霖和韓正陽談論京中舊事。

趙瑜心事重重不作聲。

鍾佳霖一邊聽鍾佳霖和韓正陽談話，一邊照顧青芷。

他知道青芷愛吃魚，卻有些性急，容易被魚刺鯁到，便先把魚刺挑去了，然後才把魚肉夾到青芷的碟子裡。

青芷習慣了他的照顧，鍾佳霖挾一塊過來，她就吃一塊。

趙瑜坐在青芷對面，自然看得清清楚楚。

他垂下眼簾，總覺得這一幕似曾相識，應該是在夢裡發生過，不過夢裡是那個嬌美的少女給他挑了魚刺，然後把魚肉挑到他的碟子裡。

看著那個叫鍾佳霖的清俊少年一直給虞青芷挑魚刺，趙瑜心裡堵得難受，卻又說不出來，只得悶悶地吃著。

席間韓正陽提起他和趙瑜也要去南陽縣一趟。

得知趙瑜和韓正陽也要去南陽縣，青芷先是一愣，接著就釋然了。

反正這一世，她儘量不跟趙瑜接觸，也就不會有前世那些糾葛了！

傍晚時分，溫子淩辦完了事，急匆匆帶著張允和許林兩個夥計來到運河碼頭，與鍾佳霖和青芷會合，卻發現隊伍裡多了好幾個人，雖然吃了一驚，可沒多久就與韓正陽談笑風生起來。

一行人聚齊之後，在碼頭邊的酒樓用了晚飯，又喝了一會兒茶，才登上韓正陽包下的大船，月色中往南陽縣方向而去。

青芷帶著春燕住在一個艙房裡；祁素梅帶著溫書住在她們隔壁；鍾佳霖則帶著王春生住在青芷對面的艙房。

青芷今日累極了，略一洗漱就睡下了。

大船行在水上，船體晃晃悠悠，她躺在狹窄的小床上，如同躺在搖籃裡一般，很快就睡著了。

大船最上面那層此時沒有點燈，窗戶大開著，皎潔的月光照了進來。

趙瑜躺在寬大的床鋪上，靜靜睡著了。

在夢裡，青芷在跟他大鬧。「你既然說心裡只有我一個人，為何要娶李雨岫？你把我當成什麼了？」

他徒勞地解釋著。「我只是利用她，我娶她只因為她爹是李泰……」

夢醒之後，趙瑜靜靜躺在那裡，想到了一個詞——南柯一夢。

在夢裡，他哄騙青芷跟了他，利用她來控制鍾佳霖為他賣命，還娶了李雨岫為正妃，最後虞青芷被李雨岫毒死……

然後他就醒了，醒來後心臟陣陣抽疼，疼得快要喘不過氣來……

不，這只是夢。

日有所思，夜有所夢。

夢是不可能變成現實的。

大船到了南陽縣碼頭已經是清晨時分，眾人收拾齊備預備下船。

青芷捨不得同祁素梅分開，便試探著邀請祁素梅去自家作客。

最後一行人兵分四路，趙瑜和韓正陽帶著從人自去安置，溫子淩帶著張允和許林去了羊山北麓的礦上，鍾佳霖則帶著青芷和祁素梅回虞家。

回到虞家，安置了青芷和祁素梅，鍾佳霖便帶著王春生去縣學了。

這時候虞世清已經去了蔡家莊，春雨和葉嬤嬤在家裡陪著韓氏。

青芷與祁素梅一起見罷韓氏，便帶著祁素梅回了自己住的西廂房，笑盈盈問她。「祁姊姊，妳是願意跟著我住在西廂房呢，還是願意帶著溫書住在後花園小樓的二樓？」

祁素梅也笑了。「我自然願意和妳住在一起了。」

青芷大為歡喜，道：「既然如此，妳就和我一起住，讓溫書跟著春燕住吧！」

她性格闊朗，光風霽月，想什麼就說什麼，喜歡青芷，就直截了當地表現出來。

祁素梅是第一次來青芷家裡，進入了青芷的閨房，自然好奇得很，一一看了，發現青芷臥室就是典型的女孩子臥室，潔淨舒適馨香，床帳衾枕也都是一般女孩子喜歡的淺粉、水紅和淺紫等顏色。

妝檯上擺了不少瓶瓶罐罐，都是青芷製作的那些香膏、香脂。

窗前書案上擺著幾本詩詞選集，花瓶也是簡單的玉青瓷，裡面插著一枝乾了的桂花，屋子裡氤氳著桂花的甜香。

她很喜歡青芷的臥室，道：「我想妳臥室就是這樣子的。」

青芷也笑了起來，道：「我猜妳的臥室一定比我這裡華麗，衾枕應該是正紅等顏色，各種擺設和玩器也更多。」

祁素梅笑了起來。「我的確喜歡紅色。」

青芷笑咪咪道：「花瓶裡插的花，很有可能是紅玫瑰或者紅月季，或者朱砂梅。」

祁素梅見都被青芷說中了，不由攬著青芷的肩膀。「妳這鬼靈精。」

青芷想了想，忽然認真道：「祁姊姊，我家是典型的農家，雖然搬到了城裡住，吃穿習慣還是農家習慣，畢竟有些寒素，妳若是有什麼需要，一定要和我說，我想辦法去弄。」

她湊近祁素梅，壓低聲音，笑咪咪道：「我告訴妳一個秘密——我賣香脂、香膏掙了不少銀子。」

祁素梅不由笑了起來。

想了想後，她開口道：「青芷，我倒是想看看妳哥哥的房間。」

青芷當即拉著祁素梅的手。「走吧，咱們去看看。」

出了西廂房，青芷帶著祁素梅直奔東廂房。「哥哥就住在東廂房，和我的屋子隔院相望。」

東廂房門上掛著一把鎖。

看著這把鎖，祁素梅不由有些失望。「唉，房門鎖著呢。」

青芷對著她狡黠一笑，然後摸出一把鑰匙，打開了東廂房門上的鎖，得意洋洋解釋道：「哥哥想著我有時候幫他收拾衣服，就給了我一把鑰匙。」

祁素梅大喜，隨著青芷進了鍾佳霖住的東廂房。

進了房門，她有些怯怯的，立在那裡打量著，發現鍾佳霖的屋子和青芷又不一樣，他這裡潔淨簡單，家具不多，卻擺得井井有條。

青芷引著祁素梅進了臥室，道：「哥哥屋子裡簡單得很，他只要乾淨整潔就行。」

祁素梅細細看了看，發現鍾佳霖的床帳是白色的，床單、衾枕、被褥都是青色的，書案上擺著整整齊齊一摞書，筆墨紙硯各歸其位，另有一個與青芷房裡一模一樣的玉青色瓶子，裡面插著一枝大紅玫瑰花，只是已經有些枯萎了。

她細細聞了聞，發現臥室內似氤氳著淡淡的薄荷氣息，很是好聞。

看了鍾佳霖的房間，祁素梅心底的那一點期盼得到了滿足，低聲道：「他的房間和我想的一模一樣……」

她想像中鍾佳霖的房間就是這樣的，清雅、簡單、整潔、縝密……

就像鍾佳霖這個人。

青芷微笑起來。「是呀，哥哥的房間都是他自己收拾。」

她不好意思說的是，自從搬到城裡，有時候她的房間也是哥哥去收拾。

常常都是鍾佳霖去她房裡說事情，說完事情就開始幫她整理房間，疊被子、整理床單枕頭，還幫她疊衣服、整理妝檯。

不過這樣的事還是不要說好了，免得顯得她太懶惰！

鎖了鍾佳霖房間的門之後，青芷又帶著祁素梅去後花園逛。

她家的後花園對祁素梅沒什麼吸引力，反倒對她製作香脂、香膏等物的小樓很感興趣，便讓青芷陪著她看了一遍。

青芷不厭其煩地一一解釋，最後倒是祁素梅嫌太瑣碎了，捂著耳朵道：「好複雜呀，我不要聽了。」

見她如此可愛，青芷不由笑了起來，道：「走吧，咱們去樓上看看。」

傍晚的時候，青芷和祁素梅正陪韓氏在正房說話，卻見到鍾佳霖走了進來，王春生揹著書篋跟在後面。

鍾佳霖進來後，先給韓氏行禮，然後又與青芷和祁素梅見了禮。

韓氏有些驚訝。「你這孩子，怎麼這時候回來了？」

按照縣學的規矩，十天才能有個休沐日，佳霖還得九天才能回家。

鍾佳霖態度恭謹。「啟稟師母，我稟了教諭大人，教諭大人允許我每日走讀。」

青芷心中歡喜，笑咪咪道：「哥哥回來了，祁姊姊也在家裡作客，今晚我下廚做幾樣小菜。」

祁素梅還以為青芷說的下廚，是待丫鬟婆子洗好、切好菜蔬材料，拿了鍋鏟去象徵性地鏟兩下。

直到看到青芷果真回房間去穿罩衣，還特地拿了一方帕子綁在頭上，她這才明白青芷是真的打算下廚做飯，不由笑了。「原來妳是真的要做飯呀。」

不是她不食人間煙火，只是青芷長得太像小仙女了，哪有小仙女打扮成這個樣子做飯的？

青芷笑咪咪道：「祁姊姊，對妳我可是誠意滿滿呢。」

祁素梅細長的眼睛瞪大了些，伸手握住青芷的手。「青芷，妳——」

青芷見祁素梅當真了，忙道：「祁姊姊，我在家常常做菜的，不過這段時間因為忙碌不怎麼做，妳來了我很開心，這才要下廚的。」

祁素梅不由笑了起來。「虧我還感動半日。」

她隨著青芷去了灶屋，卻發現灶屋已經有人了，春燕在擇菜，而鍾佳霖換了家常衣服，正在整理柴火，預備燒鍋。

祁素梅沒想到看著清俊素雅的鍾佳霖，居然會幹這些粗活，而且幹得這麼熟練自然！

她細細打量著鍾佳霖，發現鍾佳霖依舊容顏清俊，氣質高貴，如春日翠竹一般。

鍾佳霖沒注意到祁素梅看自己，他有條不紊地把柴火都擺好，在灶膛前的凳子上坐下來，這才抬眼看向青芷。「青芷，鍋我已經又刷了一遍，現在就開始燒鍋嗎？」

他這時候看見了祁素梅，便對祁素梅微微頷首，算是打了招呼。

青芷點點頭。「先燒裡面煮粥的大鍋吧！」

鍾佳霖燒鍋的時候，祁素梅靜靜立在一邊，看著鍾佳霖被灶膛中火光映得黃澄澄的濃長睫毛。

一段時日不見，鍾佳霖比先前瘦了些，也更好看了，眉毛濃秀，眉骨略高，單眼皮、高鼻梁、白皮膚，搭配在一起，特別好看。

青芷炒著菜，還與祁素梅和鍾佳霖說著話，說到好笑之處，祁素梅不由笑了起來，悄悄看向鍾佳霖，發現鍾佳霖也在笑，臉頰上小酒窩深深，露出了小虎牙，笑容乾淨，陽光，美好，滿滿全是少年氣……

祁素梅不由笑容加深。

即使注定她和鍾佳霖有緣無分，可是她永遠記得，自己在少女時期，曾經喜歡過一個這樣清俊美好的少年。

雖然是簡單的農家飯菜，青芷還是很用心，炒了兩葷兩素四個菜，又涼拌了兩個菜，還煮了一鍋綠豆大米粥，餾了一籠葉嬤嬤下午剛蒸好的饅頭。

堂屋裡飯菜剛擺好，外面就傳來敲門聲。

春雨去應門，很快就帶著人走了進來。

就著院子裡玉蘭樹的樹杈上掛的氣死風燈，青芷認出了隨著鍾佳霖進來的人正是趙瑜和韓正陽，一下子呆住了。

趙瑜一抬頭，看到青芷立在那裡看著自己，不由也愣住了，腳步微頓，眼睛微瞇地看著青芷。

被趙瑜這樣看著，青芷覺得背脊上一絲寒意悄然蔓延，整個人有些發僵。

她忙移開視線，去看鍾佳霖。

一看到鍾佳霖，青芷心裡就輕鬆起來。

趙瑜不再看青芷，走了過去。

韓氏意識到不對，也從堂屋出來了。

鍾佳霖簡單地做了介紹。

他指著韓正陽道：「師母，這位是祁姑娘的表哥韓公子。」

韓正陽英俊倜儻，笑著拱手行禮。「見過伯母。」

韓氏有些懵了。

鍾佳霖指著趙瑜介紹道：「師母，這位是韓公子的好朋友趙六郎。」

趙瑜看著韓氏，有禮貌地拱了拱手。

韓氏忙笑道：「都進來說話吧！」

心裡卻道：這孩子怎麼生得這麼俊？

見堂屋桌上擺了一桌子熱氣騰騰的飯菜，韓正陽不禁笑起來。「太好了，我們恰好還沒用晚飯呢。」

祁素梅正要趕他走，韓氏已經笑道：「既然還沒用晚飯，洗了手一起用飯吧！」

韓正陽笑咪咪道：「多謝伯母，如此我們就卻之不恭了。」

青芷家的桌子是大方桌，能夠坐八個人，即使臨時加了兩個客人，倒也能夠坐下。

她家是農家出身，平時也沒什麼男女主客區分，再加上客人來得也突然，就這樣大家圍著八仙桌坐了下來，

青芷對面坐的是趙瑜，她覺得有些怪，便假借起身吩咐春燕再盛兩碗粥，輕輕推了推坐在她左邊的鍾佳霖。

鍾佳霖和青芷一向默契，也不問原因，當即起身坐在青芷的位置，和韓氏相鄰。

青芷交代完，則坐在鍾佳霖原先的座位。

春燕很快就又送來兩碗粥和兩雙筷子。

青芷忙含笑招呼眾人用飯。「我們鄉野人家，飯菜簡陋，請各位多多包涵。」

趙瑜還沒吃過這麼粗糙的飯菜，放眼看去，不過是些蒜苗炒臘肉、藤椒爆炒雞、酸辣菜心和清炒豆芽之類的鄉野菜餚。

他試探著挾了些酸辣菜心，覺得白菜心細嫩脆甜，味道酸辣鹹鮮，居然滋味不錯，而且隱隱有些熟悉。

趙瑜想了想，又挾了一塊藤椒爆炒雞，發現麻辣鮮香，也很好吃，也是熟悉的味道。

韓正陽看得目瞪口呆。英親王一向挑食，居然吃這些粗糙飯食，更重要的是，他口味清淡，從不吃這些酸辣麻重口味菜餚的！

第五十八章

用罷晚飯，鍾佳霖陪著留下作客的趙瑜和韓正陽去了後花園小樓。

今晚正是八月十一，雖然還不是圓月，月色卻甚好，三個人帶著隨從沐浴著月色往小樓走去。

鍾佳霖話雖不多，禮數卻甚是周到，把趙瑜和韓正陽安置在小樓的二樓，這才離開。隨從都在小樓的一樓安置了。

韓正陽先把二樓看了一遍，見房間甚是寬敞潔淨，衾枕、被褥都是嶄新潔淨的，這才放下心來。

見趙瑜立在窗前往外看，他走了過去，笑道：「六郎，你為何非要來虞家呢？她家實在是屋舍狹小，今晚你睡床，我睡榻上吧！」

趙瑜沒說話，靜立在窗前看外面。

今晚的月色很好，整個花園籠罩在月色中，清晰可辨。

鍾佳霖正沿著花園中的小徑向外走去，走到花園入口處，一個苗條的身影閃了出來，立在那裡與鍾佳霖說話。

片刻後，鍾佳霖牽了那人的手，兩人一起離開了。

韓正陽隨著看了一會兒，道：「虞青芷對她這個沒血緣關係的哥哥倒是好得很。」

又有些納悶道：「虞青芷剛才攔住鍾佳霖，到底說了些什麼呢？」

趙瑜一直沒說話，秀致的眉微微蹙著。

他也想知道虞青芷剛才在花園門口處攔著鍾佳霖，到底說了什麼？

韓正陽瞅了瞅趙瑜，覺得那鍾佳霖似乎與趙瑜生得有些相似，卻也說不出哪裡相似。

他想了想，最後還是沒說出來。

鍾佳霖牽著青芷的手走了幾步，腦子裡還在想著青芷方才的話。

方才青芷等在後花園門口接他，低聲叮囑了他一句話。「哥哥，你一定要記得，若是那趙六郎籠絡你，要你為他做事，你千萬躲著他，咱們不求大富大貴，一家人平平安安就行了。」

鍾佳霖忽然想起今日去上學，第一節課便是王先生的四書，誰知他從書篋裡拿出《中庸》一翻開，卻發現裡面夾了一疊銀票。

他停下腳步，含笑看向青芷。「青芷，妳又往我書裡夾銀票了？」

上次去縣學也是，他在學舍裡整理行李，剛把青芷給他做的新中衣拿出來，卻發現裡面有個嶄新的荷包，裡面裝著十兩散碎銀子。

青芷聽了，甜蜜蜜笑了起來，月光下眼睛裡似有星光閃爍，聲音輕俏。「哥哥，那你驚喜不驚喜？」

她老是擔心哥哥去了縣學，沒銀子打點縣學侍候的人，得罪了不該得罪的人，被有些俗氣之人狗眼看人低，可是給鍾佳霖銀子他又不接，因此特地給鍾佳霖製造了一點小「驚喜」。

鍾佳霖如今不缺銀子，可是妹妹待他這麼好，卻令他一顆心都溫暖了起來。

他抬手在青芷腦袋上敲了一下。「驚什麼喜啊！有驚無喜。」

青芷仰首看著比自己高了不少的哥哥，心中滿是歡喜，即使被哥哥敲了腦袋也心滿意足。

她踮起腳尖，湊到鍾佳霖耳畔低聲道：「哥哥，我這兩次往涵香樓和舒玉齋送貨，一共得了九百六十兩銀子，再加上子淩表哥給我的本利銀子，即使刨去各種開支，如今還有一千五百兩銀子呢，你不用擔心明年八月鄉試的事。」

一想到能掙錢供應哥哥讀書、供母親家用，青芷心裡就美滋滋的。

鍾佳霖靜靜聽著青芷說話，心裡滿溢著歡喜。

青芷說著話，呼吸絲絲縷縷撲在他的耳朵上，鍾佳霖覺得耳朵熱得發燙。

青芷說完，往後退了半步，笑吟吟看著他。

秋夜清冷，可鍾佳霖一顆心如被浸入溫暖的春水之中，舒適而溫馨。

他凝視著青芷，低聲道：「青芷，以後妳不管遇到什麼事，都要和哥哥說，知道嗎？」

青芷微微一笑，道：「哥哥，我知道了。」

清晨，鍾佳霖就去縣學上學了。

青芷站在大門口目送王春生陪著鍾佳霖出門，這才回了家裡，指揮葉嬤嬤燒水預備著給客人用；又讓春燕煮粥，讓王春雨出去買幾籠松針小包子。

待一切安排停當，她才去正房看韓氏。

韓氏正要起身，見女兒來伺候她，不由笑了起來。「我才三個月身孕，我自己都不在意，妳這做姊姊的卻小心成這個樣子。」

青芷坐在床邊笑咪咪地依偎著母親，道：「爹爹不在家裡，我自然得擔負起照顧娘親的責任。」

韓正陽早上起身，發現來送熱水、香胰子、擦牙的青鹽等物的是虞家那位老婆子，不由笑了，低聲和趙瑜說道：「六郎，虞家那女孩子好像對咱們一點意思都沒有。」

趙瑜正在整理腰間的黑緞腰帶，聞言一怔，不知為何，心裡忽然有一絲難以描述的疼，漸漸蔓延開來。

趙瑜抿了抿嘴唇，道：「她還小，而且不是那等風流性子，你別招惹她。」

韓正陽見鬼似地看著趙瑜。「六郎，說得你好似與虞青芷很熟一般。」

趙瑜垂下眼簾，聲音裡帶了些不耐煩。「反正別招惹她就是了。」

韓正陽忙道：「好，我知道了。」心裡卻道：王爺到底是怎麼了？怎麼一下子從叼羊吃的大灰狼變成了吃草的小綿羊？

不久，葉嬤嬤和王春雨用食盒提著早飯過來了。

趙瑜和韓正陽用罷早飯，便坐在樓上喝茶，並沒有出門的打算。

韓正陽還沒這麼悠閒過，靠著青綢靠枕倚在窗前，笑道：「六郎，今日可是八月十二了，八月十五咱們可一定得趕到京城，你畢竟得去宮裡給太后請安，參加宮裡的中秋晚宴。」

趙瑜拿了本書坐在一邊看著，頭也不抬道：「京城距離南陽縣這麼近，從水路走的話也不過一日一夜，咱們八月十四再走也不晚。」

祁素梅與青芷在屋子裡玩。

青芷拿出好多種產品，教祁素梅調香油和香膏。

祁素梅沒想到青芷還有這本事。

看著青芷調出大紅色的香膏、海棠紅的香膏、桃紅色的香膏、橙紅色的香膏，甚至還有淺紫色的香膏，一一試著塗到她唇上，祁素梅簡直喜歡極了，眼睛亮晶晶道：「青芷，妳有這本事，將來即使去了京城，也能掙大錢的。」

青芷笑咪咪道：「是呀，是金子到哪裡都會發光的。」

她暢想著未來。「將來哥哥若是考中進士做了京官，我就去京城開一間胭脂水粉鋪子，到時候妳也來照顧我的生意。」

青芷知道一般京官俸祿是很低的，連京城的宅子都不一定能買得起，因此打算隨著哥哥進京，繼續開鋪子做生意。

也許她能從京城開始，把生意做到全大宋呢！

祁素梅笑了。「我爹如今在宛州做官，以後還不一定去哪裡，可不一定是在京城。不過到了那時我若是還在京城，一定去妳鋪子裡買香膏。」

想到她如今和青芷在這裡歡聚，將來不知道又去向何方，祁素梅不由有些傷感。「青芷，我們女子恍若浮萍一般，如今相聚，以後不知道又去向何方了……」

青芷卻笑道：「不管妳到了哪裡，就去找『芷記香脂香膏』，說不定能夠找到我呢。」

她又道：「我的命運，要儘量掌握在自己手裡。」

前世的她，如一株喇叭花，攀援在趙瑜身上，結果害了自己，還連累了哥哥。

重生一次，她不做那攀援的喇叭花，要做一株玫瑰，自己長自己的，自己開自己的，自己照亮自己，陪伴在青竹般的哥哥身旁。

見青芷如此篤定，祁素梅心裡也鼓蕩著勇氣，道：「青芷，和妳在一起真的不一樣呢。」

若是和別的閨中好友在一起，她若說出方才那樣一段話，對方一定會附和她，和她一起灑淚傷感，而青芷卻對未來計劃清晰，預備一步一步走下去。

和青芷在一起，她變得不再纏纏綿綿，而是清晰明朗，對未來充滿了勇氣。

因趙瑜一行人要離開，青芷便吩咐王春雨去太白居訂了三個精緻席面給他們送行。

三個席面一個擺在東廂房明間，由鍾佳霖出面招待趙瑜和韓正陽；另一個擺在正房明間，青芷和韓氏陪著祁素梅坐著；還有一個擺在東廂房廊下，讓趙瑜和韓正陽的從人們享用。

虞家院子裡掛著氣死風燈，院子裡亮堂堂的。

因為趙瑜在東廂房裡，所以從人們也不敢划拳猜枚，不過默默吃酒而已。

趙瑜沒想到虞家會這樣安排，他以為還能繼續和青芷同桌吃飯，因此用餐之中格外沈默。

鍾佳霖對趙瑜的身分心裡有數，也沒有過於熱情，中規中矩而已。熱鬧慣了的韓正陽被迫安靜下來，他看看趙瑜，打量打量鍾佳霖，還是覺得這兩個人生得有些相似。

東廂房內不算熱鬧，正房堂屋卻時有笑聲傳出。

祁素梅知道自己又快和青芷分開了，心中鬱鬱，未免有些不開心。

青芷為了逗她開心，便和祁素梅玩起了猜枚遊戲，很快就逗得祁素梅喜笑顏開。

祁素梅到底還有些感傷，喝了兩盞酒後想起上次在宛州客棧，聽過青芷彈月琴，便道：「青芷，我明日就要離開了，好想聽聽妳談月琴。」

青芷很喜歡祁素梅，哪裡會拒絕她這樣一個小小的要求，便笑盈盈吩咐春燕。「去把我的月琴拿來吧！」

韓氏是知道女兒會彈撥幾下樂器的，卻不知她的技藝如何，便單手支頤，笑盈盈看著。

春燕很快就把月琴拿來了。

青芷抱著月琴彈撥了幾下，試了試音，含笑看向祁素梅。「素梅，妳想聽什麼？」

祁素梅想了想，道：「〈長亭送別〉，妳聽過沒有？」

青芷點點頭。「聽過。」

不待祁素梅再問，她眼睛含笑。「素梅，我彈，妳唱，可好？」

祁素梅笑了起來。「好。」

青芷抱著月琴，略一思索，便「錚錚咚咚」撥奏起來，正是端正好曲調。

祁素梅捏著調子，清了清喉嚨，低唱了起來。「碧雲天，黃花地，西風緊，北雁南飛。曉來誰染霜林醉？總是離人淚。」

青芷很快就改為了滾繡球調子。

祁素梅端起酒杯飲了半口，接著唱道：「恨相見得遲，怨歸去得疾——」

青芷捨不得祁素梅離開，心有所感，一邊彈撥月琴，一邊隨著輕聲唱起來。「柳絲長玉驄難繫，恨不倩疏林掛住斜暉——」

春燕和溫書在一邊侍候，也拍著手加入合唱。「馬兒迍迍地行，車兒快快地隨，卻告了相思迴避，破題兒又早別離——」

趙瑜、鍾佳霖和韓正陽正在東廂房喝悶酒，聽到「錚錚」幾聲月琴聲，都不說話，側耳細聽。

鍾佳霖單手支頤聆聽著，想起每次出門，青芷都要送出大門，立在那裡目送他離去。他走出很遠了，回頭一看，青芷還站在那裡。

明明很尋常的事，如今聽了曲子再想，竟有種蕩氣迴腸之感。

趙瑜聽著曲子，想起了今日午睡時夢中出現的情景。

為了迎娶李雨岫，他把青芷送到了運河別業，然後騎馬離開。

那日暮色蒼茫煙雲曖曖，他騎馬出了別業，在隨從簇擁下行了一段距離，忍不住勒馬往後看了一眼，卻只見到漠漠平林之中，小樓隱隱，卻看不到那個倚在欄杆看他的人。

夢中他的心中滿是空寞惆悵，醒了後依舊難過。

這時候正房明間內青芷、祁素梅、眾人已經合唱到了最後。「聽得道一聲『去也』，鬆了金釧；遙望見十裡長亭，減了玉肌。此恨誰知——」

一時唱畢，青芷「咚」的一聲，結束了彈奏，與祁素梅相視而笑。「祁姊姊，妳我總有相會之期，不用如此悲傷。」

祁素梅看向青芷。

青芷把月琴遞給春燕，笑了起來，道：「到了九月，我要試著做些菊花香膏、香脂，如果做成，我還得去宛州送貨，到時候去拜訪妳。」

祁素梅拍手笑了起來。「對了，到了臘月，妳還要做梅花香膏、香脂，到時候還得尋我買梅花呢。」

韓氏見兩個女孩子開心說笑，心情也很好，道：「好了，來喝湯吧，這荷葉雞湯味道不錯。」

祁素梅正要說話，溫書跑了過來，氣喘吁吁道：「姑娘，表公子派人來接咱們了，說現在就回去呢。」

青芷伸手挽著祁素梅的手，笑盈盈道：「走吧，我送妳。」

祁素梅也笑了起來。

原本她滿懷離愁別緒，可是被青芷這麼一攪和，哪裡還有絲毫難過？

青芷也真是一個妙人啊！

白河碼頭的大船上，趙瑜坐在舷窗前，看著碧波蕩漾的河面和前方隱隱青山，不知道心裡在想些什麼？

韓正陽從外面進來，見趙瑜還在發呆，便在趙瑜對面坐下來，道：「六郎，你真的不去虞家提看看嗎？咱們這一去，下回再相見，那位虞姑娘怕是要『綠葉成蔭子滿枝』了。」

見趙瑜不看他，清澈眸子裡似帶著一抹愁緒，韓正陽便扳起指頭算起來。「我給你算算啊，虞姑娘今年十四歲，明年十五歲，小地方的規矩，女孩子十五歲及笄就要說親了，十六歲成親，三年抱倆，可不就是『綠葉成蔭子滿枝』？」

他端起一盞清茶嚐了嚐，接著道：「到了那時候，你若是還有那心思，可虞姑娘的心怕也都在相公兒女身上，怎麼可能理會你？」

趙瑜移開視線，看著河岸處茂盛的白楊樹林，低聲道：「她跟了我，就一定能夠享福嗎？」

在他的夢裡，虞青芷最後是被李雨岫毒死的，才二十四歲就香消玉殞了。

在夢裡，得知虞青芷去了，他的心似受到一記重擊，疼得喘不過氣來。

如今想來，心臟還在隱隱抽痛。

韓正陽沒想過這些，他大刺刺道：「一個鄉下小姑娘能跟了你，是她的福氣。」

趙瑜抬手摀住了臉。

夢裡的一切太真實，真實到令他恐懼。

莊周夢蝶，亦真亦幻。

在沒有絕對的把握之前，他還是遠離青芷好了……

青芷和韓氏立在家門口，目送來接祁素梅的馬車在青石街道上轆轆遠行而去，心裡都有些淡淡的離愁。

一直到馬車再也看不見了，韓氏才笑著問青芷。「青芷，中午想吃什麼？娘下廚給妳做。」

她這個女兒太乖、太懂事了，乖巧懂事得令她這當娘的心疼，她得好好疼愛青芷！

青芷雙手合十想了想，道：「娘，我突然好想吃醬肘子，讓春雨去買些肘子吧！」

見青芷要求這麼低，韓氏不由笑了起來。「好好好，醬肘子、青椒燒大腸、素炒小青菜、番茄雞蛋湯，再蒸一鍋唐河香米飯，好不好？」

青芷只是想像了一下，就覺得垂涎欲滴。「太好了！」

她依偎著韓氏，心裡滿滿都是歡喜。

一切終於都過去了，生活又恢復了平靜，真好！

在颯颯秋風中，九月來到了人間。

這日韓氏過來看女兒，站在窗外，見青芷在書案前忙碌，不由笑了起來，道：「青芷，妳做什麼呢？」

青芷笑咪咪道：「娘，我要畫給子淩表哥的玉青瓷香脂和香膏盒子的圖樣。」

她最近開始製菊花香膏、香脂了，因此需要新的盒子。

韓氏聽了，怕影響青芷畫畫，便道：「妳畫吧，東鄰賀太太讓小丫鬟送了些葡萄過來，我洗洗給妳送來。」

青芷聽了，忙道：「娘，家裡不是還有梨嗎？再給我削個梨吧！」

韓氏笑著答應一聲，扶著肚子慢慢走了。

她如今正是四個月身孕，肚子還不算大，不過因為這一胎懷得實在艱難，因此全家人都很在意。

青芷吃著葡萄和梨片，拿了畫筆慢慢塗抹勾勒著，整整用了大半日時間，終於畫出好幾幅圖樣。

她有些難以決斷，便放在一邊，想著晚上等鍾佳霖回來，兩人一起商議。

晚上鍾佳霖洗罷澡，正披散著微濕的長髮坐在書案前寫策論，聽到外面傳來熟悉的腳步聲，不由抿嘴一笑。「青芷，進來吧！」

青芷拿了一摞畫，笑吟吟進來了。「哥哥，你怎麼知道是我在外面？」

鍾佳霖把手裡的筆擱在筆擱上，瞟了青芷一眼。「我能辨認出妳的腳步聲。」

青芷想了想，道：「我也能辨認出你的腳步聲。」

她又道：「哥哥，即使很多人在一起說話，我也能聽出你的聲音。」

鍾佳霖笑意加深。「青芷，找我有什麼事？」

他因為擔心青芷被人欺負，所以如今都是在縣學走讀，每晚都要回家。

而青芷擔心他在家住，讀書的時間比別人少，因此晚上很少來找他。

青芷把手中的一摞畫攤在書案上。「哥哥，我要做菊花香脂、香膏了，你看看我畫的這幾幅圖樣吧，幫我選一個出來。」

鍾佳霖一張張翻看著那些圖畫。

他發現這些圖相似點是盒蓋上繪著一簇菊花，左下角是一個簪花小楷「芷」字，不同點在於菊花的品種不同，有的是花瓣潔白，葉片翠綠的白菊；有的是花色大紅，雍容華貴的紅牡丹；有的是葉片纖細綿長，菊心用淡黃色點染的玉翎管；有的是白色的花瓣，圍繞黃色的花心層層相繞的瑤池玉鳳；有的是純白花瓣收攏起來，像雪花的雪海……

這些菊花全都是名品菊花。

鍾佳霖看了以後，抬眼看向青芷。「青芷，這些菊花妳都見過嗎？」

其中有兩樣是名品菊花，南陽縣這邊根本就沒有，只有京城才有，譬如玉翎管和雪海。

青芷聞言，默然片刻，嫣然一笑。「哥哥，你管我在哪裡見到的，快幫我選一個吧，選好了我幫你梳頭。」

鍾佳霖笑著看了她一眼，伸手摸了摸青芷的腦袋，指著畫著瑤臺玉鳳的香脂盒子圖樣道：「香脂盒子用這個。」

畢竟香脂是用來抹在臉上的，雪白的顏色令人心裡喜歡。

他又指著畫了名品菊花紅牡丹的香膏盒子圖樣道：「香膏的話，就選這個吧！」

香膏是用來塗在唇上的，紅色的話，應該更好一些吧！

青芷覺得鍾佳霖選得很不錯，便笑著把鍾佳霖選上的那兩幅圖樣挑出來捲了起來。「就用這兩幅了。」

鍾佳霖忙把剩下的那幾幅都拿過去，道：「這幾幅給我吧，我得閒了給妳題些詩詞裝裱起來。」

青芷答應了一聲，拿了桃木梳過來，果真要給鍾佳霖梳頭。

鍾佳霖老老實實坐在那裡。

青芷的手指修長靈活，慢慢地梳理著他的頭髮。

他閉上眼睛，感受那種麻麻酥酥的感覺。

青芷動作很麻利，很快就把鍾佳霖長髮攏在頭頂心，用一根簡單的青玉簪簪住，然後道：「好了！哥哥，你繼續寫文章吧，我要回去了。」

鍾佳霖有些意猶未盡，見青芷要走，心裡總是捨不得，便道：「青芷，我得了一本前朝詞集萃，我讀給妳聽吧？」

青芷最喜歡前朝詞了，頓時兩眼放光。「好呀好呀。」

她與鍾佳霖並肩坐在書案前，雙手支頤，聽著鍾佳霖唸誦。

鍾佳霖的聲音清泠泠的，有一種玉碎般那種泠泠的餘音，特別好聽。

他看了青芷一眼，低低唸誦著——

「少年聽雨歌樓上，紅燭昏羅帳。壯年聽雨客舟中，江闊雲低斷雁叫西風。而今聽雨僧廬下，鬢已星星也。悲歡離合總無情，一任階前點滴到天明……」

青芷聽著聽著，眼睛漸漸濕潤了，半日方道：「短短幾十個字，卻是一個人的一生……

哥哥，將來你老了，若是如此孤苦，我來照顧你，給你養老吧！」

鍾佳霖。「……」

他瞅了青芷一眼，不由笑了起來。「傻丫頭。」

比我小不到一歲，還要老了照顧我、給我養老，可不就是傻丫頭?!

第二天中午散了學，鍾佳霖、蔡羽、謝儀文和徐微陪著王先生出了君房，一邊談論著上課時未談完的話題，一邊向前走去。

王治很喜歡這幾個弟子，尤其是鍾佳霖。

他的視線滑過幾個弟子，笑道：「求學之路，須得知行合一，如此才能有所收穫，這也是古代大家遊學的目的。下個月我需要回京一趟，我預備帶你們出去看看，你們誰願意隨我進京？」

王治的小女兒王盈之今年十四歲，正是該說親事的年紀，他頗想讓鍾佳霖見見自己的女兒，因此才有此提議。

鍾佳霖微一沈吟。

他的確是想進京一趟，遊學見世面倒是其次，他想去見周靈一面。

散學之後，待先生出去，蔡羽抬手拍了拍坐在前面的鍾佳霖，興奮極了。「佳霖，王先生這次帶咱們進京遊學，咱們需要準備什麼？」

鍾佳霖想了想，道：「帶上銀子、書和換洗衣物不就行了？」

蔡羽想了想，咧著嘴笑了。「我爹要是知道我跟著前尚書大人進京，不知道該多開心呢！」

鍾佳霖扭頭看了蔡羽一眼，心道：蔡大叔不但會很開心，而且會要跟著去，一方面可以通過王治結交京城的達官貴人，另一方面也要去看看蔡翠。

他其實有些羨慕蔡羽和蔡翠有蔡振東這樣的父親。

蔡振東或許貪財好色、唯利是圖，卻是一個真心待兒女好的父親。

而他自己，卻沒有這樣的幸運。

不過鍾佳霖轉念就想到了青芷，不由微笑起來。

沒關係，他沒有父母的愛，可是他有青芷！

謝儀文也走了過來，笑咪咪道：「佳霖，路上可得請你多照顧了。」

鍾佳霖微微一笑。「彼此彼此。」

第五十九章

徐微探身看了看窗外的雨，悶悶道：「下雨了，咱們怎麼回學舍呀？」

鍾佳霖沒說話，自顧自收拾著書案上的筆墨紙硯，待一切都收拾好了，他便和大家道別，揹起書篋，拿了早上備好的傘，起身出去了。

徐微站在窗前，看著鍾佳霖打著傘走在細雨中，越走越遠，不由嘆息道：「佳霖做什麼總是胸有成竹，從容不迫。」

謝儀文深以為然。

蔡羽撓了撓頭。「他一直都這樣啊，以前他在我們村子的學堂裡住，每天天不亮就起來，洗漱罷便去河裡逮魚，去碼頭上賣魚；又回學堂打掃衛生、幫師妹餵雞、給師妹的玫瑰苗澆水，然後才和我們一起上課。」

徐微。「……」

謝儀文。「……」

徐微眼睛瞪得溜圓。「佳霖還會逮魚餵雞？」

謝儀文也不敢相信自己的耳朵。「佳霖還會打掃衛生？」

天啊，他這樣的身分居然做這些粗活！

而且做這些粗活的同時鍾佳霖還考出了小三元！

鍾佳霖也太厲害了吧?!

蔡羽一臉理所當然。「他一直這樣啊。」

謝儀文和徐微相視一看，彼此心中有了一個共識——鍾佳霖，絕對是一個天才！

如果說原先他們接近鍾佳霖，不過是因為家族的決定，如今他們對鍾佳霖已經有了高山仰止的感覺。

原來，真的有這樣的天之驕子。

此時被豔羨敬慕的「天之驕子」鍾佳霖，正揹著書篋、打著傘，心事重重地走在雨中。

他已經答應王治要隨著王治進京，可是心裡又放心不下青芷。

陰雨天，天黑得原本就比平時早，這會兒天色已經有些黯淡了。

鍾佳霖秀致的眉微微皺著，心道：若是青芷能變成小小的一團，他就把青芷揣進懷裡，無論去哪裡，都隨身帶著青芷，這樣就不擔心了……

晚上雨又大了起來。

用罷晚飯，鍾佳霖回房讀書去了。

青芷陪著韓氏做了會兒針線，有些累，便起身走到廊下透氣。

伸了個懶腰後，青芷看著東廂房透出的燈光，微笑起來。哥哥還在讀書呢！

葉嬤嬤走過來，笑道：「姑娘，牛肉湯已經熬好了，現在盛嗎？」

青芷點點頭，道：「盛吧，我娘的那碗牛肉得切薄一些，我哥哥的那碗多加些牛肉，我那碗多加些青蒜苗末。」

南陽黃牛頗有些名氣，只是朝廷禁止宰殺耕牛，因此一般人很少能夠買到牛肉。

這次虞家能夠買到，還是葉嬤嬤從鄰居家得到消息，跑去排了好長時間隊伍才買到的。

在這樣濕冷的秋夜，能夠喝碗美味的牛肉清湯，也算是一種幸福吧！

葉嬤嬤答應了一聲，自去灶屋了。

鍾佳霖正在看前朝的律法，聽到外面傳來熟悉的腳步聲，知道是青芷，便直接道：「青芷，進來吧！」

鄉試比縣試、府試和院試多了一項內容，那就是律法，縣學裡甚至有專門教授律法的先生。

青芷用托盤端著兩碗牛肉湯走進來，笑盈盈道：「哥哥，吃消夜了。」

牛肉湯實在美味。

鍾佳霖慢慢品嚐著，覺得渾身都暖和起來。

青芷見鍾佳霖喜歡，便笑道：「哥哥，我已經和葉嬤嬤交代，明日一早去街上買些鍋盔，再給你熱一碗牛肉湯做早飯呢。」

鍾佳霖知道青芷愛吃牛肉，便把碗裡的牛肉挾給青芷，道：「青芷，我有一件事要和妳說。」

青芷毫不客氣地把鍾佳霖挾給她的牛肉吃了，然後道：「什麼事？」

鍾佳霖放下玉青瓷調羹，拿了帕子慢慢拭了拭嘴角，這才抬頭看向青芷。「青芷，我預備跟縣學的王治王先生去一趟京城，十月初一出發，到臘月底回來。」

青芷想了想，道：「跟著先生出遠門？這就是遊學嗎？」

鍾佳霖點點頭。

青芷不禁笑起來，道：「『讀萬卷書，行萬里路』，我記得好多名人都有遊學的經歷，譬如漢代的司馬遷、唐代的杜甫、前宋的王安石，而且前朝詩人鞏豐曾經說過這樣一段話……」

她單手支頤凝神思索了片刻，最後道：「我記得鞏豐那句話是這樣說的，『士遊鄉校間，如舟試津浦；所見小溪山，未見大島嶼；一旦遠遊學，如舟涉江湖』。哥哥，你放心遊學去吧，家裡有我照顧呢。」

鍾佳霖原先心中滿是離情別緒，卻被青芷這番話一掃而空，不禁笑了起來。「嗯，我知道了。」

青芷卻開始計劃給他準備行李了。「還有將近二十日時間，我明日就開始幫你準備行李……嗯，得準備一個新書篋，我聽人說有牛皮製的書篋，比竹編的書篋要好用……」

見青芷喃喃自語，計劃著給自己準備行李，鍾佳霖心中有溫暖、有酸澀、有心疼，他伸手握住青芷的手。

眼看著菊花香脂、香膏和香胰子快要製成，這天傍晚，青芷又讓王春雨去溫氏瓷器鋪子催促玉青瓷盒子和瓶子。

隨著王春雨一起回來的，是一大車盛著瓷器的桐木箱和騎著馬的溫子淩。

青芷正在後花園小樓內看著短工們用鍘刀切薄荷，見溫子淩也來了，便笑道：「子淩表哥，你怎麼來了？」

溫子淩瞧著有些憔悴，似乎瘦了些，衣袍都寬了。

他沒精打采道：「我找妳有事要說……」

青芷眼睛還看著切薄荷的短工，聽了溫子淩的話，隨口道：「先等一會兒吧，我看著她們把這包薄荷切完。」

她讓繡女們用松江白棉布做了不少大袋子，用來盛裝各種花卉和薄荷原料，倒也清潔乾淨。

溫子淩「嗯」了一聲，默默立在一邊看著。

他原本生得就俊秀，此時一臉頹廢地站在那裡，俊臉蒼白，衣袍華麗，很快就吸引了正在幹活的短工的注意。

青芷雇傭的短工，為了方便，自然全是女子，而且基本都是已成親的大嫂、大娘，見了這樣一個懨懨的美男子，眼睛都有些移不開了。

發現切薄荷的大娘只顧著看溫子淩，差點切了自己的手，青芷終於後知後覺地發現了溫子淩的負面影響，忙拉了溫子淩出去。

她把溫子淩拉到一叢正在秋風中開著的月季花前，道：「我的子淩表哥，你在這裡賞花吧，別耽誤我的女工們幹活。」

說罷，青芷又急急回去了。

溫子淩嘆了口氣，乖乖地站在這裡看花。

青芷看著女工們切完那包薄荷，送她們離開後，這才過來找溫子淩，卻發現枝頭上那幾朵月季花都被溫子淩給摧殘了，夕陽中光禿禿的月季花枝在秋風中瑟瑟，地上落了無數花瓣。

看著滿地落紅，青芷心疼極了，伸出手指點了點溫子淩的額頭。「哎呀，你這人怎麼回事啊，幹麼要辣手摧花？」

溫子淩抬眼看向青芷，欲言又止。

青芷一見，就知道他是真的有心事，忙道：「子淩表哥，到底怎麼了？」

溫子淩嘆了口氣。「我娘快把我逼瘋了，非要我趕緊成親。」

青芷想了想，抬眼看向溫子淩。「子淩表哥，你如今有什麼打算？」

溫子淩凝視著青芷，見青芷正關懷地看著自己，小臉雪白，清淩淩的大眼睛黑白分明，鼻梁挺秀，花瓣般的櫻唇緊緊抿著，可愛又美麗。

他終於鼓起了勇氣，道：「青芷，既然我娘非要我娶妻，不如我娶妳吧！」

青芷。「……」

她懷疑是自己聽錯了，眨了眨眼睛。「什麼？」

溫子淩看著青芷，一顆躁動的心很快就穩了下來。

他深吸了一口氣，凝視著青芷的眼睛，一字一句道：「青芷，妳嫁給我吧！」

青芷這下子聽清楚了。「子淩表哥，你為什麼要娶我？」

溫子淩雙手負在身後，認真思索了片刻，道：「妳是我表妹，我最喜歡妳；妳若是嫁給我，我也會疼愛妳、照顧妳。」

他想了想，眉頭微微蹙著。「你若是嫁給別人，我很不放心。」

既然如此，不如他娶了青芷，就不用擔心了。

青芷前世曾擁有過愛情，她知道愛情不是這樣子的，她看向溫子淩，承認溫子淩很英俊，也很好，可是她卻沒有心跳加速的感覺。

不過青芷也知道，嫁給他一定會生活安樂，自自在在。

天色越來越暗，風漸漸大了起來，吹得後花園裡的樹枝花枝瑟瑟作響。

青芷仰首看了看四周，心裡平靜異常。「子淩表哥，我考慮考慮再說吧！」

子淩見青芷沒有立刻拒絕，不禁微笑起來，道：「沒事，妳慢慢想，我等著妳的消息。」

無論青芷要考慮多久，他都等得起。

青芷覺出了些寒意，便道：「子淩表哥，咱們回去吧！」

下午散學後，鍾佳霖收拾了書篋，正要離開，卻被謝儀文叫住。「佳霖，你妹妹喜不喜歡吃胡瓜？」

鍾佳霖聞言抬頭看了過去。「是產自西北的胡瓜嗎？」

謝儀文笑了起來，道：「嗯，就是那種產自西北，特別甜的胡瓜。我新得了幾枚，你妹妹若是愛吃，我就送你兩枚，你拿去給你妹妹嚐嚐。」

鍾佳霖微微一笑，道：「我妹妹很喜歡吃水果，謝謝你。」

青芷一直很愛吃瓜果，他知道胡瓜是西北進貢朝廷的，並不易得，市面上也沒見人賣，因此打算拿回去讓青芷嚐嚐。

謝儀文聞言大喜，忙道：「你暫且等一會兒，我這就去拿。」

他一直想送鍾佳霖禮物，好拉近彼此的距離，誰知鍾佳霖一直油鹽不進，他只得另闢蹊徑，想著鍾佳霖疼愛妹妹，便從他妹妹身上下手，誰知果真有用！

晚上溫子淩留下用了晚飯。

用罷晚飯，鍾佳霖和青芷一起送溫子淩離開。

鍾佳霖有種奇異的直覺——他覺得溫子淩這次過來，應該沒那麼簡單。

他看向青芷，發現青芷立在門樓的陰影裡，怔怔看著溫子淩騎著馬離開的背影，不禁心裡一動，柔聲道：「青芷，子淩表哥今日過來所為何事？」

青芷想了想，道：「哥哥，咱們回去吧，回去我再告訴你。」

鍾佳霖帶著青芷進了大門，道：「謝儀文送了兩枚胡瓜，我給妳帶了回來，妳現在吃嗎？」

青芷聞言，眼睛一亮。「真的是胡瓜嗎？我好想吃呀！」

前世她進宮陪伴後宮的貴人，曾經嚐過幾次西北進貢的胡瓜，那甜美的口感，至今還記得。

鍾佳霖伸手摸了摸青芷的腦袋，含笑道：「妳去我屋裡等著吧，我切好給妳端過去。」

青芷正心事重重，想要獨自思索一番，當下便答應了。

鍾佳霖拿了胡瓜去灶屋，認真細緻地清洗一番，這才拿刀剖開胡瓜，切成一片一片的，分成了兩碟，一碟交給葉嬤嬤給韓氏送去，另一碟他端著回了東廂房。

青芷坐在鍾佳霖的書案前，雙手支頤看著窗外在夜風中晃動的玉蘭樹枝，默默想著心事。

嫁給子淩表哥似乎沒什麼不好的，可是不知為何，想到自己嫁給子淩表哥，以後會和哥哥漸行漸遠，心裡隱隱有些難受……

鍾佳霖端了盛著胡瓜的玉青瓷碟進來，見青芷依舊心事重重，便在青芷身邊坐下，拿了塊胡瓜遞到青芷嘴邊。「青芷，嚐嚐吧！」

青芷就著鍾佳霖的手咬了一口胡瓜，只覺得清甜無比，入口即化，便又咬了一口。

鍾佳霖不動聲色，連餵青芷吃了三塊，才開口問道：「青芷，子淩表哥找你，到底有什麼事？」

青芷這才清醒了些，她拿起一塊胡瓜遞給鍾佳霖。「哥哥，你也嚐嚐吧！」見鍾佳霖嚐了一口胡瓜，青芷才開口道：「哥哥，子淩表哥問我，要不要嫁給他？」

鍾佳霖。「……」

他平生第一次亂了方寸，大腦瞬間一片空白。

片刻後，鍾佳霖默默嚥下口中的胡瓜，黑泠泠的眼睛看著青芷，聲音平靜。「青芷，那妳答應他沒有？」

此時他面容沈靜，內心紛亂。

青芷沒有看鍾佳霖，她枕著手臂趴在書案上，悶悶道：「我說我先考慮考慮。」

鍾佳霖的心跳漸漸平靜和緩了些，他悄悄鬆了口氣——還沒答應，太好了！

他看著青芷，一臉輕鬆。「青芷，我最近不是在讀大宋的律法嗎？妳知道大宋律法為何不允許表兄妹通婚？」

大宋律法雖然這樣規定，不過民間很少有人遵守，多的是表兄妹或者表姊弟通婚。

青芷抬眼看向鍾佳霖，等著鍾佳霖的答案。

她知道大宋律法有這一條，不過民間有大把的表親通婚。

鍾佳霖垂下眼簾，慢慢道：「因為表兄妹間血緣太近，尤其是姑舅表親，血緣關係太近了，將來很容易生下有缺陷的孩子，或者生下傻孩子。妳若是嫁給子淩表哥，將來生一個孩子是傻子，再生一個孩子長了個巨型腦袋，再生第三個孩子，又天生腿軟不會走路……這可太可怕了。」

青芷的臉一下子白了。

她還真不知道這個呢！

外面風聲越來越大，院子裡的樹枝被風颳斷，發出「哢嚓」一聲脆響。

青芷猝不及防，嚇得打了個哆嗦。

鍾佳霖見青芷的身子甚是單薄，心中憐惜，便起身拿了夾衣搭在青芷身上，繼續道：「妳若是不信，咱家附近有女醫，也有產婆，妳可以去問問，看我說的是不是真的容易發生？」

青芷看向哥哥，嘴唇翕動了一下，卻又閉上了。

其實她想說：哥哥你不用擔心，我根本不會生孩子。

前世一直到死，李雨岫給趙瑜安排的侍妾一個接一個地懷孕，可是她卻一直未曾有過身孕。

鍾佳霖看了青芷一眼，見燈光中青芷眉目如畫臉色蒼白，嘴唇色澤淺淡，心裡有些捨不得。

可是他知道，自己若是不下這劑猛藥，等青芷嫁給了溫子淩，就徹底晚了！

「青芷，姑舅表親血緣太近是其一，」鍾佳霖不再看青芷，硬起心腸道，「第二個原因是子淩表哥的爹爹，七姑父實在好色如命，男女通吃，都說子肖父，萬一將來子淩表哥也像他呢？」

青芷想像了一下溫子淩左擁美女，右抱孌童的畫面，臉色一下子變了——對她來說，這才是致命的。

青芷不禁笑了起來，拿了一塊胡瓜遞給鍾佳霖。「哥哥，吃瓜吧！」

她自己也拿了一塊吃起來。

吃罷一碟子胡瓜，青芷笑咪咪道：「哥哥，我要和子淩表哥說清楚，後日你休沐，陪我去見子淩表哥，好不好？」

鍾佳霖面無表情，心中歡喜，語氣淡淡。「嗯，好。」

青芷心裡少了一樁心事，如同卸下一塊大石頭般，很是輕鬆。

她笑咪咪道：「哥哥，你讀書吧，我回去了。」

鍾佳霖點了點頭。

青芷端起空碟子，腳步輕快地離開了。

走到東廂房門口，她忽然又轉身探頭進來。「哥哥，你是不是又長高了？」

鍾佳霖笑著答了聲「是」。

青芷嫣然一笑。「後日哥哥休沐，我陪你去逛逛街，買些衣料給哥哥做幾套衣服。」

哥哥十月初一出發進京，臘月才回南陽縣，基本上整個冬天都要在京城度過，得想法子給哥哥做件白綾襖，再做一件絲絨鶴氅……

鍾佳霖不禁笑了起來。妹妹最關心的人果真還是我！

這日上午，溫子淩早上起來，先到瓷器鋪子裡看了看，這才回了後面的小院子用早飯。

他剛用過早飯，正要換衣服出去，聽說青芷來了，急急出去迎接。「青芷。」

青芷與鍾佳霖一起走了進來，笑盈盈答應了一聲。

溫子淩見鍾佳霖也來了，心裡先是有些失望，可是轉念一想，便又有了一個主意。

招呼青芷和鍾佳霖在明間坐下之後，溫子淩含笑看向青芷，等著青芷開口。

青芷沈吟了片刻，才看向溫子淩。「子淩表哥，你上次跟我說的那件事，我考慮了一下，覺得不妥當，以後就不要再提了。」

她自己不會生育，妒忌心、獨占慾還強，還是不要坑子淩表哥的好。

饒是有了心理準備，溫子淩還是難受，一顆心似沈入了刺骨的冰水裡，刺麻地疼。

他看著青芷，輕輕道：「為什麼？」

青芷凝視著溫子淩的眼睛。「子淩表哥，你就是我的親哥哥，哪有妹妹嫁給哥哥的？我接受不了。」

溫子淩。「……」

這個理由真是太好了，他真的沒法反駁。

鍾佳霖一言不發坐在一邊。

溫子淩看了鍾佳霖一眼，忽然笑了起來，看向青芷，聲音溫柔。「青芷，我就是妳的哥哥，這個沒法改變。可是妳想過嗎？妳若是嫁了我，我一定疼妳、愛妳、寵妳。我每年給妳五千兩銀子，妳拿著隨意花用，想買什麼就買什麼；我家裡太複雜，我可以在妳家附近買一個帶花園的宅子，妳依舊可以常常去看舅舅、舅母；還有佳霖——」

他看向鍾佳霖，態度誠摯。「佳霖是要走科舉之路的，現在還好，若是將來佳霖考中進士要做官呢？做官的應酬那麼多，開銷那麼大，銀子從哪兒來？還不得有人支持？青芷，妳只要嫁給我，佳霖的事，將來包在我身上了。」

青芷。「……」

聽起來好讓人心動啊！

不，我不能坑子淩表哥！

鍾佳霖。「……」

他當即看向溫子淩，眼神堅定。「子淩表哥，我可以保證，你說的這些我都不需要。我是頂天立地的男子漢，自然有本事靠自己的能力一步一腳印向上走，而不是讓妹妹來成全自己。」

溫子淩看向青芷，他知道對青芷來說，鍾佳霖有多重要。

青芷微微一笑，看向鍾佳霖。「哥哥，你先出去一會兒，我有話要和子淩表哥說。」

鍾佳霖定定看了青芷一眼，這才起身出去。

第六十章

明間裡只剩下青芷和溫子淩。

屋子裡氤氳著淡淡的清香，是青芷身上特有的氣息。

溫子淩一言不發坐在那裡，等著命運的宣判。

他沒有親近過別的女孩子，這幾年也就青芷一個人，因此母親催他相親的時候，他一下子就想到了青芷。

若是青芷做他的妻子，他一定會很寵青芷的！

青芷凝視著溫子淩，鄭重道：「子淩表哥，我還是做你的妹妹吧！」

她很喜歡溫子淩，可是她確定那種喜歡是妹妹對哥哥的感覺。

被哥哥勸誡一番之後，如今想到要嫁給子淩表哥，青芷就有一種亂倫的感覺。

最重要的是，她知道自己不會生育，而子淩表哥又是溫氏長房嫡長子。

她雖然不在意能不能生孩子，卻怕溫家人在意。

溫子淩失望極了，臉上還帶著笑，可是眼睛已經濕潤了。

他抬手捣住眼睛，低聲道：「青芷，妳可真是讓哥哥我傷心了……」

青芷看著溫子淩，心裡難受得很。

她很想走過去，抱抱溫子淩，好好安慰他。

可是青芷知道，自己不願意嫁給子淩表哥，就不要給希望，這樣的話，子淩表哥早晚會走出來，會重新喜歡別的女孩子，會擁有幸福美滿的生活。

溫子淩摀著眼睛，怕青芷看到自己的眼淚。

他低聲道：「青芷，妳手邊小几上那個紫檀盒子，是我給妳選的頭面，妳拿走吧！」

青芷沒有拿。

她起身走到溫子淩身旁，伸手摸了摸溫子淩的腦袋，就像溫子淩常常摸她那樣，然後道：「子淩表哥，我走了，再會。」

青芷離開了好久，溫子淩覺得屋子裡還留著她身上的清香，他心如刀割，痛徹心腑，窩在圈椅裡舔舐自己的傷口……

青芷帶著鍾佳霖去了一趟成衣鋪子，給他訂做一件毛青布儒袍、一件白綾襖和一件藏青色的絲絨鶴氅。

兄妹倆回到家裡，發現鄰居朱太太也在，正在明間和韓氏說話，便見了禮就出去了。

青芷跟著鍾佳霖進了東廂房，在書架上選了一本詞選，便打算回去睡午覺。

她剛要離開，卻被鍾佳霖叫住。「青芷，先別走。」

青芷扭頭看向鍾佳霖。

鍾佳霖的臉微微泛紅，走到青芷身前，從袖袋裡掏出一個精緻的檀木錦盒，打開盒蓋，遞給青芷。「青芷，妳看看喜不喜歡？」

青芷接過來一看，見錦盒裡鋪墊著黑絲絨，上面嵌著一對銀鑲翡翠梨花釵。

這對梨花釵實在太美了，青芷一下子屏住了呼吸。

鍾佳霖見青芷喜歡，不禁鬆了一口氣，微笑起來，臉頰上小酒窩深深。

他取出這對銀鑲翡翠梨花釵，一左一右插戴進了青芷的花苞頭裡，打量了一番，道：「很好看。」

青芷抬起頭，恰好看到了鍾佳霖笑得眼睛瞇著，酒窩深深，雪白小虎牙閃閃發光，不由也笑了起來，道：「哥哥，這太貴重了。」

她想了想，忙道：「哥哥，這釵怕是得百十兩銀子吧？」

可不能讓哥哥為了自己而背上債務！

鍾佳霖笑容更加燦爛。

他伸手捏了捏青芷的耳朵，笑吟吟道：「你放心吧，哥哥有辦法掙錢。」

青芷擔心哥哥，忙道：「哥哥，什麼法子？」

鍾佳霖笑咪咪的就是不肯說，只是道：「等明年春天妳及笄了，我再告訴妳。」

青芷知道鍾佳霖做事穩妥，便不再追問了。

接下來這幾日，青芷督促著雇工，終於製成了一批菊花香脂、香膏和香胰子，另外又製成了一批薄荷香油、香脂、香膏和香胰子。

她先給涵香樓送去一批貨物，其餘預備送到宛州舒玉齋。

鍾佳霖特地請了一日的假，帶著青芷往宛州去了一趟，把這批貨物送到舒玉齋。

這次生意，刨去各種成本，青芷一共賺了八百六十多兩銀子。

如今她手裡有將近兩千兩銀子了，青芷不禁有些躊躇滿志，打算再做些別的生意。

還沒等青芷找到新的生意門路，十月初一就到了，鍾佳霖、蔡羽、徐微和謝儀文要陪著王治進京遊學。

船自然是蔡家安排的。

聽說兒子要隨著前禮部尚書進京，蔡振東興奮得很，忙讓人備了這艘大船，自己也興致勃勃地打點行李，選派小廝，親自陪同蔡羽進京。

鍾佳霖這次進京，青芷為他做了充分的準備，不但準備了嶄新的衾枕、被褥，還準備了一個嶄新的牛皮書篋。

至於跟著侍候的人，她打算讓王春雨跟著去，讓王春生留下照顧爹爹。

鍾佳霖知道青芷如今離不得王春雨，便去見了蔡振東，向他借了老家人蔡忠福去學堂照顧虞世清起居。

這次進京，因為要去見周靈，因此鍾佳霖打算帶上王春生，留下青芷用慣的王春雨供她使喚。

十月初一這日，北風蕭瑟，枯葉颯颯。

虞世清和青芷來送鍾佳霖和蔡振東、蔡羽父子。

青芷立在碼頭上，看著穿著青色儒袍的哥哥揹著書篋上船，王春生揹著行李包裹緊隨其後，眼睛不由濕潤了。

虞世清看著愛徒即將遠遊，心裡也頗為難受，一聲不吭地站在那裡。

鍾佳霖上了船，忍不住往後看了一眼，見青芷與先生立在那裡，她的眼睛濕漉漉的，分明是已經哭了的模樣，心裡一陣難受——他想帶著妹妹一起進京！

這時候一陣馬蹄聲由遠而近，在青芷身後停了下來。

虞世清扭頭一看，見外甥溫子淩從馬上滑了下來，忙道：「子淩，你怎麼來了？」

青芷聞言，也扭頭去看，見是溫子淩，不由含淚微笑。「子淩表哥。」

自從上次她拒絕了溫子淩，就已經好久沒見他了。

溫子淩看了青芷一眼，見她眼睛含淚，心裡一陣鬱悶，大步走了過來，立在青芷身側，看著船上的鍾佳霖，舉手道別。「佳霖，一路順風，不用掛念家裡，還有我呢。」

他只比鍾佳霖大一歲，大略能理解鍾佳霖的心思，知道鍾佳霖這次遠行，最放心不下的怕是舅舅、舅母和青芷，因此特意說這句話讓鍾佳霖放心。

聽了溫子淩的話，鍾佳霖一顆心總算是穩了些。

溫子淩年紀雖輕，可是走南闖北，頗為能幹，家裡有他照看著，鍾佳霖自是放心。

他放下書篋，遙對著溫子淩深深一揖，大聲道：「子淩表哥，拜託了。」

溫子淩也回了一揖，接受了鍾佳霖的拜託。

目送著大船越走越遠，白帆漸漸消失在水天相接之處，青芷心裡不禁空落落的。

溫子淩一聲不吭立在那裡，見風越來越大，青芷的劉海被風吹得亂糟糟的，這才看向虞世清和青芷。「舅舅、青芷，水邊風大，我送你們回去吧！」

他抬眼看向青芷，不禁微笑。

面對青芷，溫子淩心中有一種感覺，就是——我不能做妳的丈夫，可我依舊是妳的兄長，是妳重要的人。

這種想法令他獲得了一種奇異的妥貼與安穩。

溫子淩笑容加深。「青芷，妳的生意越做越順，其實可以考慮再買一個大些的丫鬟，好好教導她，讓她和春燕一樣，成為妳的左膀右臂。」

青芷一想，覺得這個建議不錯，便道：「去關嫂家看看再說吧！」

到了虞家，溫子淩自然要去見舅母韓氏。

韓氏正和葉嬷嬷在灶屋，見子淩也來了，忙笑道：「子淩，中午家裡熬了雞湯，預備做雞湯鍋子，涮羊肉、豆腐、青菜、藕片、紅薯片和粉條吃，你也留下一起吃吧！」

溫子淩一聽，笑容燦爛。「舅母，多謝了，那我可卻之不恭了。」

韓氏見溫子淩願意留下，心中喜歡得很，忙吩咐葉嬷嬷。「子淩愛吃辣椒蘸料，再多備一碗辣椒蘸料。」

葉嬷嬷答應一聲，自顧自麻利地備辦著。

她廚藝倒是高妙，平時不愛說話，和韓氏倒是處得好，韓氏待她也很好，如今她早把虞家當成了自己的家。

青芷探頭進來，道：「葉嬷嬷，我愛吃蒜泥蘸料，別忘了準備。」

韓氏忍不住在青芷腦袋上敲了一下。「哪有女孩子愛吃這些味道大的東西。」

「吃鍋子不吃蒜泥蘸料，那吃鍋子還有什麼樂趣？」青芷理直氣壯道：「我吃完了用青鹽擦三遍，再用濃茶漱口，難道還不行嗎？」

韓氏。「……」

青芷這麼認真地回答，她竟無言以對。

溫子淩笑著從荷包裡掏出一個精緻的玉青瓷小瓶子，遞給青芷。「這裡面是薄荷糖，等妳漱罷口，再含兩粒薄荷糖，就沒有口氣了。」

青芷最喜歡吃薄荷糖，見狀便拔出塞子，倒出兩粒送入口中，待那涼甜的感覺瀰漫開來，她覺得身心舒暢。

前世的時候，李雨岫一進王府，就把身邊的兩個美貌丫鬟給了趙瑜做侍妾。

趙瑜也笑納了。

她那時候快要妒忌瘋了，一心一意想弄死趙瑜，也想弄死那兩個美貌侍妾。

為了壓抑殺人的瘋狂想法，她開始吃各種糖來分散自己的注意力，什麼玫瑰糖、桂花糖、百合糖……最後吃薄荷糖上癮，卻也放下了心結。

重生之後，她一直下意識不去想那幾年壓抑黯淡的日子，也沒再刻意去吃薄荷糖。

沒想到如今再吃，卻再也沒了前世那種即將崩潰的感覺，而是清清涼涼身心舒泰。

見青芷很喜歡吃薄荷糖，溫子淩便道：「我出去交代件事。」

他找到跟著來的小廝福源，吩咐道：「你現在騎我的馬回城南巷宅子一趟，書房的多寶槅上有個白色的梧桐木匣子，裡面裝的都是盛薄荷糖的瓶子，你把這個盒子拿來吧！」

福源答應了一聲，牽了馬出去了。

葉嬤嬤做的雞湯鍋子果真美味得很。

青芷先給自己爹、娘和溫子淩一人盛了一碗雞湯，然後端上盛著切碎的蒜苗、小蔥和香菜的三個碗，笑嘻嘻道：「誰喜歡吃什麼，自己放唄。」

虞世清要了香菜，韓氏要了香蔥，溫子淩要了蒜苗，青芷也要了蒜苗。

喝罷美味的雞湯，青芷一邊自己涮著菜餚吃，一邊用公筷為大家服務。

也許是前世一直想做母親而不得的緣故，她母性很強，很愛照顧人。有她在，虞世清、韓氏和溫子淩都吃得舒服得很。

一時用罷鍋子，青芷又安排葉嬤嬤上了一碟梨片。

虞世清和韓氏用罷午飯，都有些累了，便回房歇息。

青芷看著人收拾妥當，忙沏了濃茶擦牙漱口去了，忙碌了半日，她才又含了兩粒薄荷糖壓口氣。

溫子淩見狀，笑了起來，拿出一個白色的梧桐木匣子遞給青芷。「這裡面全是成瓶的薄荷糖，妳拿著慢慢吃吧！」

青芷大喜，打開盒蓋看了看，忍不住問溫子淩。「你怎麼有這麼多薄荷糖？」

溫子淩笑道：「我在宛州請了一個掌櫃，聘了兩個夥計，在宛州的龍泉街開了個糖果點心鋪子，這是鋪子裡面賣的，我覺得不錯，就自己留了一些。」

青芷簡直佩服極了，忙道：「子淩表哥，你若是有新的生意門路，一定要找我入股。」

她一直覺得銀子這些東西，動起來才有用，手裡的兩千兩銀子，還是得用來做生意的好。

溫子淩聽了，便道：「我新開的這家糖果點心鋪子，是和一個做官的合開的，不適合讓妳入股，待我有了新的主意，咱們倆再商量。」

先前他和青芷商議，要想長長久久做生意，就要找靠山，他如今已經搭上了一條線，這糖果點心鋪子其實就是為了方便給對方行賄開的，不過這些不能對青芷說，免得她擔心。

青芷點點頭，湊近溫子淩，神秘兮兮道：「子淩表哥，你知道我現在攢了多少銀子？」

溫子淩最喜歡青芷對自己親近坦白，揚眉道：「攢了多少了？」

青芷得意洋洋地伸出兩個手指頭。「你猜。」

溫子淩一看，就知道青芷應該是攢了兩千兩銀子，卻故意道：「二十兩？」

青芷失望地搖頭，覺得溫子淩忒小瞧自己了。

溫子淩笑。「二百兩？」

青芷悻悻道：「是兩千兩。」

溫子淩笑了起來，道：「青芷，你猜我如今身家多少？」

聞言青芷一下子懵了。溫子淩生意太多，一時哪裡能算出來？

她笑了起來。「到底多少呀？」

溫子淩立在那裡，仰首盤算了片刻，最後道：「約莫二十萬兩了。」

他一向防備心甚重，連他爹娘都不知道他如今的身家。

「……好有錢呀。」

她一把抓住溫子淩的胳膊，一臉的諂媚。「好有錢的表哥，來，給奴一條金大腿抱抱吧！」

溫子淩。「……」

他不禁大笑起來，抬手拍掉青芷的爪子。「走吧，先去關嫂家。」

青芷見溫子淩笑容燦爛，毫無芥蒂，這才悄悄鬆了一口氣。

她一直把溫子淩看作親近的親人，不願失去這個哥哥，因此今日一直小心翼翼地討好溫子淩，如今見溫子淩已經放下心結，她自是開心。

青芷從關嫂那裡買了一個小廝和一個丫鬟，小廝叫紀靈，丫鬟叫鳴鳳，名字都不錯，青芷就沒有再改。

晚上下起了雨，雨聲淅瀝，又濕又冷。

青芷有些心緒不寧，躺在床上聽著雨聲，想著遠遊在外的鍾佳霖。京城今晚下雨了嗎？給哥哥做的新白綾襖哥哥換上沒有？那件絲絨鶴氅也可以穿上了……

此時的京城也是夜雨淅瀝天氣濕冷。

謝儀文回家住了。

蔡振東乾脆包了個粉頭，住進了行院裡。

鍾佳霖和蔡羽則住在王府外書房院子裡。

東廂房一明兩暗共三間房，鍾佳霖帶著王春生住在南暗間，蔡羽帶著蔡福住在北暗間。他們都知道京城寸土寸金，地價實在貴得很，即使王治曾任禮部尚書，也不過置了這個四進的院落，因此絲毫不覺得被慢待，住得很是自在。

王治待鍾佳霖和蔡羽這兩個學生很好，平時應酬見客也總帶著他們，想讓他們開闊眼界，多見些世面。

他身分清貴，交際圈子自然也清貴，堪稱談笑有鴻儒，往來無白丁，鍾佳霖和蔡羽跟著王治，見到了很多以前不曾接觸過的人，學到了不少新的知識。

王治細心觀察，見鍾佳霖可以託付，便開始試著讓鍾佳霖幫他處理信件來往。

這晚鍾佳霖依舊待在王治的書房裡，王治伏案著書，鍾佳霖則替他整理這兩日積壓的往來書信。

他打開一封信，一目十行讀了一遍，心裡一驚，忙又細看了一遍，這才拿去讓王治看。

「先生，您看看這封信。」

王治把筆放在筆擱上，接過信紙看了起來。

「眷生鄭林頓首書奉大德王治親家臺覽：餘情不敘。茲因胡人犯邊，搶掠甘州，兵部李尚書不發救兵，失誤軍機，連累生被科道官參劾，聖上惱怒，命會同三法司審問……」

放下信紙後，王治嘆了口氣，道：「佳霖，你回去歇著吧，老夫也得出去一趟。」

見鍾佳霖黑泠泠的眼睛滿是關懷地看著自己，王治又嘆了口氣，道：「甘州節度使鄭林，是我的兒女親家，如今他被太傅李泰的二弟李雍陷害，聖上震怒，要拿他進京審問。我得去找一找故人，為他奔走一二。」

王治離開後，鍾佳霖把書房整理妥當，這才熄了燈出去。

回到東廂房自己的屋子，鍾佳霖一邊默默想著心事，一邊在王春生的侍候下洗漱。

對面北暗間裡，蔡羽睡得正香，鼾聲頗為曲折婉轉。

鍾佳霖脫了外衣之後，忽然抬眼看向王春生。「春生，我想見周靈一面。」

他把鍾佳霖的外衣掛好，低聲道：「公子，我明日就去安排。」

鍾佳霖點點頭，掀開被子睡下了。

王春生攏上帳子，拿了自己的衾枕、被褥在窗前榻上鋪展開，很快也睡下了。

鍾佳霖躺在床上，一時卻沒有睡著，心裡在想著青芷。青芷在做什麼呢？

對青芷來說，十月、十一月都是比較清閒的日子，到了臘月梅花開始盛開，她才會忙碌起來。

半夢半醒時分，鍾佳霖還在盤算著。聽青芷說京城的衣服、首飾自是南陽縣比不上的，不如尋個時間，去給青芷買幾樣衣裙，買幾方帕子，再挑選幾樣首飾……

三日後，雨終於停了下來。

這日下午，王春生帶著鍾佳霖悄悄出了王府。

王府斜對面停著一輛簡單的馬車。

王春生帶著鍾佳霖上了馬車，敲了敲車壁，吩咐車夫。「走吧！」

馬車穿行在京城的大街小巷中，半個時辰後才停下來。

鍾佳霖下了馬車，發現這時候已經是暮色蒼茫時分，眼前是一道紅牆，紅牆內松柏常青，頗為肅穆。

王春生引著鍾佳霖往前走了一段路，前面出現一個小小的木門。

敲開門之後，王春生引著鍾佳霖進去，沿著夾道疾步走著。

一刻鐘後，他們終於走到一個院落的外面。

一個面白無鬚的錦衣中年人正等著他們，見他們來了，盯著鍾佳霖看了看，擺了擺手道：「進去吧！」

聲音有些啞。

鍾佳霖判斷出這是一位太監，而且是得寵的大太監——他的手上戴著一枚碩大的綠寶石戒指，衣料也是極華貴的緙絲！

這是一個花木扶疏的院落，雖是冬季，花葉凋零，卻依舊頗有幾分景致。

此時夜幕早已降臨，可是這院落裡掛了無數的琉璃燈，照得院子裡一片光明，恍若天上宮闕。

錦衣中年人小碎步地在前面走著，一直走到了廊下，才示意王春生和鍾佳霖在外面等著，自己掀開錦緞門簾進去了。

屋子裡隱隱傳來說話聲。

聲音雖然不大，可是鍾佳霖聽力極好，依舊聽得清清楚楚。

先是中年男子的聲音，很好聽，卻有氣無力，顯得中氣不足。「周靈，既然是你的故人之子來拜訪，何必讓他乾等著？讓朕……我也看看吧！」

周靈的聲音響起，頗為猶豫。「主子，畢竟是無職外男……」

中年男子笑了。「你伺候我那麼多年，知道我不在乎這個的……」

鍾佳霖背脊挺直立在外面，心中也說不清是什麼滋味。

他原以為這一天到來他會很憤怒，會恨不得殺了那人，可這一天終於到來了，他發現自己像個局外人一般，已經沒了憤怒的感覺。

他的親人是青芷，是先生和師母，別的人，都是不相干的外人。

既然是外人，何必計較？

片刻之後，錦簾再次被人從裡面掀起，那個錦衣中年人走了出來，眼神怪異地打量了鍾佳霖一番，低聲道：「鍾小哥，請。」

鍾佳霖一進屋子，就聞到一股好聞的香氣，似青草被割後發出的氣味，又似清晨竹林中的氣息，還似初春水面上瀰漫的霧氣，不濃郁，卻好聞得很。

黃花梨羅漢床上正有兩個人在對弈，其中一個清秀而陰鬱的青年正是周靈，周靈對面則是一個三十多歲穿著白色錦袍的男人，蒼白，瘦削，手指修長。

看到這個男人，鍾佳霖便知道，十六年後自己若是身體病弱，這就是十六年後自己的樣子。

他不動聲色，上前行禮。

這個男人看向鍾佳霖，在看清鍾佳霖的臉的同時，整個人僵在了那裡。

第六十一章

夜風吹拂著掛著的琉璃燈，發出「唦唦」的脆響；庭院和走廊立著不少侍候的人，卻安靜無聲。

屋內呼吸聲清晰可辨。穿著素白錦衣的中年人背脊僵直，面無表情地盯著鍾佳霖。

鍾佳霖平靜地拱手行了個禮。「見過周叔。」

周靈打量著鍾佳霖，發現一年多沒見，這孩子長高許多，跟青竹一般筆直挺秀，而且越發清俊了，舉止文雅，自有一股貴重之氣。

他溫聲問道：「佳霖，在京城還適應嗎？」

鍾佳霖聲音清朗。「啟稟周叔，還算適應。」

周靈又問了一句。「歸期定了嗎？」

鍾佳霖不卑不亢，道：「歸期已經定下了，臘月二十出發回去，這樣恰好在二十三小年與家人團聚。」

周靈笑了起來，道：「回去後繼續努力讀書，明年八月的鄉試可得認真準備。」

鍾佳霖答了聲「是」，便預備告退。

那錦衣中年人忽然開口，聲音有些沙啞。「你……這位……這位小哥，你是哪裡人？」

鍾佳霖抬眼看向周靈。

周靈笑道：「佳霖，這位世伯問什麼，你就回答什麼。」

鍾佳霖先答了聲「是」，才道：「晚輩是宛州南陽縣人。」

那中年人眼睛看著鍾佳霖，聲音有些顫抖。「你今年多大了？家裡還有哪些人？」

鍾佳霖垂下眼簾，恭謹道：「啟稟世伯，晚輩今年十五歲，家裡有先生、師母和妹妹。」

中年人似乎沒想到鍾佳霖的家庭這樣奇怪，英俊的臉上現出迷茫之色。

周靈笑了，道：「好了，佳霖，你回去吧！」

鍾佳霖答了聲「是」，恭謹地退了下去。

門上的錦緞門簾落下，屋子裡一下子靜了下來。

因為生著地龍，屋子裡溫暖如春，旁邊的海棠花盆景中海棠盛放，散發著淡淡芬芳。

周靈輕輕道：「陛下——」

清平帝苦笑了一聲，道：「這是我的兒子，是我的阿霖……對不對？」

周靈沈默了片刻，道：「是，陛下。」

清平帝眼睛濕潤了。他仰首片刻，才啞聲道：「十幾年來這孩子是怎麼過來的……」

周靈聲音平淡。「他被鍾子和以鍾氏長子的名義帶回賀州，後鍾子和被暗害，鍾子和續娶之妻，命人把阿霖扔在千里之外的宛州，佳霖流浪了七年，後被南陽縣的秀才虞世清收留。」他的聲音沒有一點波瀾，只是平靜地敘述。

清平帝只覺得心如刀割，他摀著臉，心頭酸澀，眼淚早湧了出來。

這是他的骨肉，他唯一的骨血，他卻為了心愛的女人，拋棄了這孩子，令他在這冰冷的世間獨自流浪……

不知道過了多久，清平帝開口道：「周靈，朕……朕想認回這孩子……」

周靈的聲音依舊平靜。「陛下，您忘了宮裡的皇后娘娘、令妃娘娘和淑妃娘娘了？還有一直作為皇位繼承人培養的英親王……」

清平帝沒有說話。

她們以前能害阿霖和他的母親，如今若是知道阿霖還活著，一定還會繼續下手。

再說了，還有他那同父異母的六弟趙瑜，身後也早聚攏了無數的支持者，他們怎麼可能允許新的皇位繼承人出現？

思來想去，清平帝一聲嘆息。

周靈淡淡道：「此事急不得，陛下春秋鼎盛，不如慢慢籌劃。」

第二天早上，謝儀文也來了。

鍾佳霖和蔡羽、謝儀文一起在王府外書房裡讀書探討，倒是頗有心得。

到了中午，原來負責送飯的那個小廝沒有來，一個身材小巧玲瓏的紅衣小姑娘帶著兩個丫鬟過來了，丫鬟手裡提著食盒。

那紅衣小姑娘梳著雙丫髻，兩個丫髻上各嵌著一支赤金鑲嵌紅寶石梅花釵，杏眼櫻唇尖下巴，生得很是嬌俏。

她一見謝儀文就笑著上前行禮。「三哥。」

謝儀文放下手裡的書，笑道：「盈之，妳怎麼來了？」

鍾佳霖和蔡羽一聽，便知這位紅衣小姑娘就是恩師王治的小女兒王盈之，忙起身見禮。

王盈之眼波流轉，已把書房內的另外兩個人全看清楚了，見一個十六、七歲模樣，生得劍眉星目，衣服華貴；另一個十五、六歲，眼睛生得黑泠泠的，特別好看，很是清俊。

她笑盈盈道：「我這幾日跟著家裡的婆子學燒菜，特地下廚做了幾樣，拿來給你們嚐嚐。」

謝儀文深深一揖。「四妹，多謝妳顧念。」

王盈之笑容可愛，打量著蔡羽和鍾佳霖。「不知哪位是鍾佳霖？」

謝儀文和蔡羽看向鍾佳霖。

鍾佳霖拱手道：「是在下。」

王盈之笑著上下打量了他一番，然後意味深長道：「哦，原來你就是鍾佳霖啊……」

鍾佳霖面無表情，沒有說話。

王盈之笑容加深，擺了擺手道：「我走了，你們慢用。」

說罷，她轉身帶著兩個小丫鬟出去了。

她都走出老遠了，蔡羽他們還能聽到王盈之銀鈴般的笑聲。

書房裡靜了一瞬。

片刻後，蔡羽先笑了起來。「佳霖，這位王盈之姑娘是不是喜歡上你了？」

謝儀文笑道：「怕是恩師的意思，小姑娘聽到了，才特地過來相看你。」

他家雖和王家是親戚，可是王盈之嫁給鍾佳霖卻不符合謝氏的利益，因此謝儀文故意把話說透，給鍾佳霖提個醒。

鍾佳霖淡淡道：「胡說什麼呢。」

他不再提這件事，掀開食盒的蓋子，發現裡面菜餚葷素搭配，色香俱佳，只是不知道味道怎麼樣？

見鍾佳霖洗了手，走過來開始擺放午飯菜餚，謝儀文忙也洗了手過來幫忙。

又過了幾日，王治才回到府裡。

鍾佳霖尋了個機會，詢問道：「先生，鄭大人的事情怎麼樣了？」

王治真心把鍾佳霖這個學生當自己人看，嘆了口氣，苦笑道：「鄭家送出去二十萬兩白銀，家底全掏空，京城的宅子也賤賣，不過命是留住了，革職為民，永不錄用。」

他忽然用力一拍桌子，大聲道：「革職為民，永不錄用……永不錄用！哈哈！我倒是想看看，明年秋天西夏人再來打秋谷，搶掠甘州，我看李泰派誰去作戰？」

鍾佳霖沒想到朝政已經糜爛至此，心中滿是憂慮。「陛下不知道嗎？陛下身邊的近臣也不進言？」

王治起身走到書房門口，探身出去看了看，見外面沒有人，便進來說道：「陛下重情，李泰的姪女、李雍的女兒正是陛下的寵妃令妃娘娘，陛下只顧著體恤令妃娘娘，哪裡會體恤為朝廷鎮守邊疆的大將？當年不也是這樣，後宮爭鬥，陛下依舊是站在令妃娘娘那邊……」

他知道自己不該再說，便點到為止，轉移話題道：「佳霖，這幾日我太忙了，還沒看你的文章，都拿過來讓我看看吧！」

鍾佳霖答了聲「是」，把他和蔡羽這幾日寫的策論都拿出來，請王治評點。

他母親的死、他舅舅的死，都太蹊蹺了，至今撲朔迷離，難以辨別。

可不管是梁皇后，還是李令妃，抑或是許淑妃，都是得利者。

轉眼到了十二月初十。

因前段時間拘著鍾佳霖和蔡羽在書房內學了十幾日，所以王治特地給他倆放了一天假，讓他們出去逛逛，散散心。

蔡羽急著要去行院看他爹蔡振東，謝儀文便陪著鍾佳霖逛街去了。

到了京城最繁華的延慶坊牌坊外，謝儀文和鍾佳霖下了馬，把馬韁繩遞給小廝，讓小廝在外面守著。

延慶坊熱鬧非凡，人來人往。

謝儀文陪鍾佳霖走著，一邊走一邊介紹道：「佳霖，延慶坊每條街賣的貨物都不太一樣，譬如有些街上全是金銀樓、首飾鋪子、翠花店、胭脂水粉鋪子、綢緞鋪子和成衣店；有的街上則都是賣吃食的，還有的街上是賣文房四寶的。」

鍾佳霖直接道：「去賣首飾綢緞成衣的街道吧！」

他想給青芷買些禮物。

謝儀文知道鍾佳霖是要給妹妹買禮物，便帶著他往專門做女子生意的那條街上去了。

鍾佳霖自己是無可無不可的，可是給青芷挑選禮物則細緻得很，逛了半日，給青芷買了一對珠花、一對銀鑲珍珠耳墜子、兩條京城最流行的留仙裙、一件雪兔圍脖。

在路過一家皮毛店鋪的時候，鍾佳霖一眼看到了鋪子裡掛著做招牌的一件大紅羽紗面雪狐領鶴氅，頓時停住腳步看了過去——青芷肌膚白嫩，個子高䠷，這件鶴氅她穿上一定好看！

不過這件鶴氅一定不便宜。

盯著看了片刻，鍾佳霖繼續往前走。

他現在買不起，早晚有一日會買得起送給妹妹的！

謝儀文正在看另一件石青貂裘斗篷，倒是沒注意鍾佳霖的異常。

晚上鍾佳霖又讀了兩個時辰書，待有些疲憊了，便起身出去散步半個時辰。

青芷特地交代他，說讀書重要，身體更重要，即使到了京城，也得每天或散步或練拳，無論如何要保持一定的活動量。

散完步回來，鍾佳霖洗漱一番就睡下了。

天不亮鍾佳霖就醒了。

睡在窗前榻上的春生忙點了燈盞過來，服侍鍾佳霖起身。

鍾佳霖從來不用人服侍穿衣服，當下便道：「你去取洗漱用的物品吧！」

王春生答了聲「是」，卻沒有立即離開。

鍾佳霖順著王春生的視線看過去，卻發現他看的是床尾——床尾多了個大大的藏青色錦緞包袱。

鍾佳霖抬眼看向他，等著他解釋。

王春生忙走過去，拿了那個藏青色包袱過來，打開後讓鍾佳霖看。

鍾佳霖定睛一看，發現正是他白日看的那件大紅羽紗面雪狐領鶴氅，當即雙目如電地看向王春生。

王春生嚇得背脊上冒出一層冷汗，忙陪笑解釋道：「公子，是周大人命人送來的，說是給咱家姑娘的禮物……」

鍾佳霖眼神變得平和下來，笑道：「原來是周叔送的，你替我謝謝他。」

他還以為是那晚見的那個病懨懨的男人送的，想想，不由覺得自己真是有些自作多情了。

那個人，為了權勢、為了新歡，能眼睜睜看著人殺死自己的髮妻、追殺自己的兒子，能是什麼好人，怎麼可能會後悔！

王春生鬆了一口氣，心道：還是大人聰明，特地交代，就說這是他送虞青芷的禮物。剛才真嚇人啊，公子年紀不大，氣勢卻很強……

白天的時候，趁鍾佳霖隨著王治讀書，王春生又悄悄出了趟門。

負責聯絡的周靈隨從把他一直帶到周靈的書房，才進去通報。

片刻之後，隨從出來，讓王春生進去。

周靈坐在書案後，他旁邊站著一個身材高䠷瘦弱做書生打扮的男子，正背對著這邊，似在看多寶槅上放置的一盆蘭草。

王春生忙行了個禮。「見過大人。」

周靈看向他。「禮物佳霖收下了嗎？」

王春生道：「公子似乎起了疑心，不過屬下一提這是您送給他妹妹的，公子就收了下來。」

他想了想，又補充一句。「公子很疼愛青芷姑娘。」

周靈點點頭，道：「我知道了，你下去吧！」

待王春生退下，清平帝才轉身道：「這孩子……到底是什麼性子？」

周靈想了想，道：「陛下，臣這裡有他在縣試、府試和院試中的答卷，您要不要看看？」

清平帝大喜，忙道：「快拿來讓朕看看。」

書房裡響起翻動紙張特有的「嘩嘩」聲。

清平帝坐在書案後一張張細細翻看著。

周靈負手踱到窗前，看了看窗邊擺著的一株溫室桃花，又走到東牆邊，看著上面掛的一幅《溪山行旅圖》。

一刻鐘過後，周靈才聽到清平帝的聲音。「這孩子非常聰明，很有智慧，有過目不忘之能，而且志存高遠，性格堅韌……」

周靈笑了起來，道：「宛州文風很盛，他一個小乞兒，才讀了一年多的書，就考了一個小三元出來，這能是普通孩子嗎？」

清平帝半日方道：「他像他娘……」

阿霖的生母，他的髮妻，也是個聰明絕頂理智冷靜的女人。

可是他偏偏更喜歡天真美麗嬌俏、愛撒嬌、愛吃醋的女人……

轉眼間便到了臘月二十。

王治和謝儀文要留在京城過年，鍾佳霖便預備和蔡羽一起先回宛州。

蔡振東如今在行院裡新結交了兩個粉頭，一個叫丁巧兒，一個叫丁愛兒，是一對孿生姊妹，美貌嬌嫩，色藝雙絕。

蔡振東樂不思蜀，不肯回家。

蔡羽氣得在行院裡大鬧了一場，氣哼哼地回去找鍾佳霖了。

鍾佳霖正為王治整理書房，聽了蔡羽的訴說，不由笑了起來，道：「人都有逆反之心，你越是阻攔你爹，他就會越發地要在行院裡安營紮寨；你不理會他，自己走了，你爹心裡慌亂，就會回家了。」

他喜歡觀察人，曾經觀察過蔡振東，發現蔡振東雖然驕奢淫逸，喜愛嫖妓宿娼，卻很重視家庭、重視兒女，只要蔡羽不管他自己走了，蔡振東擔心兒子，一定會很快收拾行李回宛州的。

蔡羽聽了，心裡總算好受了些，趴在書案上懶洋洋道：「哎，佳霖，我若是沒了你，那可怎麼辦呀？不如我娶了青芷吧，這樣你就是我的大舅子了，我還能常常見到你。」

鍾佳霖手裡的動作頓了頓，淡淡道：「別打我妹妹的主意。」

蔡羽「哼」了一聲，道：「青芷明年春天就十五歲了，早晚要說親嫁人，到時候我看你怎麼辦？還不是得眼睜睜看著青芷嫁人。」

鍾佳霖沒有說話，心裡卻在慢慢謀劃著。

正在這時，外面傳來女孩子的聲音。「這個小廝，佳霖哥哥在書房裡嗎？」

蔡羽一下子坐直了，眉開眼笑道：「王家的盈之妹妹來了。」

他身材高䠷，特別喜歡小巧玲瓏的女孩子，因而對王盈之很有好感。

王盈之很快就走進來，跟著她一起進來的是兩個丫鬟。

彼此見了禮，王盈之笑盈盈道：「蔡大哥、佳霖哥哥，聽說你們明日早上就要出發回宛州了，我明日不能給你們送行，所以現在過來。」

蔡羽笑道：「盈之妹妹，多謝妳掛念。」

王盈之和蔡羽說著話，眼中滿是笑意，卻是看向鍾佳霖。「蔡大哥、佳霖哥哥，祝你們一路順風。」

說罷，她鄭重地屈膝行了個禮，這才離開。

蔡羽忘情地嗅了嗅空氣中遺留的香氣，一臉陶醉。「盈之妹妹好香啊，這就是傳說中的女兒體香嗎？」

鍾佳霖一直在收拾書籍，聞言淡淡道：「你去青芷那裡買幾瓶玫瑰香油、梅花香油，你也能有女兒體香。」

「……不解風情，哼。」

清晨時分的京城運河碼頭，倒是不像白日那樣繁忙，偌大的碼頭上只停著稀稀落落幾輛馬車。

鍾佳霖和蔡羽揹著各自的書篋，拜別了王治和謝儀文，轉身跳上了甲板。

王春生和蔡福拿著行禮也跟了上去。

十月、十一月這兩個月，青芷難得清閒，不但給鍾佳霖新做了兩套中衣和兩件儒袍，給溫子淩做了兩雙棉靴和四雙清水布襪，還去蔡家莊看了荀紅玉兩趟。

傍晚的時候起了風。

風聲呼呼，飛沙走石。

韓氏在屋子裡待久了，便和青芷一起出來轉。

她立在廊下，仰首看灰沈沈的天，不由道：「前幾日明明看著快要下雪了，卻又沒下成，這次估計要下成了。」

青芷也覺得快要下雪，看著風越來越大，天也越來越暗，她心裡擔心鍾佳霖的船，眼神不由有些凝重。

母女兩個立在廊下說話，忽然聽到外面有人敲門。

青芷心裡一動，忙吩咐鳴鳳。「鳴鳳，妳去看看吧！」

鳴鳳答應了一聲，飛快地跑過去。

打開門之後，鳴鳳發現外面站著兩個少年，其中個子高眺、年紀小些的那個少年穿著藏青色的絲絨鶴氅，越發顯得肌膚白皙目若點漆，清俊異常。

後面那個穿著青布棉襖，很是清秀。
嗚鳳看著眼前這兩個人，遲疑道：「你……你們找誰？」
那清俊少年含笑道：「我們這是回家。」
見嗚鳳還攔在門口，那清俊少年便道：「你是新來的丫鬟吧？我是鍾佳霖。」
聽說這就是太太口中的「佳霖」，姑娘口中的「哥哥」，嗚鳳不禁笑了起來，忙道：「公子，請進來吧！」
青芷一直在凝神聽外面的動靜，聽到那句「我是鍾佳霖」，心臟不由怦怦直跳，忙看向韓氏，大眼睛亮晶晶。「娘，哥哥回來了！」
韓氏也笑了。「快去接接佳霖吧！」
青芷答應一聲，拎著裙襬便跑出去。
鍾佳霖揹著書篋剛轉過影壁，便看到青芷向著自己跑過來。
在這一瞬間，他胸臆間春風鼓動，溫暖異常，當即伸開手臂迎上去，一把抱住了青芷。
冬天天冷，青芷穿得厚，鼓鼓囊囊的。
鍾佳霖抱著臃腫的青芷，心中的缺口瞬間被補全，他用力抱了青芷一下，這才鬆開，笑道：「青芷，我回來了。」
青芷雙手放在鍾佳霖腰上，仰首細細打量著鍾佳霖，見他比先前清瘦了些，稚嫩的痕跡漸漸褪去，輪廓變得明顯了些，卻更清俊了，不由笑了起來。「哥哥，快進來吧，今晚我下廚給哥哥接風洗塵。」

她又道：「哥哥，我有好多事情要和你說呢。」

鍾佳霖答應了一聲，和青芷一起先去見韓氏。

韓氏一直把鍾佳霖當兒子看，也早想他了，見鍾佳霖又長高了、更瘦了，而且更清俊了，也是喜歡，又是讓鍾佳霖喝水，又是讓鍾佳霖吃點心，親熱得很。

青芷在一邊見了，笑嘻嘻道：「娘，讓我哥哥去洗個澡，換個衣服再來陪您說話吧！」

在船上洗澡不方便，哥哥又好潔，還是安排他先去洗澡的好。

韓氏也發現自己見到鍾佳霖太歡喜，有些忘情了，不由也笑了起來。

鍾佳霖洗罷澡收拾停當，便把行李整理一下，把給家人帶的禮物都拿出來。

青芷帶著葉嬤嬤去灶屋整理菜蔬，韓氏帶著鳴鳳在正房裡坐著，見鍾佳霖進來，忙笑著吩咐鳴鳳。「去給公子沏茶。」

她自己則拿了點心過來，讓鍾佳霖吃。

鍾佳霖拿了一疋大紅妝花緞子給韓氏，又拿出給虞世清買的湖州香墨，讓韓氏先收起來。

韓氏開心得很，不停撫摸著料子。「這顏色太鮮豔了，我穿的話，未免有些裝嫩，不如給青芷做件褙子，再做個比甲。」

鍾佳霖笑道：「師母還年輕著呢，這顏色很適合您。」

接著他又道：「我給青芷也準備了禮物。」

第六十二章

這時候外面傳來青芷的聲音。「禮物？什麼禮物呀？」

鍾佳霖笑著起身。「走吧，我帶妳看看去。」

青芷不由自主隨著鍾佳霖，口中卻道：「呀，我還要燒菜呢，菜蔬都洗好、切好了。」

鍾佳霖伸手握住青芷的手，牽著她往自己住的東廂房走去。「讓葉嬤嬤燒吧，妳不是有話要和我說嗎？」

他雖然想吃青芷燒的菜，卻也捨不得青芷太累。

青芷剛從灶屋出來，因為洗過菜，手又濕又涼，被鍾佳霖溫暖的手包圍著，很快就暖和起來。

她怕被人看到鍾佳霖拉著自己的手，緊張地遊目四顧，這才發現外面黑蒼蒼的，誰也不會注意到，不由抿嘴笑了。

鍾佳霖沒有發現青芷的緊張。

他自己握著青芷的手，心臟跳得很快，耳尖泛紅，也夠緊張了。

王春生已經在東廂房裡點起了燭臺。

青芷隨著鍾佳霖進了臥室，發現鋪著毛青布褥子的榻上，放著一個大大的藏青色錦緞包袱，另有幾個大大小小的匣子。

她扭頭看鍾佳霖。「哥哥，怎麼這麼多禮物呀？」

鍾佳霖依依不捨地鬆開青芷的手，道：「都是給妳的，你妳看看再說。」

青芷走了過去，在榻邊坐下，先拿起一個小小的錦匣打開，發現裡面鋪設著黑絲絨，黑絲絨上面嵌著一對珠花和一對銀鑲珍珠耳墜子，上面鑲嵌的珍珠晶瑩圓潤，精緻美麗。

她又驚又喜，抬頭看向鍾佳霖。「謝謝哥哥！」

鍾佳霖把珠花一邊一個插戴在青芷的雙丫髻上，又湊過去要替青芷戴上耳環。

青芷今日恰好沒有戴耳環。

鍾佳霖湊得很近，修長的手指靈活地動作著，很快就幫青芷戴好了一個耳墜子。

青芷一動不動坐在榻邊。

鍾佳霖距離她太近了，他呼出的熱氣撲在她的耳朵上、頸上，麻酥酥的。

鍾佳霖瞧著鎮定，其實兩個耳朵都紅透了，臉也有些紅，眼睛亮晶晶的，他悄悄吸了一口氣，繞到另一邊給青芷戴剩下的那個珍珠耳墜。

他不管做何事都很妥當，雖然有些緊張，依舊很快就把銀鑲珍珠耳墜子都戴好了。

青芷的耳朵和臉都有些熱，她裝作若無其事，拿起另一個大些的匣子，發現裡面是兩條疊得整整齊齊的留仙裙，一條是素白的，一條是海棠紅的，不由笑了起來。「哥哥，真美。」

她撫摸著留仙裙，想起前世這幾年京城確實流行留仙裙，不由抿嘴笑了。哥哥哪裡會知道京城女子的衣飾流行？怕是為了給她買禮物，特地觀察的。

想到哥哥像前世一樣，關心自己，疼愛自己，青芷心裡暖洋洋的，她抬頭道：「哥哥，真好看。」

鍾佳霖青竹般立在那裡，意態悠閒自在。「我想著妳穿上會好看，過年正好可以穿。」

青芷「嗯」了一聲，又打開一個匣子，發現裡面居然是一條雪兔圍脖，純白的絨毛又細又軟又滑，頓時喜歡得很，忙圍在脖子上試了試，發現暖和得很，便笑了起來。「哥哥，太好了。」

冬日風大，出門的話脖子露在外面，被風颳得刺疼，以後再出門的話，圍上這個圍脖，既暖和，又好看，真好！

鍾佳霖見青芷戴著雪兔圍脖只顧著美滋滋，不由一笑，彎腰解開藏青色錦緞包袱，從裡面拿出那件疊得整整齊齊的大紅羽紗面雪狐領鶴氅，抖開後才叫青芷。

青芷扭頭一看，簡直不敢相信自己的眼睛，呆呆地看著鍾佳霖。前世的時候有一年過年，因李雨岫得了一件上等紫貂斗篷，她羨慕得很，最後還是哥哥拿了一件大紅羽紗面雪狐領鶴氅送給她，讓她在王府的除夕夜宴上大出風頭……

想起前世，青芷心裡忽有一絲難以描述的疼。前世她真的太任性，辜負了哥哥……

鍾佳霖沒發現青芷情緒的異常，他走過來服侍青芷穿上這件鶴氅，然後退後一步打量一番，笑道：「很好看。」

青芷眼中含淚地看向鍾佳霖。「哥哥，你哪來的銀子買鶴氅？」

這件鶴氅的雪狐是上等的雪狐皮，很是難得，應該很貴，哥哥是怎麼買到的？

鍾佳霖正要和青芷說這件事。

他略一思索，低聲道：「青芷，此事說來話長，晚飯後妳過來，我細細說給妳聽。」

青芷點點頭，伸出手臂抱住鍾佳霖，輕輕道：「哥哥，謝謝你對我這麼好……」

鍾佳霖想了想，道：「妳是我妹妹，我不對妳好對誰好？」

把鍾佳霖給她帶回來的禮物收拾好之後，青芷才和鍾佳霖一起出去。

到了正房，他倆才發現虞世清已經回來了，正坐在方桌邊，喝著茶和韓氏說話。

鍾佳霖忙上前給虞世清行禮。「先生。」

虞世清看著自己的得意弟子，越看越喜歡，便道：「佳霖，來坐下吧，和我聊聊京城的事情。」

他這一守孝，明年的鄉試自然錯過了，鄉試三年一次，他還要再等好幾年才能有下一次機會，因此心裡有些壯志消磨，把希望寄託在了鍾佳霖身上。

晚飯的菜餚大部分是葉嬤嬤和春燕做的，最後那道紅燒魚卻是青芷做的。

吃飯的時候，青芷素來不讓人伺候，葉嬤嬤帶著春燕、王春生他們在灶屋隔壁的屋子裡用飯，虞家四口則在正房堂屋用飯。

外面北風呼嘯，寒風凜冽；屋子裡暖暖和和，燈火通明，一家人圍坐在一起，吃菜飲酒，煞是開心。

青芷溫了酒，給虞世清和鍾佳霖各篩了一大盞，讓他們兩個飲酒說話，自己又拿了公筷給母親挾魚肉吃。

一時酒足飯飽，一家四口又聊了一會兒。

虞世清和韓氏陪著青芷和鍾佳霖說了會兒話，都有些疲憊，便洗漱罷歇下了。

青芷和鍾佳霖出了正房，正在廊下，發現不知何時天上飄起了雪花。

細碎的雪花稀稀落落飄了下來，還沒等落地，就融化了。

青芷看了一會兒，伸手接了一片雪花，看著雪花在手掌上化成清水，不由嘆息道：「又是一年要過去了。」

過完年，到了春天，她過了十五歲生日、辦了及笄禮，就可以戴上髮簪梳髮髻了。想到各種各樣的髮髻，什麼桃心髻、飛仙髻、百合髻，青芷就覺得興奮。

鍾佳霖看著漫天的雪，察覺到了時光匆匆，一年一年倏忽過去。

不過青芷在他身邊，別的一切也都按照他的計劃一步步進行著，一切還算順利。

青芷讓春燕煮了一壺冰糖梨水，送到東廂房，預備和哥哥一邊聊，一邊喝。

東廂房窗前的榻上放著小炕桌，小炕桌上擺著燭臺，燭火搖曳。

青芷坐在鍾佳霖對面，拿起茶壺倒了兩盞冰糖梨水，先給了鍾佳霖一盞，又在自己面前放了一盞。

喝了一口冰糖梨水之後，她把自己這段時間做的事大致說了說，比如買下鳴鳳、和紀靈簽了活契；再比如買下和她家隔了一道牆的郭家宅子。

鍾佳霖隔著燭臺凝視著青芷。青芷年紀雖小，卻實在太能幹了，自己不在家的時候，她獨自撐起了虞家，真是辛苦了！

他柔聲道：「青芷，妳辛苦了……」

青芷原本很堅強的，可以獨自面對一切，可是當她聽到這句「青芷，妳辛苦了」，心頭卻一陣酸澀，眼睛也濕潤了。

她垂下眼簾試圖掩飾，端起茶盞慢慢品嚐著。

前世的她進入王府之後，一切都指望哥哥、依賴哥哥，一定害哥哥活得很累，這一世的她要儘量自立自強，不但能照顧自己、照顧家人，還能照顧哥哥。

外面風聲呼呼，雪花越發大了起來，後窗糊的月光紙被風颳得啪啪直響。

鍾佳霖思索了片刻，才開口道：「青芷，我的生父還活著。」

青芷聞言，大吃了一驚，眼睛瞪得溜圓地看著鍾佳霖。前世的時候，鍾佳霖的父親從來都沒出現過！

鍾佳霖看著青芷圓溜溜的大眼睛，不由笑了起來，心裡那點怨恨漸漸消散，低聲道：「我母親與我生父相識於微時，後來我生父有了別的女人。那些女人害了我母親，又追殺我……多虧妳和先生、師母收留了我。」

本來波瀾壯闊的愛恨情仇，被他這麼乾巴巴地說出來，作為聽眾的青芷沒有一點情感的共鳴。她眨了眨眼睛。「哥哥，說完了？……好簡練啊。」

和青芷說出這一切後，鍾佳霖心裡輕鬆異常，似甩掉了一個大大的包袱般，整個人都鬆快起來。

見青芷眼睛圓溜溜，還等著自己講故事，鍾佳霖不由笑了起來，抬手在青芷腦袋上敲了一下。「傻姑娘，哪裡有那麼多曲折啊？」

原本覺得是一生難忘的仇恨，可是如今再想，隨它去吧，且珍惜眼前之人好了！

青芷和鍾佳霖邊喝冰糖梨水，邊有一句沒一句地瞎聊著。

一壺茶喝完，青芷也有些累了，便下了榻穿上繡鞋，口中道：「哥哥，我回去睡了，你也早些睡吧！」

鍾佳霖送青芷出去，這才發現雪花早大了起來，原先鹽粒似的小雪粒，變成了一朵朵羽毛似的大雪花，在蒼穹中飛舞著。

青芷看了看鋪了薄薄一層雪的地面，雙目盈盈地看向鍾佳霖。「哥哥，咱們穿厚一些，去後花園跑著玩，好不好？」

鍾佳霖想都不想。「好。」

青芷穿上披襖，鍾佳霖穿上鶴氅，兩人手牽手，小跑著去了後花園，在大雪中奔跑玩耍著，開心極了。跑到最後，青芷渾身出了一層汗，熱呼呼的。

她停住腳步，站在那裡，看著漫天的飛雪，雙手合十祈禱著。希望全家身體康健！希望哥哥明年八月的鄉試高中！希望年年有今日，歲歲有今朝……

鍾佳霖站在不遠處，靜靜看著青芷。

不管未來的路有多難走，他都會保護妹妹，牽著妹妹的手一起走下去……

因為鍾佳霖回來了，青芷不用再操心，下定決心要睡到自然醒，因此徹徹底底睡了一個懶覺。

等她醒來，家裡的午飯已經快要做好了。

鍾佳霖擔心青芷早飯沒吃，午飯再不吃的話會餓著，便走到青芷窗外，敲了敲窗子。

「青芷，醒了嗎？」

青芷聲音沙啞，猶帶睡意。「哥哥，我好渴睡，再睡一會兒……」

鍾佳霖聽到裡面又沒動靜了，想了想，道：「青芷，今天的午飯是餃子，葷的是豬肉大蔥餡的，素的是韭菜雞蛋餡的，已經都包好了，這就要下了。」

他知道青芷愛吃韭菜雞蛋餡的餃子，因此特地引誘青芷。

片刻後，臥室裡傳出床鋪的「吱呀」一聲——青芷已經下了床！

鍾佳霖不由笑了。他今日要帶她出去一趟，一定得把小饞貓青芷給叫起來。

用罷午飯，青芷用了一盞茶時間，又是用濃茶漱口，又是含溫子淩給的薄荷糖，以祛除嘴裡的異味。

她折騰了半日，才湊到鍾佳霖面前，呼出一口氣，然後道：「哥哥，還能聞到韭菜味嗎？」

鍾佳霖心中暗笑，道：「沒有了，快走吧！」

青芷狐疑地看著鍾佳霖，懷疑他欺騙自己。鍾佳霖太護短了，一向都是她做什麼都是好的、都是對的。

鍾佳霖見她眼睛圓溜溜地打量著自己，跟隻小貓咪似的，不由笑了起來，伸手摸了摸青芷的腦袋。「走吧！」

青芷和鍾佳霖逛到了傍晚才回來。

跟在他們後面的王春雨和王春生提著大包小包的包裹，都笑容滿面。

原來鍾佳霖和青芷去成衣鋪給一家老小買過年的衣服去了。

上自虞世清和韓氏，下至葉嬤嬤、王春生、王春雨、春燕、鳴鳳和紀靈，人人都有新衣服、新鞋，葉嬤嬤、春燕和鳴鳳還一人得了一對銀耳環。

晚上一家喜悅，熱熱鬧鬧燉了一隻大鵝，吃了一頓鵝湯鍋子。

該過年了，虞家全家都沈浸在過年的氛圍中。

大雪從二十三一直下到二十五，這才停了下來，到處都成了銀白的琉璃世界，大家都出不了門，便待在家裡預備過年事宜。

鍾佳霖每日繼續讀書。他今年才十五歲，過了年也才十六，和一群比他多讀了不少年書的秀才去考鄉試，即使再聰明，也得夠勤奮才行。

鍾佳霖在家裡，青芷過得自在極了，也不用她操心，每日把家務都安排給葉嬤嬤、春燕和王春生，自己陪母親做針線、和哥哥讀書、給爹爹研墨、到花園裡賞梅，煞是快樂。

這日虞世清出去看朋友。

青芷正陪韓氏做針線，聽到外面紀靈和鳴鳳一面打掃蛛網，一面齊聲唱著宛州民謠——

「老婆老婆妳別饞，過了臘八就是年，臘八粥，喝幾天，哩哩啦啦二十三；二十三，炕火燒；二十四，掃房子；二十五，磨豆腐；二十六，去割肉；二十七，殺灶雞；二十八，白麵發；二十九，蒸饃饃；三十，捏鼻兒；年初一，躬脊兒。」

青芷聽著聽著笑了起來，和韓氏說道：「娘，『二十四，掃房子』，咱們可是拖到了二十五。」

韓氏正要說話，外面忽然傳來敲門聲，紀靈放下掃帚飛跑著去應門。

韓氏有些納悶。「雪這麼大，誰來了呢？」

青芷聞言，不慌不忙把繡花針扎進了繡繃中，起身去看。

她剛走到廊下，便看到虞蘭扶著溫歡走了進來，頓了頓，上前迎接。「七姑母，您來了，快進來吧！」

虞蘭走近了些，青芷才發現虞蘭眼睛紅腫，心中納罕，忙扶著她進了堂屋。

韓氏忙起身來迎。

虞蘭看了看韓氏高高隆起的腹部，用帕子擤了擤鼻子，道：「弟妹，妳有身子的人，不用管我，先坐下吧！」

青芷吩咐春燕送來熱茶。

待虞蘭吃了茶，才問道：「姑母這是怎麼了？」

虞蘭聞言，頓時眼淚又出來了。「子涼……子涼他被關進王府黑牢了。」

說罷，她用帕子掩著臉放聲大哭起來。

青芷見虞蘭沒法說話，忙問溫歡，才得知在京城國子監讀書的溫子涼，仗著有錢，在行院包占了一個美貌粉頭，誰知那粉頭竟然是英親王趙瑜梳籠的。

英親王頗有一段時間沒去行院裡，結果前些日子閒了下來，就與好友韓正陽去了行院，發現自己的粉頭被溫子涼給包占了，頓時大怒，把行院砸個粉碎不說，還把溫子涼給捉拿了關在王府裡。

她沒想到才十三歲的溫子涼會去嫖妓，更沒想到趙瑜竟在行院梳籠、包占粉頭。

虞蘭忽然伸手握住青芷的手，滿臉滿眼全是淚。「青芷，聽說佳霖見過那個韓正陽……就是吏部侍郎韓林的兒子韓正陽，而且妳還和韓正陽的表妹是好友……姑母求妳了，妳去救救子涼吧！」

她「撲通」一聲跪在地上，放聲大哭起來，口口聲聲都是「我的兒」、「我的子涼」，哭得青芷滿心恓惶。

青芷想了想，伸手去扶虞蘭起來，可是虞蘭打定主意要求青芷，如何會起來？

青芷只得道：「姑母，子淩表哥呢？」

虞蘭哭道：「子淩昨夜連夜出發進京了，可是他在宛州和南陽縣有熟人，在京城何嘗認識人？青芷，姑母求妳了。」

青芷十分為難。

她自然想救表弟溫子涼，可是讓她去京城見韓正陽和趙瑜，又實在不合適。

正在這時候，鍾佳霖聽到聲音走了過來，聲音平靜。「青芷，咱們去京城試試吧！」

青芷和溫子淩感情很好，溫子淩是個好哥哥，為了青芷，鍾佳霖願意幫溫子淩這個忙。

青芷也想起上次祁素梅過來，說她家今年要進京，在韓府過年，倒是可以藉著看望祁素梅來解決此事。

虞蘭一想到寶貝兒子溫子涼在王府的黑牢裡飽受折磨，就心如刀割，聽鍾佳霖答應了，忙抹著眼淚站起來。「青芷，我連馬車都帶來了，你們收拾收拾，今日就走吧，越早越好……我苦命的子涼啊！」

韓氏滿眼憂慮，只恨這樣的日子丈夫虞世清又去見朋友了。

見姑母哭成淚人兒，青芷心裡也有些不忍，當下便看向鍾佳霖。「哥哥——」

鍾佳霖凝視著青芷。「妳回去收拾行李吧，我也去收拾。」

半個時辰後，鍾佳霖和青芷坐上了溫家的大馬車，帶著王春生和春燕出門往京城去了。

駕著馬車送鍾佳霖和青芷的正是溫子淩的親信許林。

許林一邊小心翼翼駕著馬車行進在雪泥斑駁的街道上，一邊跟兩人說著溫家的情況。

原來這幾年溫東一直縱情酒色，身體早被掏空，原本就病了，好幾天沒小解，整個人都是腫的。一聽小兒子出事，一著急，病情加重，從昨天昏迷到了今天。

青芷一聽就知道溫東情形不對，忙道：「子淩表哥是怎麼安排的？」

許林一拉轡繩，閃過了一個橫穿馬路的人，接著道：「我們大公子請了司徒大夫住在家裡療治老爺，如今只能聽天命了。」

一路順利得很，到了臘月二十九，他們終於趕到了京城。

溫子涼在京城讀書，溫東手面很大，特地在他就學的學堂附近買了個宅子，讓溫子涼帶了一個小廝和一個老家人住進去。

這個宅子距離延慶坊不遠，許林直接趕著馬車去了。開門的正是張允。

張允一眼看到了立在許林後面的鍾佳霖和虞青芷，眼睛不由一亮，忙道：「是鍾小哥和表姑娘啊！快進來吧！」

溫子淩正在明間裡困獸般走來走去，聽說鍾佳霖和青芷來了，頓時大喜，忙迎了出來。

「佳霖、青芷，快進來吧！」

青芷見溫子淩瘦了不少，眼下帶著青暈，嘴角還起了燎泡，知道他為子涼的事著急上火，忙道：「子淩表哥，先不要著急，事情既然出了，咱們三個人一起好好謀劃謀劃，一定能把子涼救出來。」

溫子淩急得快要瘋了，可是一看鍾佳霖和青芷來了，不由鬆了一口氣。佳霖和青芷可是最堅強的同盟！

溫子淩拉著青芷和鍾佳霖進了自己住的西暗間，讓他們看窗前錦榻上放的幾個箱子。

「現銀我已經準備好了，剛從票號裡支出來的，一共五千兩，銀票也帶來一萬兩，這是溫家全部能動用的銀子了，無論如何，我得想法子把子涼救出來。」

青芷見溫子淩的眼都紅了，忙抓住他的手臂，道：「子淩表哥，不要急，我和哥哥都來了，咱們現在就出去商量。」

看著這樣的溫子淩，青芷有一種感覺，若出事的是她，子淩表哥也會這樣著急上心，會傾盡所有去救她。

這就是她願意和哥哥一起進京的原因。

青芷的聲音溫柔而堅定，令溫子淩躁動不安的心漸漸平靜下來。

三人一起回到明間坐下，青芷和溫子淩都看向鍾佳霖——無論多少人在一起，大家都會不由自主把鍾佳霖當作主心骨！

鍾佳霖端起張允剛送來的茶盞飲了一口，道：「我和青芷認識宛州祁同知的千金祁素梅祁姑娘，也認識祁姑娘的表兄韓正陽，我們先洗漱一番，然後去韓府求見祁姑娘，再試著通過祁姑娘見韓正陽，先打聽一下子涼的情況再說。」

青芷和子淩都點點頭，覺得鍾佳霖的安排甚有道理。

鍾佳霖雙手合十緩緩道：「我現在擔心的是，英親王趙瑜是想藉這件事敲詐你，為的還是你在羊山北麓的煤礦。」

他看向溫子淩。「這就要看你怎麼選擇了。」

溫子淩不由嘆了口氣，其實他也有這個猜測。

他身子後仰，思索片刻，最後道：「錢財是身外之物，為了救弟弟，我願意捨了羊山北麓的煤礦。」

鍾佳霖知道溫子淩重視親情，卻沒想到溫子淩把親情看得這麼重。

他盯著溫子淩，道：「不過，也不是沒有別的法子。」

第六十三章

聽了鍾佳霖的話，溫子淩和青芷齊齊看向鍾佳霖。

鍾佳霖眼神平靜，看向溫子淩。「與其投靠英親王，不如投靠當今天子。」

這句話實在太震撼，溫子淩一下子呆住了，幾乎不敢相信自己的耳朵。「佳霖，你的意思是——」

鍾佳霖垂下眼簾。「你聽說過周靈這個人嗎？」

溫子淩沈吟了一下。「周靈……」

他抬眼看向鍾佳霖。「佳霖，你說的這個周靈，是不是陛下的親信、新任戶部尚書周靈？」

鍾佳霖點點頭，道：「咱們可以試著先投到周靈那裡。」

溫子淩眼睛一亮。「佳霖，你是不是可以牽這個線？」

鍾佳霖面容沈靜。「我先去試試，若是不行，咱們再尋找別的路，反正最壞的結果咱們已經預見到了，也不過是破財消災。」

溫子淩原本如熱鍋上的螞蟻，不知道從哪裡下手，如今有了鍾佳霖這番分析安排，他頓時覺得眼前的一切都明晰起來，忙起身端端正正給鍾佳霖行了個禮。「佳霖，多謝。」

又道：「如今須得拜託你了。」

青芷和鍾佳霖都站了起來。

鍾佳霖扶住溫子淩。「自家人，不須客氣。」

青芷笑了起來，道：「對啊，子淩表哥，咱們都是自家人，何必客氣！我和哥哥現在趕緊去洗澡換衣拾掇一下，待會兒哥哥去見周大人，你送我去韓府遞拜帖見祁素梅。」

今日是定安侯太夫人的六十大壽，祁素梅隨著姑母韓夫人去定安侯府拜壽，一直交際到了傍晚時分才乘坐馬車回到韓府。

祁素梅把姑母送回了內院正房，才帶著丫鬟、婆子往她和母親借住的東偏院走去。

此時天色陰沈，朔風漸起，風聲呼呼，颳得道路邊的樹嗙嗙作響。

祁素梅攏緊身上的大紅緞面灰鼠斗篷，加快了腳步，急急走著。

祁夫人正在明間內的暖炕上歪著，聽說女兒回來了，忙扶著婆子坐起來。

門簾掀起，祁素梅閃身進來，帶進一股冷風。

祁夫人忙道：「素梅，今日怎麼樣？」

祁素梅脫下身上的大紅緞面灰鼠斗篷，露出裡面穿的大紅妝花通袖襖兒和嬌綠緞裙，越發顯得身材高而苗條。

她在一邊的圈椅上坐下來，道：「能怎麼樣？咱們在宛州還算不錯，可是在這京城，真是三品、四品到處走，個個都比我出身高。」

祁夫人嘆了口氣，道：「低娶高嫁，我和妳父親還是想著能讓妳嫁到京裡的好人家……」

見到母親嘆氣，祁素梅微微一笑。「母親，您放心吧，父親和您寒冬臘月陪著我跑到京城來，為的就是我的婚事，我心裡都明白，會用心的。」

祁夫人這才放下心來，道：「妳表哥還沒回來嗎？」

祁素梅端起茶盞飲了一口，道：「不知道呢！他和英親王交好，常常留在英親王府不回家的。」

祁夫人一聽到「英親王」三個字，眼睛一亮，試探著道：「素梅，聽說英親王還沒有定下王妃，連側妃也都沒有呢……」

祁素梅想起自己的表哥韓正陽和英親王趙瑜一起做的那些齷齪事，當下就打了個寒顫。「算了，咱們還是別高攀這位英親王了。」

祁夫人有些捨不得。「王妃咱們是不用想了，難道側妃也不行？要不我找妳姑母說說去。」

祁素梅忙道：「母親，您不知道英親王有多風流。」

祁夫人笑了。「男人麼，哪有幾個不風流的？」

祁素梅端起茶盞飲了一大口。「反正我不喜歡。」

母女倆正話不投機之際，外面傳來婆子的聲音。「啟稟姑娘，門房那裡送來一個拜帖，是給姑娘您的。」

祁素梅拆開拜帖，見是青芷求見，當即歡喜起來，忙道：「快去請。」

婆子離開之後，祁素梅當即起身，吩咐丫鬟道：「把灰鼠斗篷拿過來，我去迎青芷。」

趙瑜閒得無聊，聽說韓正陽得了幾樣好樂器，便與韓正陽一起騎馬來到韓府，也沒驚動韓大人和韓夫人，徑直去了外院韓正陽住的青松院。

韓正陽吩咐人將幾樣樂器擺在書房窗前的榻上，讓趙瑜自己去看，自己進裡屋換衣服。

趙瑜一一看了，見有箏、有琵琶，還有一把月琴。

他的視線停在那月琴上，拿起來伸手撥了撥，耳邊似又響起那叮咚叮咚的琴音和清而不媚的歌聲，便試著抱在懷裡彈奏起來。

起初還有些生澀，漸漸就流暢了起來。

聽到趙瑜彈撥月琴的聲音，韓正陽探頭出來道：「咦？六郎，你會彈〈佳期重會〉？」

趙瑜抬頭看他。「這首曲子叫〈佳期重會〉？」

韓正陽輕佻地哼唱起來。「約定在今宵。人靜悄，月兒高，傳情休把外窗敲。輕輕地擺動花梢，見紗窗影搖，那時節方信才郎到。又何須蝶使蜂媒，早成就鳳友鸞交……」

然後道：「是不是很風流？」

趙瑜沒出聲。自從上次在宛州聽虞青芷彈過，他就常夢到，今日才知道叫〈佳期重會〉。

正在這時，外面傳來小廝的通稟聲。「公子，表姑娘帶了位女客來了，說有事要尋您。」

韓正陽穿著家常圓領銀紋錦袍從裡間出來，問小廝。「女客？誰呀？」

表妹怎麼會帶著女客來找他？

小廝是跟著韓正陽去過宛州和南陽縣的，忙道：「公子，就是咱們在宛州和南陽縣見過的那位虞姑娘。」

趙瑜一聽，抬眼看向韓正陽，眼神幽深，低聲道：「讓她們進來吧，我先去裡間待著。」

韓正陽忙壓低聲音道：「六郎，兔子不吃窩邊草，我這表妹——」

趙瑜面無表情地進了裡間。

韓正陽這才放下心來，吩咐小廝。「我對你表妹沒想法。」「請表姑娘和客人過來吧！」

冬日的庭院，雪還沒有化，就連四季常青的冬青和松柏也都呈現黯淡的蒼綠，處處都是蕭條景象。

兩個紅衣女孩帶著丫鬟走了過來，都是高䠷身量，一路行來，瞧著頗為娉娉婷婷。

左邊的那個穿著大紅緞面灰鼠斗篷，滿頭珠翠，肌膚微黑，雙目細長，薄嘴唇，尖下巴，有一種單薄嫵媚的美，正是祁素梅。

右邊的那個穿著大紅羽紗面雪狐領鶴氅，梳著雙丫髻，分明還沒有及笄，小臉晶瑩潔白，一雙大眼睛寶光璀璨，鼻梁挺秀，櫻唇飽滿，正是虞青芷。

韓正陽微微一笑，迎出門去，請祁素梅和虞青芷進屋裡說話。

青芷在圈椅上坐下之後，與韓正陽打了個招呼，便安靜地坐在那裡聽祁素梅與韓正陽說話，並不過多地和韓正陽眼神接觸。

據祁素梅所說，她這個表兄很是自命風流，稍微對他有些好臉色，他就覺得妳愛上了他，因此青芷一直很注意。

祁素梅這個表哥跟親哥哥也差不多了，因此直接把虞青芷的姑家表弟溫子涼因與英親王在行院爭風吃醋，被英親王府關押起來的事說了，然後問韓正陽。「表哥，青芷這次過來，是想著你與英親王關係不同尋常，想打聽一下她表弟如今的情形。」

「……」他還真不知道這件事！

立在裡間的趙瑜，臉一陣青、一陣紅、一陣白，聽外面祁素梅還在說話。「青芷這個表弟比青芷還小，才十三歲，什麼都不懂，估計是被那起子無賴幫嫖給哄到行院去的，對這種不懂事的熊孩子，打一頓、給個教訓就行了，何必把小孩子關起來？」

祁素梅看了青芷一眼，見原先一向愛笑的青芷此時一臉憂慮，便接著道：「這件事傳揚開去，對王爺的名聲也不好啊，民間會怎麼說？一個嫖王的名號是跑不了了。」

裡間的趙瑜，俊臉脹得通紅。

他從白奇志那裡得知了溫子淩在羊山北麓的煤礦情況，知道那裡一年有十萬兩銀子的出息，因此想奪過來，便吩咐人去操作此事。不承想那蠢材是這樣操作的！

青芷見祁素梅如此仗義執言，心中感動，便起身向韓正陽屈膝行了個禮。「韓公子，我這個表弟的確不成器，家表兄這次也過來了，若是能夠完結此事，我們定把我子涼表弟帶回宛州，好好管束，不讓他再次來京城。」

韓正陽沈吟了一下，沒有說話。

青芷見狀，忙道：「韓公子，如今家姑母日夜啼哭，全家懸心，能不能請您幫個忙，打聽一下我表弟如今的情況……」

韓正陽看著這雙滿是祈求的清澈眼睛，哪裡還能拒絕？當下便道：「請虞姑娘放心，在下會去試試的。」

青芷見狀，忙道了謝，又從春燕手中拿過一個錦匣，含笑地奉了過去。「韓公子，這是我自己製作的一些香脂、香膏，您拿著賞人玩吧，請不要嫌棄。」

韓正陽沒想到虞青芷這女孩子還挺講究，求人還不忘謝禮，便收了下來。

虞青芷做事俐落，不願黏黏糊糊，因此把謝禮給了韓正陽，又鄭重地謝了韓正陽，便與祁素梅一起離開了。

趙瑜面沈如水地從裡間走出來，走到窗前，拔出窗門，把雕窗推開一道縫，向外看去，恰好看到虞青芷的背影。

她難得穿這麼華麗的衣物，大紅這樣的顏色，鮮亮無比，點綴了這黯淡的冬日。

在他的夢裡面，因為是側妃，她沒有資格穿大紅正紅，索性不穿紅色……

韓正陽打開了青芷送的錦盒，發現裡面是一對繡花青紗袋子，拆開一個看了看，裡面是幾個玉青瓷盒子。

他拿起一個玉青瓷盒子，見盒蓋上繪著一朵盛放的深紅玫瑰花，左下角也是一個簪花小楷「芷」字，撲鼻一股玫瑰芬芳。

韓正陽有些好奇，又拆開另一個繡花青紗袋子，發現裡面盛著的玉青瓷盒子的盒蓋上繪著一枝盛放的朱砂梅，左下角也是一個簪花小楷「芷」字。

他拿起盒子嗅了嗅，撲鼻一股梅花清香，便擰開盒蓋，發現裡面是朱紅色的香膏，色澤瑩潤，清香宜人。

韓正陽不由笑了起來。「這位虞姑娘也真是的，送我這些香膏、香脂做什麼？難道是要我送給新相好？」

趙瑜走了過來端起那個錦匣搖了搖，覺得重量不對，便放下錦匣，揭開裡面墊的素錦。下面整整齊齊放著六排赤金小錁子，一排六個，總共三十六個！

韓正陽吃了一驚，抬眼看向趙瑜。「六郎，這……虞家這個女孩子手面還真大。」

趙瑜沒說話。

他心中遲疑不定，方才也不知道怎麼回事，他就是猜到這錦匣裡有玄機，因為他覺得虞青芷能這麼費事來求見韓正陽，不會只送幾盒子香脂、香膏！可為何他會如此瞭解她？

除了夢裡常常夢到虞青芷，現實中他其實連句話都未曾和虞青芷說過！

韓正陽看著金錁子，當即道：「溫家不過是鄉下土財主，沒想到這麼有錢……」

趙瑜看了韓正陽一眼，道：「溫家那個溫子淩在經商上很有天分，若是能夠收服了他，用處可就太大了。」

韓正陽索性把那錦匣一推，笑道：「六郎，這禮物我已經收下來了，還是得給人家一個回覆啊，那溫子涼究竟怎麼樣了？」

一提起這件事，趙瑜就憤怒，當即道：「你就說此事與我無關，我並不知道，是英親王府一個管事做的，卻推到了我的頭上，讓虞青芷直接來找我。」

韓正陽覺得趙瑜一提起虞青芷就奇怪得很，當下便答應下來。

祁素梅送青芷從側門出來，一出門就見到一個俊秀的錦衣青年迎上來。「青芷。」

青芷心事重重，見溫子淩過來便停下腳步，對祁素梅說道：「祁姊姊，這是我七姑母家的子淩表兄，妳還記得嗎？」

那時候他們一行人一起乘船從宛州回南陽縣，當時溫子淩和祁素梅都在船上。

祁素梅自然是認識溫子淩的，只是當時她的注意力大部分集中在鍾佳霖身上，還有一部分在青芷那裡，根本沒注意到溫子淩。

溫子淩與青芷向祁素梅揮手作別，這才離去。

他們兄妹回到家裡，發現鍾佳霖還沒有回來。

在堂屋裡坐下之後，青芷才道：「子淩表哥，韓正陽收下禮物了，也答應去王府問問。」

溫子淩這才略微放心了些，道：「這些達官貴人，真是視人命如草芥，咱們這些老百姓的性命，在他們眼裡什麼都不是……」

青芷見溫子淩意志消沈，便道：「子淩表哥，咱們一起努力，一定會越來越好，子涼也會沒事的。」為了轉移他的注意，青芷開口道：「表哥，我好餓啊。」

溫子淩這才回過神來，道：「我一天都沒怎麼用東西了，正好讓人去準備，咱們先用些墊墊肚子。」

用罷晚飯，青芷有些疲憊，便先去睡下。

溫子淩坐在明間裡等著鍾佳霖，盤算著自己的生意。

他是打定主意要捨了羊山北麓的煤礦來救弟弟的。

他一個毫無背景的平民，卻得了一座金庫，就像幼兒抱寶而行，哪裡能夠保得住？不如早早送出去，倒是平安！

至於銀子，只要國家安定，百姓安康，他就有辦法繼續賺錢。

煤礦雖來錢快，但沒了命，要錢也沒用。沒了煤礦，他在運河上販絲販布也是很賺的……

轉念間溫子淩又想到了青芷和鍾佳霖。

只有遇到事情才知道誰是親人、誰是外人。青芷和佳霖對他家的幫助，他記在心裡了……

溫子淩一直等到半夜子時，鍾佳霖還沒有回來，他只得先歇下了。

第二天早上青芷醒來，得知鍾佳霖一夜沒有回來，不禁一愣，轉念一想，便道：「子淩表哥，哥哥做事一向穩妥，咱們不用擔心。」

前世也是，哥哥有好幾次類似的經歷，有的時候是消失幾日，還有一次是消失幾個月，時間最長的那次消失了一年多。

溫子淩見青芷不著急，這才也放下心來。

表兄妹倆正在說話，韓府的小廝來傳話。

得知溫子涼並不是被英親王趙瑜派人關押起來，而是英親王府一個管事冒了英親王趙瑜之名，把溫子涼給關押起來，溫子淩和青芷都不太相信。

青芷看了溫子淩一眼，拿了塊碎銀子給傳話的小廝，道：「拿去買瓜子吃吧！」

見小廝收起碎銀子，青芷才溫聲道：「其實我現在最擔心的，就是我那表弟，不知道他有沒有吃苦受罪……」

這小廝叫古琴，今年才十三歲，最是聰明伶俐，且天性厚道，見青芷一個美貌柔弱的小姊姊，為了弟弟都憂慮成這個樣子，便輕輕道：「溫二公子如今在王府別院關著呢，聽說每日被逼著抄一本《論語》，甚是苦惱。」說罷，他拱手告辭，退了下去。

送罷古琴回來，溫子淩笑著看向青芷。「若他說的是真的，那咱們可以先放心一些了。」

他最怕的是弟弟受身體上的折磨，被逼著抄《論語》這樣的「折磨」可是不包括在內的。

青芷點點頭，道：「只是被逼著抄《論語》，說明子涼還沒挨打、挨餓，倒是好消息。」

有了弟弟的消息，溫子淩卻沒有立即去英親王府拜訪的打算。

他和青芷商量好了，要等佳霖回來再說。

今日正是除夕。

到了傍晚，夜幕漸漸降臨，外面爆竹「噼啪」響，空氣中瀰漫著火藥幽微的氣息。

鍾佳霖還沒有回來。

溫子淩和青芷做什麼都無情無緒，索性一人拿了一本書，坐在明間裡對燈讀書。

除夕之夜，宮裡熱鬧非凡。

慈寧宮舉辦宮宴，太后端坐在寶座上，清平帝與梁皇后帶領眾妃嬪，連同各親王、親王妃，向太后行罷大禮，各自入座。

宴會散了後，清平帝有了些酒意，坐了輦車回到崇政殿。

周靈正在崇政殿候著，見清平帝回來，忙上去攙扶。

清平帝在御榻上坐下。

周靈服侍清平帝用熱手巾擦了手臉，又服侍他用了些醒酒湯，才道：「陛下，佳霖昨日到京城了。」

清平帝原本正閉目養神，聞言一愣。「發生了什麼事？」

周靈略一躊躇，便簡略地說了一下原因，然後道：「那溫家大公子待佳霖如同親弟，佳霖和妹妹一起陪著溫家大公子進京來求英親王，才發現英親王醉翁之意不在酒，在乎溫家一個儲量極其豐富的煤礦。佳霖在京城舉目無親，只得找到臣，想要臣做中人，溫家情願交出煤礦，換回溫家二弟。」

聽到那句「佳霖在京城舉目無親」，清平帝心裡一陣酸楚，低聲道：「佳霖如今在哪兒？」

周靈恭謹道：「陛下，佳霖心繫溫家二弟，如今還在臣宅等消息……」

清平帝合上眼睛，片刻後道：「朕還得主持元旦大朝會……這樣吧，你回去告訴他，這件事你來出面，讓他留在你府裡住兩日，靜下心讀兩日書。」

周靈忙答了聲「是」。

快到子時了，京城內依舊爆竹聲聲，熱鬧非凡。

周靈回到府裡，在小廝的服侍下先脫了外面的大衣服，又用香胰子洗了手，才在紫檀木圈椅上坐下來。

小廝恭謹地奉上沏好的楓露茶。

周靈接過茶盞，抿了一口，發現茶味醇厚，恰是第二道，便又飲了一口，待喉嚨滋潤了些，才道：「鍾公子呢？」

小廝忙道：「啟稟大人，鍾公子一直在房間裡待著讀書，不曾出來走動，如今怕是還在等著大人。」

周靈原本想讓小廝請鍾佳霖過來，想了想，放下茶盞，起身道：「我去看看他。」

小廝答了聲「是」，忙拿起搭在紫檀木衣架上的鶴氅，打算服侍周靈穿上。

周靈急著往外走，擺了擺手道：「距離很近，不必再穿大衣服了。」

話雖如此，可他一向體弱，一走出生著地龍的屋子，就被凍得微不可見地哆嗦了一下。可是話已經說了出來，周靈只得繼續堅持。

鍾佳霖正在書房裡讀書，見周靈深夜來了，忙起身迎接，見禮後坐了下來。

周靈打量著鍾佳霖。

大冷天，鍾佳霖穿著青色袍子，卻絲毫沒有嫌冷，簡單的青色袍子越發襯得他肌膚白皙，目若點漆，鼻梁挺秀，唇似塗丹，再加上身材高䠷，實在是一位芝蘭玉樹般的佳公子！

鍾佳霖見周靈打量自己，不卑不亢迎著周靈的視線，等著周靈開口。

周靈發現這個十五歲的少年身上居然擁有自己在清平帝那裡才能感受到的威壓，不禁一愣，當下開口道：「佳霖，你那個被英親王拘在王府的表弟叫溫子涼嗎？」

鍾佳霖答了聲「是」。

周靈沈吟著道：「溫子涼的事交給我吧，你不用擔心，留在我這裡好好讀幾日書吧！」

他說的很理所當然，畢竟周靈身為清平帝的親信，新任戶部尚書，的確還沒幾個人會開口拒絕他。

鍾佳霖起身拱手行了個禮，先謝了周靈，然後道：「多謝大人盛情，只是舍妹尚在親戚家等我的消息。」

周靈有些懵。「……那你現在就要走？」

鍾佳霖既然得了周靈的保證，知道溫子涼的安全暫時有了保障，自然得趕緊回去。他微微一笑，道：「待舍表弟脫離牢籠，佳霖再來向大人致謝。」

周靈看著談笑風生的鍾佳霖，心道：沒娘的孩子不得不自己成長啊，看佳霖這孩子，即使沒有人幫他，他也會一步一個腳印成長起來的！

想到這裡，周靈忙和鍾佳霖敲定。「明日就是大年初一，如果沒有意外，明日下午你那個表弟應該就回去了。你初二傍晚再來我這裡一趟。」

鍾佳霖答應了一聲，心知周靈這是提醒他，若是初一溫子涼回去，初二傍晚他就得帶著溫家的人來送謝禮。

小廝送鍾佳霖離開後，周靈立在書房裡，默默思索著。

他雖然是清平帝在潛邸時的老人，依舊有些弄不明白清平帝的想法。明明就鍾佳霖這一個親生骨肉，為何態度含糊，非讓這孩子流落在外？

夜漸漸深了。

青芷見溫子淩有些支撐不住，手裡拿著書，腦袋卻不停地往前栽，不由笑了起來——子淩表哥一向不愛讀書，一看到書就渴睡！

她笑著拿走溫子淩手裡的書。

溫子淩一下子驚醒了，睡眼惺忪地四處打量。「佳霖回來了？」

青芷這才笑道：「子淩表哥，哥哥還沒有回來，你先回屋睡吧，這裡有我就行。」

溫子淩從不和青芷推讓。

他這幾日實在累到了極限，當下就迷迷糊糊回房睡下了。

青芷拿起書又看了一會兒，心裡到底不放心鍾佳霖，便又放下書，打算出去透透氣。

她站起來後，見春燕趴在一邊睡得正香，只是身上搭的繡襖快要滑下來，便走過去，把繡襖幫春燕搭好，自己另拿了件褙子穿在白綾襖外面，起身出去了。

京城寸土寸金，溫家這個宅子自然也不大，不過是個小小的四合院。

青芷站在正房廊下，聽著外面「噼哩啪啦」的爆竹聲，想著還沒有消息的鍾佳霖，心裡空落落的。

對她來說，溫子涼雖是嫡親表弟，可若是要拿鍾佳霖換回溫子涼，她是萬萬不會同意的。

正在這時，外面傳來一陣腳步聲，接著便是張允帶著睡意的聲音。「鍾小哥，您終於回來了。」

青芷心中滿是歡喜，忙急急迎了上去。「哥哥！」

鍾佳霖一繞過影壁，就看到青芷奔了過來，心中一陣溫暖，張開手臂，一把抱住了青芷，又驀地鬆開。「青芷，這麼晚了，妳怎麼還不睡？」

青芷伸手拉住鍾佳霖的手，一起往正房明間走去。「我等你呢。」又問道：「餓不餓？明間裡有點心，有溫茶，先用些墊墊肚子吧！」

鍾佳霖笑著答應了一聲。

青芷也不叫春燕，自己服侍鍾佳霖洗了手，又拿了點心和茶過來，放在鍾佳霖手邊的小几上。

她探身在盛放點心的揀妝裡選了又選，最後拿出一個沾滿了芝麻的芋頭酥給鍾佳霖。「哥哥，你嚐嚐這芋頭酥，我是第一次吃這種點心，覺得特別好吃，可惜咱們南陽縣根本沒有賣。」

鍾佳霖接過來嚐了嚐，覺得有些黏牙，便又遞給青芷，笑道：「也就妳們小姑娘愛吃這個。」

青芷笑咪咪接過來咬了一口，低頭又選了一塊不那麼甜的椒鹽酥餅遞給鍾佳霖。

鍾佳霖習慣了和青芷不分你我，見狀也不以為意，接過椒鹽酥餅咬了一口。

第六十四章

吃了一塊椒鹽酥餅，又喝了一盞茶，鍾佳霖才道：「下午子涼可能就回來了，咱們在這裡等著吧！」

如今已經是後半夜，自然得按大年初一算了。

青芷聞言大喜，道：「太好了，這下子子淩表哥不用擔心了。」

她又吃了幾口芋頭酥，道：「我去和子淩表哥說一聲，免得他懸心。」

鍾佳霖見青芷起身要出去，忙一把拉住青芷。「三更半夜的，何必打擾子淩表哥？先睡吧，明日再告訴他也不遲。」

青芷轉念一想，覺得鍾佳霖說得很有道理，便又坐了回去。「反正得重新擦牙漱口了，我再吃一個芋頭酥吧！」

見她如此喜歡吃芋頭酥，鍾佳霖不由笑了起來，卻把這件事記在心裡，打算離開京城的時候多買些芋頭酥，讓青芷路上吃。

正旦大朝會結束後，清平帝乘坐御輿回到寢宮崇政殿。

英親王趙瑜奉詔來到崇政殿，行罷禮起來，發現清平帝還戴著正旦大朝會時的通天冠，穿著絳紗袍，並未更衣，忙笑道：「皇兄，您這麼急召臣弟過來，所為何事？」

清平帝幾乎一夜沒合眼，此時疲憊到了極點，也不再拐彎抹角，直接道：「聽說有個叫溫子涼的少年，被你拘禁在王府內？」

趙瑜聞言，心臟猛地跳了一下，忙開口解釋道：「皇兄，這件事——」

清平帝此時頭疼欲裂，哪裡有時間聽趙瑜狡辯，直接打斷了他。「你貴為親王，好好一個皇族子弟，切莫被民間好事之人傳播閒話，快快把那個溫子涼放了吧！」

趙瑜見清平帝臉色蒼白，眼下青暈甚重，只得把一肚子辯解的話給嚥了下去，恭謹道：「是，皇兄。」又道：「皇兄，您早點歇息吧！」

離開崇政殿之後，趙瑜臨上大轎，一個負責放下轎簾的小太監湊近他，低聲道：「啟稟王爺，周靈周大人昨晚來見過陛下……」

說罷，小太監放下轎簾，退後了幾步，躬身送英親王的大轎離開。

回到王府，趙瑜餘怒未息，一下大轎，就吩咐道：「去讓和玉屏來見我。」

英親王府的管事和玉屏匆匆趕了過來。「王爺。」

趙瑜坐在黃花梨木雕花寶椅上，道：「讓人把溫子涼帶過來，然後你再過來。」

和玉屏答了聲「是」，覷了趙瑜一眼，見他面無表情，便急急退了下去。

溫子涼很快被和玉屏帶了過來。

溫子涼被關了這幾日，每日抄寫《論語》，抄寫得手都疼了，可是不完成任務就不能吃飯，他只得拚命抄寫，最後還是瘦了不少。

他受了這幾天罪，吃了幾天苦，節操全都沒了，一見這個生得怪好看的王爺，忙匍匐跪地，「咚咚咚」連磕了三個響頭。「求王爺饒了小的狗命！小的再也不敢了！小的保證，再也不去京城的行院了，再也不和那些粉頭狗扯羊皮了！求王爺饒命。」

「……」媽的，這下跳進黃河也洗不清了！

他皺著眉頭看了溫子涼一眼，見是一個細眉細眼、貌不出眾的小胖子，心裡就更煩了。不知道虞青芷心裡是怎麼想的，她一定把他當成在行院裡和這個小胖子爭風吃醋的嫖王了。

趙瑜深吸了一口氣，吩咐親隨。「把和玉屏拖下去，杖打三十，讓他造本王的謠——本王何時去過行院了？」

隨從齊齊答了聲「是」，拖著不知所措的和玉屏就出去了。

片刻之後，外面廊下就傳來行杖刑的聲音。

聽著竹杖敲擊在屁股上的聲音和那位和管事挨打時的慘叫聲，在南陽縣天不怕地不怕的溫子涼，嚇得匍匐在地上渾身發抖，牙齒直打顫。

趙瑜心裡總算舒服了些，看向溫子涼。「溫子涼，本王問你，是不是本王和你爭風拘禁了你？」

溫子涼愣了一瞬，很快反應過來。「王、王爺，這、這是造……造謠……」

他一邊說，一邊偷偷觀察這位英親王，越說越順。「明明是和管事和草民爭風，卻借王爺的名頭，真是罪該萬死，如今王爺懲罰了他，真是大快人心。」

趙瑜沒想到這小胖子如此聰明，便看著溫子涼，淡淡道：「溫子涼，想不想活命？」

溫子涼當即道：「求王爺饒命！王爺但有吩咐，小的無有不從。」

趙瑜笑了，輕輕道：「本王還真有事要吩咐你……」

雖然鍾佳霖已經說溫子涼今天可能就要回來，可是作為哥哥，他心中依舊擔心得很。

上午的時候鍾佳霖帶了王春生去王治府上拜年，一直到下午還沒有回來。

青芷陪著溫子淩在明間坐著，見他一言不發，知道他心中擔心，便柔聲安慰了幾句。

正在這時候，張允跑了進來。「大公子，英親王帶著二公子來了。」

溫子淩聞言，忙又驚又喜地看向青芷。「青芷——」

青芷鎮定自若。「英親王應該是送子涼回來，你去迎接吧，我就在裡間坐著。」

片刻之後，溫子淩迎了英親王趙瑜進了明間，分賓主坐下。

他剛開始還有些緊張，寒暄幾句之後已經恢復正常，鄭重地向趙瑜道歉。「王爺，舍弟無知無識，缺少管教，以至於闖下大禍，以後小民一定會好好教訓他，請王爺放心。」

趙瑜端坐在圈椅裡，意態甚是雍容，眼睛卻早掃視了一圈，並沒有見到青芷，心中頗為失望。

青芷坐在裡間，聽著趙瑜和溫子淩在明間對答，並沒有出去的打算。

她倚著窗欞坐著，聽著外面呼呼的風聲，心中異常平靜。

趙瑜自有一種高華之感，端坐在那裡，氣場強烈，就連溫子淩也感覺到了壓力，那些油滑的寒暄一時都沒有說出來。

臨離開前，趙瑜眼波流轉，又看了一遍，恰好看到錦榻上放著一個粉色綴了珍珠的荷包，心裡不由一動，不動聲色地看向溫子淩。「溫兄，這是——」

溫子凌正要送趙瑜出去，見狀便笑了。「家中女眷的用具，有污王爺青目，真是對不住……王爺，請。」

趙瑜心知虞青芷就在裡間，便凝神看向裡間。

裡間門上掛著深藍錦簾，簾幕低垂，根本看不到裡面的情形。

他在心裡嘆了口氣，抬腿出去了。

候在廊下的王府隨從一擁而上，簇擁著英親王離開。

溫子凌送走英親王，先命人閂上大門，然後帶著許林和張允徑直去了東廂房。

小胖子溫子涼正趴在東廂房明間的榻上裝死，見大哥進來了，忙哼哼唧唧起來。

溫子凌大步走了過去，一把掀起溫子涼的衣服檢查一番，見沒有受到外傷，便一揮手，吩咐許林、張允。「許林、張允摁著他。」

溫子涼這才意識到不對，一尾活魚般掙扎起來，可是他身體虛胖，又怎能擺脫兩個精壯青年的控制？很快就被許林和張允摁在榻上。

溫子凌早拿了青芷做針線時用的木尺，殺氣騰騰走了過去，舉起木尺就開始打。

溫子涼疼得「嗷嗷」直叫，呼天搶地，哭爹喊娘，可是這次溫子凌是打定主意要拾掇他了，他再哭也沒用。

青芷聽到溫子涼的哭叫聲，也走了過來，卻沒有阻攔。

溫子涼才十三、四歲，就學著不成器的人眠花宿柳，還闖下這麼大的禍，現在若不懲罰他，他以後怕是更要變本加厲。

整整打了三十下之後，溫子淩才開口道：「溫子涼，你以後還敢不敢去行院了！」

溫子涼哭得嗓子都啞了，哼哼唧唧道：「再也不敢了！再也不敢了，大哥。」

溫子淩握著木尺，道：「後天咱們就出發回宛州，以後你別想再離開宛州一步。」

溫子涼在英親王府也沒受這份罪，下半截疼得都痲木了，一邊抹眼淚，一邊答應著。

「哥哥，我以後再不亂來了……」

青芷在門外等著溫子淩，見他出來了，便低聲道：「表哥，這京城的水太深，咱們還是早點回去吧！」

溫子淩點點頭，道：「待佳霖回來，我和佳霖商量一下。」

青芷點點頭。「哥哥這會兒還在王先生家裡，估計到了晚飯後才能回來。」

此時王治府邸的外書房內，王治正和鍾佳霖說話。「佳霖，縣學過了元宵節才開學，你不如在京城多待幾日，也可隨我在府中讀書，待正月十二與我和小女一起出發？」

鍾佳霖微微一笑道：「多謝先生盛情，只是學生此次進京是為親戚家事而來，一時不得脫身，請先生諒解。」

王治聞言，想到自己的小女兒王盈之的交代，心中不免有些失望，卻又不能強逼鍾佳霖與自己父女同行，只得轉移話題。

到了晚上，鍾佳霖終於回來了，溫子淩把鍾佳霖和青芷一起叫到正房明間，商議明日往周靈府上送禮之事。溫子淩端起茶盞一飲而盡，下定了決心，看向鍾佳霖。「佳霖，明日你陪我前往周靈府上吧！」

鍾佳霖點點頭，道：「明日一早，你我先去周靈府上遞了拜帖。」

青芷在一邊道：「那我們送什麼禮物做謝禮？」

溫子淩聞言看向鍾佳霖，道：「佳霖，咱們說好的是把羊山北麓的煤礦送給周靈，明日我們就把契書送去吧？」

鍾佳霖微微笑了，笑容溫潤，煞是好看。「這倒不必。羊山北麓的煤礦你占了多少股？」

溫子淩道：「我這個煤礦沒有拉人入股，全在我自己手中。」

鍾佳霖聽了點頭道：「既然如此，你寫好契書，每年的分紅給周靈一半。」

溫子淩聽了，臉上帶出了些笑意，眼睛也亮了起來，聲音中也有了雀躍之意。「好。」

他知道京城這些達官貴人胃口極大，原本以為得把整座煤礦送出去，沒想到只用送出一半分紅，真是意外之喜。

他們正在正房明間商量，外面廂房傳來溫子涼殺豬般的叫聲，原來是張允在給他抹藥。

溫子淩聽得心頭火起，想起因為這不成器的弟弟，父親病倒，他和佳霖、青芷大過年的趕來京城各種的求告，就連青芷這弱女子也拋頭露面打探消息；再加上溫子涼一場爭風吃醋，導致自家一年白白損失幾萬兩銀子，越發惱怒，拿起青芷的木尺就氣勢洶洶出去了。

鍾佳霖和青芷坐在明間裡，聽著廂房中傳來溫子涼哭爹喊娘的慘叫聲，卻都笑了起來。

鍾佳霖嘆了口氣道：「溫子涼必須離開京城，好好禁在家中，請一位厲害先生在家督促讀書。」

青芷深以為然。「打孩子不好，可是溫子涼這孩子不打不行。」

第二天早上，溫子淩揣著連夜寫好的契書，與鍾佳霖一起前往周靈府邸投了拜帖。

他們在門房沒等多久就被請了進去，隨著周府小廝穿過好幾處院子才到了一處僻靜院落，見到了周靈。

周靈今日穿著月白錦袍，腰圍黑玉帶，越發顯得肌膚蒼白，神情陰鬱，他淡淡道：「請坐。」

賓主分主客坐下，小廝上了清茶退下。

鍾佳霖知道周靈事務繁忙，時間寶貴，最煩人廢話連篇，便直奔主題，把溫子淩來送謝禮之事說了。

周靈聞言眼中微帶詫異，掃過鍾佳霖和溫子淩。他沒想到溫子淩手面頗大，一出手就是半個煤礦，當下道：「既然如此，那我就恭敬不如從命了。」

事情談完了，周靈看向鍾佳霖。「佳霖，你多留一會兒吧，用罷晚飯再走。」

鍾佳霖點點頭，見溫子淩正擔心地看著他，便溫聲道：「子淩表哥，我和周叔還有事要談，你先回去吧，讓青芷晚上早些休息，不用等我。」

周靈府上的管家朱子墨送了溫子淩離開。

書房裡只剩下周靈和鍾佳霖。

周靈身子靠在椅背上，有些疲憊地揉了揉太陽穴。

他如今身兼二職，不但管著清平帝的暗衛組織，還兼任戶部尚書，一天到晚地忙，難得歇息一會兒。

鍾佳霖背脊挺直地坐在那裡，雙目清澈地看著周靈，心道：我若是不要臉一些，這會兒就應該走過去給周靈按摩肩膀，然後跪倒在地認了乾爹……

想到這個畫面，鍾佳霖一陣噁心。他雖然做人靈活，卻還是要臉的！

書房裡靜極了，只有多寶槅上放著的西洋金自鳴鍾走動著，發出「啰啰啰啰」的聲音。

過了一會兒，外面響起一陣腳步聲，小廝引著一個穿著錦衣的白臉青年走了進來。

那白臉青年一進屋子，先看了周靈一眼，然後看向鍾佳霖，定定看了一眼之後，才又看向周靈，拱手行禮道：「周大人，主子已經到了。」

周靈叫上鍾佳霖。「佳霖，隨我去後面用頓便飯吧！」

鍾佳霖答了聲「是」，執子姪禮隨著周靈出了書房，往後面走去。

那白臉青年一邊走，一邊小心翼翼觀察著鍾佳霖，見他生得清俊至極，態度雍容，氣質高華，不由暗自點頭。

周靈一行人穿門過戶，約莫走了一盞茶工夫，才到了先前鍾佳霖到過的那個院子外面。先前見過的那個面白無鬚的錦衣中年人正等著他們，見他們來了，忙小跑著迎上來，微笑道：「請進來吧！」

他的視線始終落在鍾佳霖臉上。

鍾佳霖上次就認出這是一位得寵的大太監，如今再次見他，便微微頷首，隨著周靈一起進去。

雖然天氣寒冷，這個院子依舊是昔日模樣，花木扶疏，園林精緻，滿院的琉璃燈照得整個院子恍若神仙世界。

穿著錦衣的大太監小碎步在前面走著，引著周靈和鍾佳霖進了屋子。

屋子裡的黃花梨木雕花方桌上已經擺好了幾樣精緻菜餚，所用碗盤杯盞全是上好的雨過天青瓷，在燈火的掩映下閃閃發光。

鍾佳霖一進屋子，就又聞到了那種好聞的香氣，悄悄吸了一口，覺得似青草被割後發出的氣味，又似清晨竹林中的氣息，還似初春水面上瀰漫的霧氣，特別好聞，心中不由道：將來待我有了能力，一定弄到這種香送給青芷，她一定喜歡。

黃花梨羅漢床上坐著一個三十多歲穿著白色錦袍的男人，蒼白、瘦削，英俊而病弱，正是上次鍾佳霖在這裡見過的那個男人。

周靈行禮。「主子。」

鍾佳霖隨著行禮。「見過世伯。」

聽到鍾佳霖稱呼自己為「世伯」，那帶著病容的中年人神情微微一凝，然後開口道：「我姓趙。」

鍾佳霖不卑不亢。「趙世伯。」

「……嗯，都請坐吧！」

鍾佳霖有一種能力，再尷尬的處境他也能安之若素，這頓晚飯他依舊如此，不但體貼妥當地照顧了這位趙「世伯」和周靈，自己也品嚐到了美食，他雖然不算多話，也不算活潑，卻都做得恰到好處，令被照顧的兩個人都如沐春風。

這位趙「世伯」沒想到鍾佳霖還有這個本事，簡直是嘆為觀止。他還以為鍾佳霖和一般十四、五歲的少年一樣，要麼浮華油滑，要麼清高古怪，沒想到卻是這樣一位佳兒郎！

用罷晚飯，那個中年大太監帶人迅速而無聲地進入，抬了那黃花梨木雕花方桌就出去了，很快就有人奉上了楓露茶。

鍾佳霖端起茶盞抿了一口，發現茶色深紅，茶味甘香，甚是香醇。

趙「世伯」看向鍾佳霖，眼神溫軟。「佳霖，你接下來有什麼打算？」

鍾佳霖略一思索，回道：「我表兄在京城的事情已經結束，我明日一早就帶妹妹隨表兄一起出發回南陽縣，然後繼續在縣學的學業，預備八月參加鄉試。」

趙「世伯」點點頭，態度和藹親切，又問了幾個問題，鍾佳霖一一回了。

趙「世伯」慈藹地看著鍾佳霖，忽然問道：「佳霖，你……錢夠花用嗎？」

鍾佳霖一愣。

那位趙「世伯」忽然劇烈地咳嗽起來，他忙拿起潔白的絲帕遮住。

周靈起身走過去，輕輕順著趙「世伯」的脊背。

鍾佳霖下意識就走了過去，待這位趙「世伯」停止咳嗽，才端起茶盞餵他喝了一口。

趙「世伯」喉嚨正又乾又癢，喝了口茶，喉嚨得到滋潤，總算好受了些。

他眼中含著淚，抬眼看向鍾佳霖，啞聲道：「多謝。」

鍾佳霖坦然道：「不客氣。」他放下茶盞，回到原位坐下。

明日就要離開京城了，青芷傍晚時分寫了封信，連帶著她給祁素梅的禮物，讓張允一起送到韓府給祁素梅。

張允沒有帶來祁素梅的回音，因為祁素梅帶了丫鬟溫書坐馬車直接過來了。

青芷見了祁素梅，歡喜得很，忙拉著祁素梅去明間坐下，也不叫「祁姊姊」了，直接親熱地說道：「素梅，我們明日一早就要出發回宛州了，妳要不要和我們一起回去？」

她實在喜歡祁素梅，捨不得和她分開。

祁素梅聽了，不由有些心動，當下便道：「讓我想一想……」

見青芷雙目盈盈地凝視著自己，祁素梅忍不住便把心裡的煩悶說出來。「這次母親帶我進京，主要是想讓姑母帶我交際，好攀一門好親事。可是妳看看這京城，四品官、五品官到處走，真正的高門，誰能看上我這五品同知的女兒？」

青芷沒想到天之驕女祁素梅還有這煩惱，忙握住她的手，道：「妳自己心裡是什麼打算？想要嫁什麼樣的郎君？」

祁素梅笑嘻嘻道：「青芷，先說說妳吧，妳想要嫁什麼樣的郎君？」

溫子淩從周府回來，剛走到屋子外面，恰好聽到祁素梅在問青芷想要嫁什麼樣的郎君，便停住了腳步。

第六十五章

周靈見清平帝似已支撐不住，忙用極低的聲音道：「主子，要不要宣御醫……」

清平帝抬眼看向不遠處的鍾佳霖，眼睛因為劇烈的咳嗽含著淚，瞧著很是孱弱。

他搖了搖頭，道：「不用了。」

清平帝抬眼看向鍾佳霖，竭力令自己顯出些笑模樣。「佳霖，我送你兩匹馬吧！」

他想送佳霖禮物，卻又不知道佳霖這樣的少年喜歡什麼禮物，想著京城貴介子弟都喜歡名馬，因此才這樣提議。

鍾佳霖微微一笑，道：「趙世伯的美意我心領了，只是一則我家距離縣學甚近，用不著騎馬或者乘車；二則家中狹窄，沒地方養馬，只能謝謝趙世伯的美意了。」

清平帝沒想到自己居然連禮物也送不出去，頓時怔住了。

鍾佳霖乘機提出告辭，理由是「太晚了，恐家人懸心」。

周靈帶著鍾佳霖離開之後，清平帝看著侍立在側的崇政殿總管太監和雨，低聲道：「和雨，朕先前是不是錯了？」

和雨自幼侍候他，比周靈等人的資格更老，熟知當年內情，嘆息一聲道：「陛下，當年您……真的做錯了……」

世上的男子三妻四妾、朝三暮四的多得是，可是眼睜睜看著出身高貴的新歡害死出身低微的原配，害自己的親生骨肉淪落江湖，渣到這種地步的男人，這世上怕是不多了！

清平帝嘆息了一聲，只覺得五臟六腑火燒一般，難受得很，緩緩閉上了眼睛。

聽了祁素梅的話，青芷先笑了，端起茶盞飲了一口，思索了片刻，才道：「曾有名醫給我看過脈息，我有不孕不育之症，因此我從來都沒成親嫁人的打算。」

祁素梅自然是不信的。

她「嗤」了一聲，道：「妳信什麼名醫呢，哪裡有小姑娘才十四、五歲，名醫就能看出人家能不能生育了？妳可別信。」

青芷端著茶盞慢慢飲著，最後抬眼看向祁素梅，大眼睛盈盈若水。「真的，不騙妳。」

前世，她是真的不能生育。

想想都覺得悲哀。她真的好喜歡小孩子，那天真可愛的笑容，肥短可愛的小身子，是人生最美妙的饋贈……

祁素梅伸出手臂攬著青芷單薄的肩膀，柔聲道：「青芷，妳別擔心，我回去就開始打聽，看有沒有好的婦科名醫，再給妳看看。」

青芷笑盈盈道：「多謝。」

立在外面的溫子淩輕手輕腳離開了。

被名醫斷言不能生育——原來這就是青芷拒絕他的原因啊！

他並非輕易認輸的人，既然找到了原因，那就想辦法解決。青芷擔心無法生育，那就請名醫為她診治。即使將來青芷真的無法生育，那就不要孩子好了，反正還有子涼這小混蛋，到時從他那裡過繼一個孩子！

出了周府，鍾佳霖上了馬車，待馬車開始行駛，才問王春生。「芋頭酥買了沒有？」

王春生答應了一聲，道：「買了，是京城有名的賀春坊賣的芋頭酥。」

鍾佳霖才接著問道：「你去碼頭上看過了沒有？運河能不能行船？」

「公子，運河上的冰已經化了，可以通航，我已預訂了一艘船，船老大可以信任。」

聽了王春生的話，鍾佳霖道：「既然如此，明日一早乘船回去吧！」

乘船的話快則兩天，滿則三天也就到了南陽縣，而且青芷在路上可以休息；乘馬車的話，馬車顛簸不說，路上也實在太辛苦，因此鍾佳霖這才派王春生去安排這件事。

第二天，溫子淩、鍾佳霖一行人在京城西郊的運河碼頭登上了船，揚帆離開了京城。

一路日夜趕路，不過兩日時間，溫子淩一行人就趕到了南陽縣。

下了船，溫子淩押著溫子涼回司徒小鎮，而鍾佳霖帶著青芷乘馬車回書院街的家。

虞世清陪著韓氏回王家營娘家，春雨和葉嬤嬤跟著去了，家裡只有鳴鳳和紀靈在家。

青芷和鍾佳霖先各自洗了個澡，然後才在青芷房間會齊。

鍾佳霖頭髮微濕，海藻般鋪散在肩背上，越發顯得清雋無比。

他一進青芷房間，就聞到了一股馨香的氣息，細細一聞，原來是梅花的清香。

青芷正端坐在妝檯前，拿了把桃木寬齒梳子在梳理長髮。

她的長髮實在太長了，濕漉漉的有些不好梳理。

鍾佳霖看了片刻，有些看不過去，便走了過去。「我來吧！」

他接過桃木梳子，又拿了一瓶梅花香油過來，先倒了些梅花香油潤在青芷的髮梢，然後用寬齒桃木梳慢慢梳理著，很快就把髮梢梳通了。

髮梢一旦梳通，其餘就好梳了。鍾佳霖怕扯疼了青芷，立在她身後耐心地梳理著。

青芷偶然一抬頭，恰好看到鏡中的哥哥和自己，一個清俊，一個美麗，嗯，還不錯呀！她不禁微笑起來。

鍾佳霖與青芷有某種感應，當下也抬頭看了過去，見鏡中的青芷笑顏如花，可愛得很，不由也笑了起來。

春燕用托盤端了紅棗甜茶過來，見青芷和鍾佳霖在鏡前一前一後、一坐一站，異常親密，也異常和諧，頓時心裡一動，忙悄悄退了出去。

紀靈正在院子裡玩，見春燕端著茶盞出來，問道：「春燕姊姊，妳怎麼就出來了？」

春燕忙擺了擺手，笑盈盈又進了灶屋，她預備過一會兒再去。

作為青芷的貼身丫鬟，她可是特別盼著將來鍾小哥能娶了姑娘，那樣她就不擔心青芷被婆婆和小姑子欺負了！

一直到了掌燈時分，虞世清才帶著韓氏回來。

韓氏一進門，見到前來的青芷和鍾佳霖，當即歡喜極了。「終於回來了。」

青芷上前攙扶韓氏，發現她大腹便便，怕是快生了，便預備請產科大夫來家裡看看。

鍾佳霖給虞世清和韓氏行禮，見青芷扶著韓氏，自己便陪著虞世清，把進京救溫子涼的經過簡略地說了一遍。

提到周靈，他就簡而言之，說是虞世清的恩師宛州學正周信的堂弟，因此願意幫忙。

他知道自己這位先生有些書呆子氣，便含蓄地讓虞世清明白，為了救溫子涼，溫子淩付出了巨大的代價。

虞世清得知周靈如今貴為戶部尚書，覺得鍾佳霖能與戶部尚書說上話，實在是極為有面子的事，當即有些歡喜。

進了正房明間之後，虞世清一邊喝茶，一邊細細教導鍾佳霖如何與人相處。

鍾佳霖自己就是人精，哪需虞世清教導他做人？不過他待先生很恭謹，一直認真地傾聽著。

今晚家人都累了，虞世清、韓氏、青芷和鍾佳霖一家人在正房明間，王春生、春燕他們則在灶屋隔壁的起居室，熱呼呼地吃了晚飯。

過完年，這日青芷在和韓氏說話，韓氏忽然道：「青芷，快！快去叫產婆，我好像……好像發動了……」

青芷聞言忙行動起來。先吩咐春雨去請約好的產婆，王春生去請胡醫官，又讓葉嬤嬤去燒水，讓春燕拿來提前備好的白綾，很快就做好了準備。

虞世清接到消息，也從蔡家莊學堂趕了回來。

待韓氏終於安靜了會兒，虞世清忙拿起帕子輕輕拭去韓氏額角晶瑩的汗珠子，柔聲撫慰道：「娘子，我陪著妳，妳放心……感覺怎樣？」

韓氏伸手握住虞世清的手，嘴唇翕動，聲如蚊蚋。「相公，我覺得小肚子往下墜著疼……」轉眼間她就又哭喊起來。

青芷立在那裡，竭力讓自己穩下來，有條不紊地安排指揮著。

剛過亥時，正房裡傳來「呱」的一聲，接著便是產婆嘹亮的聲音。「這位太太養下了一位哥兒。」

虞世清不由笑了起來。

待產婆收拾停當，青芷拿了一錠銀錁子給產婆，又讓葉嬤嬤帶著產婆去起居室吃酒。

青芷安頓好韓氏，剛走出來，一見鍾佳霖就笑了起來。「哥哥。」

鍾佳霖就著廊下掛的燈籠光暈打量青芷，見她眼中帶著倦意，心中憐惜，忙道：「今晚讓葉嬤嬤和春燕輪流在房裡守著，妳回房睡下吧，明日事情還多著呢。」

青芷原本還想再撐一撐，聽了鍾佳霖的話，便道：「哥哥，你也早些睡，明日咱們兩個怕是都不得閒。」

時光荏苒，轉瞬即逝，轉眼間就到了三月，青芷的十五歲生日也快要到了。

按照大宋的風俗，女孩子十五歲要行及笄禮，以後就可以出嫁了，不管是豪門貴族還是平民小戶，女孩子的及笄禮都是要慶祝，虞家自然也不例外。

韓氏提前請好了青芷的舅母葛氏擔任主賓。

如今已是三月，百花盛開，空氣中氤氳著花的芬芳，令人昏昏欲睡。

這日傍晚，青芷正抱著剛睡醒的弟弟阿映在院子裡散步，溫子淩卻帶著小廝騎馬來了。

青芷抱著弟弟上前迎接。「子淩表哥。」

溫子淩把韁繩遞給小廝，湊過來看阿映，見阿映長得又白又胖，一雙眼睛又大又黑，倒是與青芷生得有幾分相似，不由笑了。「阿映表弟生得還挺好看。」

青芷笑咪咪道：「阿映長得像姊姊，自然好看呀。」

韓氏正在灶屋看葉嬤嬤和鳴鳳做飯，見溫子淩來了，便含笑出來道：「子淩來了，今晚留下吃飯吧！」

溫子淩答應了一聲，與韓氏見禮，這才道：「舅母，明日就是青芷的及笄禮了，我給青芷送來一根簪子，您看看怎麼樣吧！」

明日就是青芷的及笄禮，這是女孩子一生很重要的儀式，到時候主賓會解開青芷的丫髻，重新給她梳一個成年女子的髮髻，然後簪上簪子，象徵著青芷成年了。

溫子淩希望青芷及笄禮上的簪子，是他給青芷精心挑選的。

青芷有些懵。哥哥晚上就要回來，她擔心哥哥也給她準備了簪子！

韓氏是沒主意的，聞言當即看向青芷。

青芷抱著懷裡沈甸甸的胖阿映，心思如電，當即做出了決定，笑道：「子淩表哥，可是我及笄禮上的簪子早就準備好了啊。」

自從那次子淩表哥向她表白之後，她便一直把握著彼此之間的度，免得令溫子淩誤會。

溫子淩聞言失望得很，勉強笑了笑。「青芷，那簪子……是、是誰給妳準備的？」

青芷眼神清澈。「是佳霖哥哥啊。」

溫子淩心裡還有什麼不明白的？

他笑了笑，又說了幾句話，這才告辭離去，一直到離開，懷裡的禮物都沒有拿出來。

太陽落山了，光線越來越暗，溫子淩騎著馬慢慢走著。張允跟在後面，悄悄縱馬上前，恰好看到了溫子淩臉上的淚水。他不敢再看，慢慢退後一些。

男子漢在成長過程中，早晚會品嘗到求而不得的痛苦，表姑娘做得對，與其含含糊糊吊著公子，不如一開始就擺明態度，不給公子幻想的餘地。

到了城南巷宅子前，張允開口問溫子淩。「公子，咱們明日還去不去虞家……」

溫子淩過了一會兒方道：「去，幹麼不去？青芷可是我最親近的妹妹。」

既然不能做夫妻，做兄妹也是不錯的！

溫子淩帶著隨從離開之後，韓氏怕青芷抱阿映抱久了太累，便把阿映接過來，低聲道：「青芷，剛才子淩要送妳簪子，他是好意，咱們這樣拒絕，合適嗎？」

青芷看著盛開的玉蘭花，道：「娘，我若是接了他的禮物，那才是不合適呢。」

韓氏想了想，覺得大有道理，嘆了口氣，不說什麼了。

和她相比，青芷真的是很有主見，這些事讓青芷自己作主就行了。

晚上青芷洗過澡，正對鏡試塗她新製出來的紫荊香膏。

塗罷看著鏡子，她有些拿不準這種紫紅色的香膏會不會有人買？

青芷正對鏡細看，外面傳來鍾佳霖的聲音。「青芷，現在方便嗎？」

「進來吧，我還沒睡。」聽青芷應允後，鍾佳霖這才走了進去。

妹妹一天比一天大了，明日就要及笄，不能再像以前那樣隨意出入妹妹的房間了。

青芷聽到鍾佳霖進來，便看向鍾佳霖。「哥哥，這個香膏顏色怎麼樣？」

鍾佳霖走過去凝神看了看，道：「還挺別致的……」

青芷的唇原本便有些飽滿，塗了這種紫色的香膏，顯得特別嬌豔。

聽了他的話，青芷心中歡喜，笑了起來，道：「這是用紫荊花做的香膏，我是第一次做，不知道效果如何？」

鍾佳霖建議道：「這種紫紅色香膏，還沒見人塗過，可以少做一些，送到涵香樓和舒玉齋，讓他們試著賣，如果效果好，咱們再多做一些。」

青芷點點頭，拿了帕子對鏡拭去唇上的香膏，笑道：「哥哥，你有事？」

鍾佳霖從懷裡掏出一個錦盒後打開。「青芷，明日妳及笄，我送妳一根簪子。」

青芷湊過去一看，見錦盒中襯著黑絲絨，黑絲絨上嵌著一根晶瑩剔透的白玉梨花簪。

她當即拿了出來，細細欣賞著，心中很是喜歡，便笑咪咪看向鍾佳霖。「哥哥，明日及笄禮就用這根簪子吧！」

鍾佳霖眼中含笑，答應了一聲。

青芷忽然凝神打量著鍾佳霖，大眼睛裡滿是疑惑。

鍾佳霖當即意識到了，忙問道：「青芷，怎麼了？」

青芷睇著眼睛笑了。「沒什麼。」

哥哥給她的是白玉梨花簪，哥哥髮髻則插著一根白玉雲紋簪，兩根簪子的材質一模一樣，一看就是一起買回來的，一個男用，一個女用。

時光飛逝，轉眼春天過去，夏日也進入尾聲。經歷一個夏天，虞家人都發生了不少變化。虞世清更加沈默寡言，卻也更踏實了，教書很認真，也攢了一些束脩，都交給韓氏。

韓氏倒是比先前豐滿了不少，她原本就白皙，如今不用下地幹活，日日在家帶兒子阿映，日子又順遂，漸漸就豐滿起來，比先前更好看了。

阿映已經會在蓆子上爬了，跟小猴子似的，手腳並用爬得飛快，雖然還不會說話，可是已經開始「咿咿呀呀」自言自語了。

鍾佳霖又長高了一些，因為飲食規律，在縣學運動量大，他比先前健壯了不少，看著依舊是細條條的，可是一脫衣服，身上其實有了不少肌肉。

他這幾個月埋頭讀書，進步很大，在縣學很受胡教諭和先生們器重，與謝儀文、徐微和蔡羽也越發親近了，當然，鍾佳霖最好的兄弟自然還是蔡羽。

青芷又長高了一些，臉比先前瘦了些，可是身材越發窈窕起來，胸部變得鼓鼓的，腰肢卻纖細，雙腿修長，分明是個美麗的少女了。

這幾個月她可沒閒著，她先是製了二十盒紫荊花香膏，在南陽城裡的涵香樓放了十盒寄賣，又在宛州城的舒玉齋放了十盒寄賣，沒想到居然賣得很好，便又收購了不少紫荊花，共製了六百盒，往涵香樓送了二百盒，往舒玉齋送了四百盒，除掉零頭，掙了三百兩銀子。

除此之外，青芷又製了不少薄荷、桃花、梨花、海棠花、丁香花和蓮花香脂、香膏和香油，除掉零頭，總共賺了九百兩銀子。

有了這一千二百兩銀子，再加上以前的儲蓄，青芷手裡一共有一千六百兩銀子，她又有了新的打算——如今經過運河進行的南北貿易很掙錢，她得想辦法參與進去！

這日，青芷正在看著繡女在門面房的二樓縫製青紗繡袋，韓成卻帶著白蘋洲買賣土地的張經紀來了。

韓氏忙帶著青芷迎了韓成和張經紀進了正房明間。

韓成接過阿映，逗著阿映玩。「阿映啊，認不認識舅舅？」

阿映大眼睛忽閃忽閃，小嘴巴咿咿呀呀，似乎在與舅舅對答一般。

青芷吩咐春燕去準備清茶，然後打量韓成和張經紀一番，笑道：「舅舅、張經紀，是不是又有人要買白蘋洲的地了？」

韓成沒來得及說話，張經紀已經道：「正是。」

青芷表情嚴肅起來。「還是上次京城李太傅府的管家？」

張經紀點點頭。

韓氏見狀，怕耽誤青芷、韓成他們談正事，忙從韓成懷裡接過阿映，到廊下去了。

這時候春燕用托盤送了三盞茶進來，分別擺在張經紀、韓成和青芷手邊的桌上。

張經紀端起茶盞想要喝，可是茶太熱，他又放了回去，才道：「虞大姑娘，如今李太傅府已經把白蘋洲的土地都收購了，除了妳和令舅的土地。李管家已經放話，他要把白蘋洲所有的土地先用一道牆圈起來，剩餘土地的主人，他早晚要找到，賣也得賣，不賣也得賣。」

韓成忙看向青芷。「青芷，李管家已經放出狠話了，還是賣了吧！咱們小老百姓，誰能鬥得過太傅府？若是他們真的使用那上不得檯面的手段……」

青芷輕輕道：「讓我想一想……」

再過一個月，哥哥就要去兗州城參加鄉試，這時候得罪太傅府，的確不是什麼好時機……罷了，賣了就賣掉吧！

她抬眼看向張經紀，微微一笑。「張經紀，太傅府的李管家，說沒說我們的土地他打算一畝多少銀子收購？」

張經紀忙道：「李管家已經放話，不管是韓老闆的蘆葦蕩那塊地、三棵梧桐樹那塊，還是後來虞大姑娘買下的兩塊地中間那塊地，都按十兩一畝的價錢買下。」

見青芷神情有些鬆動，張經紀臉上帶出笑來。「虞大姑娘，這些地妳買的時候是三、四兩銀子一畝，如今太傅府給到十兩銀子一畝，可是翻了一倍多。」

看了張經紀的反應，青芷心裡已經明白，張經紀是專門為太傅府李管家來傳話。

她看向張經紀，臉上帶著雲淡風輕的笑。「我說一個價，十五兩銀子一畝，若是太傅府肯買，明日就可以去縣衙備案過戶。」

既然對方是強買強賣，那就盡可能地為己方爭取些利益吧！

也不能過於顯眼，免得太傅府注意到她、注意到哥哥。

張經紀見青芷說話語氣篤定，不由思索起來。李管家給他的底線是一畝地十八兩銀子，多出來的算他的。

他計算片刻，發現還有賺頭，便笑道：「這個我倒是可以替李管家作主，就定下十五兩銀子好了。」

張經紀看著青芷和韓成，笑道：「虞大姑娘、韓老闆，這些土地買了可沒幾年，一下子翻了三倍多，這買賣可真划算啊。」

青芷假裝歡喜道：「那沒辦法，誰讓我們有眼光呢。」

她心裡清清楚楚，運河和白河間的河道連通之後，白蘋洲的土地價會一路飆升，可是如今人在屋簷下，不得不低頭，只得忍了！

送走張經紀後，韓成又回來看青芷。「青芷，妳別難過，咱們小老百姓，鬥不起那些高官……」

青芷笑了起來，安慰韓成道：「舅舅，咱們本來就鬥不過他們，不過能讓地價翻成原價的三倍多，還是很不錯的。」

韓成原本是來安撫她的，卻反被青芷安撫了一番，不由笑了起來。

他又和韓氏說了會兒話，才告辭離去。

青芷心裡有些亂，便從韓氏手裡接過阿映，帶著阿映去後花園散步、賞花、曬太陽。明日就是休沐日，哥哥今晚就回來，再和哥哥說這件事吧！

傍晚，青芷坐在廊下餵阿映喝水，外面傳來紀靈的聲音——原來鍾佳霖回來了！

青芷忙把餵水的銀湯匙放回茶碗裡，抬眼看了過來。

金色夕陽中，身著月白道袍的鍾佳霖大步流星走了進來，抬眼看到廊下的青芷，不由笑了。「青芷。」

青芷一見鍾佳霖，心裡就歡喜，忙道：「哥哥，你快過來，我有事要和你商議。」

韓氏見青芷如此著急，知道她要和鍾佳霖商議賣地的事，便笑著接過阿映。「青芷，妳和佳霖商議事情吧，我來餵阿映喝水。」

青芷「嗯」了一聲，兩眼亮晶晶，笑咪咪迎了上去，與鍾佳霖一起去了東廂房。

鍾佳霖用薄荷香胰子洗了手臉，又接過青芷遞過來的雪梨茶喝了一口，這才看向青芷。「說吧，什麼事？」

青芷垂下眼簾，思索片刻，然後把今日韓成帶著白蘋洲的張經紀來的事說了，最後道：「哥哥，我察覺到張經紀如今為太傅府的李管家傳話，就答應了他，乘機把地價講到十五兩銀子一畝，約定明日去縣衙過戶。」

鍾佳霖伸手握住青芷的小手，用力握了一下，心中滿是憐惜。這樣的事，該他來出頭的，如今都讓青芷擔待了下來。

他凝視著青芷的眼睛，沈聲道：「青芷，妳做得對。如今咱們力量不強，須得韜光養晦，不可貿然與這些達官貴人為敵。」

青芷見哥哥也同意自己的做法，不由笑了起來。「哥哥不生我的氣就行。」

鍾佳霖伸手撫了撫青芷鬢邊的碎髮，柔聲道：「傻姑娘。」

青芷想起如今已經是七月初，忙道：「哥哥，鄉試還是在宛州貢院考嗎？要不要我提前去訂下房子？」

第六十六章

鍾佳霖想了想鄉試的艱苦程度，當下道：「妳不用去了，我和蔡羽他們一起過去就行。」

虞世清是參加過鄉試的，據虞世清描述，鄉試在宛州城的貢院考，一共考九天，這九天內不能離開考場，一直到考試結束才能離開。

這不但是對參試秀才的學識的考察，更是對他們體力的考察，他自己去就行了，何必讓青芷跟著去受罪？

青芷一聽就猜到了鍾佳霖心裡的想法，當下便笑起來，道：「我正好要去宛州看看，看能不能在那邊買地或者開店？我還是和你一起去吧！」

見鍾佳霖欲言又止，青芷伸手握住鍾佳霖的手，眼神清澈。「哥哥，你這次考試總共九天，我們得提前過去，在貢院附近租一個宅子，提前尋好大夫，做好萬全準備，我去還是妥當些。」

鍾佳霖凝視著青芷，發現青芷真的已經長大，已經開始照顧他了……

青芷見鍾佳霖不再反對，便端起茶壺，給鍾佳霖的茶盞斟滿，笑咪咪道：「哥哥，喝盞雪梨茶潤潤嗓子吧！」

第二天上午，青芷讓春燕和鳴鳳繼續帶著女工在門面房的二樓做青紗繡袋，自己在後院看著雇來的短工榨薄荷油，偶爾過去春燕那邊看一看進度。

鍾佳霖在房裡讀了一會兒書，待有些累了，便抱了阿映去後花園尋青芷。

青芷正低頭檢查女工們剛榨出來的薄荷油，聽到背後傳來阿映「咿咿呀呀」的聲音，忙轉身看了過去，見鍾佳霖抱著阿映找來，忙笑著起身出去了。

那些短工都是女子，其中有一位是新來的，見青芷站在外面與一個清俊高眺的少年說話，少年的懷中抱著一個與青芷有幾分相似的嬰兒，瞧著像是一家三口，便低聲笑道：「這是虞大姑娘的相公吧？一家三口都生得好，真般配呀。」

常在青芷這裡做工的幾個短工聞言，笑了起來。

這新來的女工不知她們笑什麼，忙道：「怎麼，難道我說錯了？」

眾女工又笑了起來。

有一個老成些的輕輕道：「妳說錯了，那清俊小哥是咱們南陽縣有名的小三元鍾秀才，是虞大姑娘的乾哥哥，並不是虞大姑娘的相公！那小孩子是虞大姑娘的嫡親弟弟阿映，並不是她的兒子。」

新來的女工這才發現自己的錯誤，不由笑了起來，道：「不過虞大姑娘美麗，鍾秀才清俊，倒是天生一對。」

眾女工聽了，都探頭打量著在外面說話的青芷和鍾佳霖，也都覺得他們登對極了，再次笑了起來。

過了一會兒，王春雨過來看著女工們幹活，青芷卻同鍾佳霖帶著阿映離開了。

女工們大部分都是成過親的媳婦或婆子，見春雨這清秀靦覥小哥過來，紛紛逗他，弄得王春雨面紅耳赤，卻依舊認認真真看著她們做工。

其中有一個女工叫扈大嫂，性格爽朗，笑著問王春雨。「春雨小哥，咱家大姑娘做什麼去了？」

王春雨一邊操控著鍘刀鍘薄荷，一邊道：「去外面辦些事情。」

此時青芷和鍾佳霖正在明間見韓成及白蘋洲的張經紀，虞世清也在場。

那李太傅府的管家架子甚大，根本沒出現，由張經紀全權代表，卻正合青芷和鍾佳霖的心意——他倆雖然出發點不同，卻都不願意見到李太傅府的人。

昨天都提前談妥了，因此今日進行得很快，擬定契書，兌換了銀子，各方都摁了手印，便一起去縣衙備案。

待辦妥此事，鍾佳霖和青芷與韓成和張經紀步行往回走——虞宅距離縣衙很近，連乘車都不用。

青芷想到這些土地出手了，手裡有又多了二、三百兩銀子，還是很開心的，路上嘰嘰咕咕和鍾佳霖說著以後的打算。「哥哥，咱們到了宛州，還是先住在客棧，然後去尋宅子；租好宅子，再去準備鄉試需要的各種物品……」

鍾佳霖看向青芷，見她眼睛亮晶晶的，顯見是真的歡喜，心裡不禁有些欣慰。

青芷這樣的性子真是太好了，即使發生了不開心的事情，她也能往好的方面想，很堅強、很樂觀。

青芷就像個溫暖的小太陽，和她在一起，很少有難過的時候，永遠都不擔心得費盡心思安撫她的情緒……

傍晚的時候下起了雨。

雨還挺大，豆大的雨滴打在瓦片上，打在院子裡花木的葉子上，打在地上的青磚上，發出清脆的「啪啪」聲。

青芷忙拿出傘，送鍾佳霖去縣學。

她打著油紙傘與鍾佳霖一起走在青石路上，看著鍾佳霖背上的皮篋，不由笑了。「哥哥，這個皮篋我買得對吧？畢竟比竹篋防雨。」

鍾佳霖笑著伸手摸了摸青芷的腦袋，手指卻碰到了青芷髮髻上簪的白玉梨花簪，這才想起青芷已經及笄，該說親了，當下略一思索，道：「青芷，妳我說好的，等我考上了進士，妳再說親，可別忘記了。」

青芷「咦」了一聲。「哥哥，我怎麼記得咱們的約定是你考中舉人我再說親？」

鍾佳霖聞言，眨了眨眼睛，眼神清澈，滿是篤定。「青芷，一定是妳記錯了。」

「……難道真的是我記錯了？」

她舉著傘，小心翼翼踩著積水往前走，腳上的木屐敲擊在積水的青石路上，發出清脆的響聲。

想到哥哥一向靠譜，青芷便覺得也許真是自己記錯了，反正這是小事，她便不再糾結，笑道：「哥哥，鄉試結束後，咱們是留在宛州城等著放榜，還是先回南陽縣，等時間到了再過去？」

鍾佳霖想了想，道：「咱們在宛州城等著吧！」

到了那時，他還有些事情要辦，一時還回不了南陽縣。

青芷笑咪咪道：「既然如此，這件事就交給我吧！」

她怕太晚去宛州城尋不到合適的宅子，因此有了點別的想法，不過還沒有最終確定，因此沒和鍾佳霖說。

到了縣學門口，青芷打著傘靜立在那裡，一直到鍾佳霖的身影消失在濕漉漉的深翠竹林後，才帶了王春雨和鳴鳳往回走。

鍾佳霖揹著書篋帶著傘進了學舍，走到了玉蘭齋門口。

見玉蘭齋窗口透出昏黃的燈光，他知道蔡羽已經來了，便直接推開門。

蔡羽正立在書案前整理書冊，聽到聲音抬頭看了過來，見是鍾佳霖便笑了起來，放下手裡的書，過來接過鍾佳霖的油紙傘，收起來靠在門後，又接過了鍾佳霖的書篋，放在鍾佳霖的書案邊。

鍾佳霖不禁笑了。「無事獻殷勤，定有所求，說吧，什麼事？」

蔡羽爽朗地笑了起來，道：「離鄉試只有一個月時間了，你有什麼打算？」

鍾佳霖沈吟了一下，道：「青芷打算提前過去，在貢院附近租下一個宅子。」

蔡羽聞言，眼睛亮了起來，拍手道：「算我一個。」

鍾佳霖自然不會拒絕好友，便道：「我是要帶著青芷去的，你挑個小童帶去就行。」

蔡羽美滋滋道：「我知道青芷能幹，一定能把咱們的衣食住行安排得妥妥當當，到時候我就帶著蔡福過去。」

他家在宛州城倒是有宅子，只是那宅子如今住著他爹爹的外室，他懶得過去。

鍾佳霖拿乾淨抹布擦洗著書篋上淋的雨水，道：「謝儀文不參加鄉試，你去問問徐微，看他要不要一起去？」

正在這時候，房門被人從外面推開，徐微笑嘻嘻地跳進來。「我自然要和你們一起去了。」

又道：「你們準備住哪兒？可別想甩掉我。」

鍾佳霖不禁笑了，對著蔡羽抬了抬下巴。「你來說吧！」

蔡羽便把鍾佳霖的打算和要求跟徐微說了。

徐微大喜。「太好了！到時候我就帶著我的小廝去就行，一切拜託佳霖了。」

雨又下了五日才停。

雨雖然在下，青芷的那些活卻沒有停。門面房二樓的繡坊和後花園小樓的作坊一直都在忙碌著，製成的這批貨物有薄荷香油、香脂和香胰子，還有桂花香油、香脂、香膏和香胰子，另外還有一些用梔子花和茉莉花製成的香油、香脂和香胰子，不過數量較少。

待所有的貨物都裝進了盛著刨花的桐木箱裡，青芷先給短工們結了工錢，然後便開始預備去宛州城之事。

這段時間溫東一直纏綿病榻，溫子淩忙得腳後跟打後腦勺，恨不得一個人當好幾個人用，外面他要忙羊山北麓煤礦的事，要忙溫涼河畔瓷窯的事，還要忙著運瓷器去江南販絲回南陽縣的生意，甚至還要管弟弟溫子涼，忙得不亦樂乎。

這日雨終於停了，溫子涼忙裡偷閒，帶著張允去了城南巷的瓷器鋪子。

瓷器鋪子的掌櫃偶然間提了一句。「虞家的表姑娘前日帶著人來了一趟，把上次訂的瓷瓶和瓷盒子都提走了，說是過幾日要去宛州城，得準備一批貨物送到去。」

溫子淩原本正在喝茶，聞言當即把茶盞放下來。「我表妹說沒說她何時去宛州？」

瓷器鋪子的掌櫃忙道：「表姑娘沒提啊，只說是這幾日。」

溫子淩聞言，心裡有數了，端起茶盞飲了一口，心裡思索著，待茶喝完，他心裡也打定主意，放下茶盞就騎馬離開了。

今日太陽不錯，青芷讓王春雨把馬車趕到院子裡，讓他把貨物都裝在馬車上，預備明日就出發。

她已經帶著春燕和王春雨往宛州城送過幾次貨，這次去宛州城給哥哥租宅子，她相信自己一定能夠完成。

王春雨把幾箱貨物裝完後，青芷又檢查了一番，見沒有紕漏，這才放下心來。

她正要說話，卻聽到外面傳來敲門聲。

紀靈跑去應門，很快就引著溫子淩進來了。

青芷一見溫子淩就歡喜得很，笑盈盈迎上去，屈膝行了個禮。「子淩表哥，你來了。」

見青芷如此多禮，溫子淩不由笑了，抬手在青芷腦袋上拍了一下，笑道：「自己哥哥，何必如此多禮？」

他打量著青芷這輛清油馬車。「妳打算乘坐馬車去宛州城送貨？」

青芷笑道：「不是的，我已經訂好了船，明日一早用馬車把貨物送到碼頭，卸貨後再讓紀靈把馬車趕回家。」

溫子淩點點頭。「如此甚好，陸路畢竟沒有水路安全。」

他看向青芷，又問了一句。「佳霖跟著妳去嗎？」

青芷笑嘻嘻地搖搖頭。「鄉試快到了，哥哥要在縣學攻書，我想自己過去，送罷貨物再去租哥哥鄉試時住的宅子。」

溫子淩一聽，哪裡放心讓她獨自去宛州？忙道：「我正要往宛州送禮，我明日和妳一起出發，路上也好互相照應。」

青芷聞言，低頭沈思起來。

前世哥哥去參加鄉試，因為放榜後名次靠前，被錄取在州學讀書，後來家裡出事，他就回了南陽縣。

如果這一世哥哥依舊像以前一樣，要留在州城讀書，那就要考慮在州城買宅子及開鋪子的事了……

既然如此，有子淩表哥一路作伴還是不錯的！

計議已定，青芷笑著答應下來。「謝謝你，子淩表哥。」

她知道溫子淩這兩年一直在宛州城經營關係，須得隔一段時間去一趟，可是這次這麼急著過來，應該是子淩表哥擔心自己，這才陪著自己去。

溫子淩也笑了，習慣性地伸手揉了揉青芷的頭，卻碰到了那根白玉梨花簪。「傻姑娘，子涼在京城出事，妳當下就和佳霖前往京城營救，妳和哥哥我不必言謝。」

青芷心中歡喜，笑咪咪地和溫子淩定下了明日碰面的時間，這才帶溫子淩進去見韓氏。

第二天早上，天剛矇矇亮，溫子淩就帶著張允等在碼頭，與青芷會齊，搬了青芷的貨物上船，便揚帆往宛州城方向去了。

到達宛州之後，溫子淩先帶青芷去了他在宛州的宅子，居然就在貢院旁一個叫通淯街的街道上。

溫子淩的這個宅子倒是不算大，一共三進，外院、內院和後花園，溫子淩把青芷和春燕安頓在內院，自己帶著張允、王春雨住在外院。

在溫宅內院的東廂房安置好之後，青芷和春燕洗了個澡，待溫宅看宅子的婆子送來晚飯，吃完了才先歇下，預備明日往舒玉齋送貨。

如今溫宅只有溫子淩一個主人和青芷一個客人，因此兄妹倆就沒有分開用飯，早飯是一起在內院正房吃的。

早飯是張允出去買回來的，很簡單，是典型的宛州早飯——一竹簸籮小茴香油條，一籠松針小籠包，一碗胡辣湯，一碗豆腐腦。

青芷飯量不大，志氣卻大，既想喝胡辣湯，又想吃豆腐腦，便對著一碗胡辣湯和一碗豆腐腦有些猶豫。

溫子淩不由笑了，把兩個碗都推到青芷面前。「妳都吃了吧，我不愛這些。」

青芷便道：「那松針包子全給你好了。」

溫子淩笑著答應了，卻先給青芷挾了兩個松針包子。

青芷先去喝胡辣湯。

這胡辣湯胡辣鮮香，肉味濃郁，確實好喝。

她明明特別想喝，吃了幾勺就吃不下了，拿著湯杓發呆。

溫子淩見她不想喝了，便道：「妳嚐嚐豆腐腦吧！」

青芷品嚐豆腐腦的時候，溫子淩伸手端過那碗胡辣湯，三下五去二，呼嚕呼嚕很快喝完了。

用罷早飯，春燕送上了清茶。

青芷和溫子淩用清茶漱口罷，便開始說正事。

溫子淩是個做事乾脆俐落的人，他先問青芷。「青芷，這次來宛州妳都有什麼打算？和哥哥說說，咱們商議商議。」

青芷看溫子淩就像親哥哥，當即道：「我想在貢院附近買個宅子，另外想出去看看，尋個臨街的門面房開個賣香脂、香膏的鋪子……」

溫子淩當即為青芷計劃起來。「妳如今攢了多少銀子？」

青芷默默計算了一番，道：「我把所有的積蓄都帶了過來，一共有兩千兩銀子。」

她原本有一千六百兩銀子，賣地的銀子給哥哥留了二百兩應急，其餘給了她娘做家用，臨出發前，她又往涵香樓送了些貨，得了將近四百兩銀子。

這次來宛州，青芷一共帶了兩千兩銀子的銀票。

溫子凌想了想，道：「兩千兩銀子，開鋪子都不夠，在宛州城開一個鋪子的本錢至少得四、五千兩銀子，更不用說買宅子了。」

青芷一聽，頓時有些失望，不過她從來樂觀，很快就笑道：「那我先典一個宅子，後面的事再慢慢來。」

溫子凌凝視著青芷，認真道：「青芷，我倒是有個提議。」

青芷抬眼看他。

溫子凌雙手合十，一邊想一邊道：「我這個宅子距離貢院很近，佳霖參加鄉試時就住在這裡好了，將來他若是要在州學讀書，就繼續住這裡，反正這宅子一直閒著，我也得雇人看宅子。」

他態度誠摯。「青芷，妳和佳霖不要與我客氣，佳霖和妳一樣，是我的親人。」

從佳霖和青芷年關時遠赴京城救子涼開始，他就把佳霖也看作了和青芷一樣的親人，親人之間是不需要計較太多的。

青芷看著溫子凌。她和溫子凌之間有血緣關係，很奇妙，她能體會到他的內心。

她燦爛一笑。「子凌表哥，那我就恭敬不如從命了。」

想到前世子凌表哥早早去了，她也曾孤單飄零，青芷眼睛濕潤了。重生之後，親人都在，真好！

見青芷大眼睛裡氤氳著一層水霧，溫子淩的心漲漲的，有些刺痛，他深吸一口氣，伸手撫了撫青芷的鬢髮，柔聲道：「至於生意的事，妳以前沒做過生意，不知道其中的關節，咱們兄妹還是合夥開鋪子吧，本錢一人一半，分紅的話，我拿三成，妳拿五成，掌櫃占一成，其餘夥計平分一成，妳看如何？」

青芷聞言歡喜極了，忙和溫子淩細細商議起來。

溫子淩問明了青芷和舒玉齋的契約，又道：「妳這次帶來的貨物，給舒玉齋一部分，留下一部分咱們自己賣吧！」

青芷點點頭，眼睛亮晶晶地看著溫子淩。子淩表哥真是太棒了，什麼都考慮到了！

兩人又商議了一會兒，大致把各個方面都商議到了。

計議已定，溫子淩便帶青芷往舒玉齋送貨。

送罷貨物，他又帶著青芷去看鋪子，不過兩、三日工夫，鋪子也確定了，就在距離通衢街不遠的永利坊——那裡集中了宛州城的胭脂水粉鋪子、花翠鋪子、綢緞鋪子和首飾鋪子，很是繁華。

溫子淩在宛州城頗有些人脈，很快就有人介紹了幾個掌櫃和夥計過來。

他是真有心教青芷，在外書房見這些掌櫃和夥計的時候，也帶著青芷在場。

青芷打扮得很素淨，綰了一個桃心髻，簪了那根白玉梨花簪，青衣白裙，不施脂粉，卻有一種出水芙蓉般的靜美。

她安安靜靜坐在那裡，傾聽著溫子淩和那些做生意老手的談話，不停地吸收著和生意有關的新知識。

待掌櫃和夥計都確定下來，溫子凌便馬不停蹄帶著青芷把香脂、香膏鋪子開了起來，鋪子的名字就叫「芷記香膏」。

鋪子裡先賣青芷這次帶來的貨物，不過鋪子後面還有一個宅子，已經在青芷的指揮下改建成一個作坊，預備到了八月十五桂花盛開，就開始雇人在這裡製作香脂、香油、香膏和香胰子。

在作坊裡製出的貨物，統一按照進價賣給芷記香膏鋪。

溫子淩知道青芷年紀小，手把手地教她，談生意都帶著她。

青芷本來就聰明，學東西很快，不久就能上手了。

這是她和溫子淩合開的第一個鋪子，青芷很是用心。

鄉試是在八月初九，眼看著快到七月二十，青芷一直在計算著時間，便讓王春雨拿了她寫給鍾佳霖的信，先乘船回南陽縣接鍾佳霖。

七月二十二這日，溫子淩剛談成了一筆大生意，得意得很，興致勃勃在家裡和青芷談生意經。「青芷，這個鋪子的運行妳熟悉之後，將來咱們再繼續開分店，估計明年初就可以了，然後慢慢開始走出宛州開分店……」

他認真地教著青芷，青芷認真地聽著，兄妹倆一個高談闊論，一個虛心學習，正談得投機，外面傳來溫子淩的小廝香椿的聲音。「大公子、表姑娘，鍾小哥、蔡公子和徐公子他們到了。」

青芷聞言，眼睛頓時瞪得溜圓。「啊，哥哥來了。」

她當即起身就要出去迎接。

溫子淩見狀，愣了片刻，這才也跟著出去迎接。

徐微隨著鍾佳霖和蔡羽進了溫宅，剛走過影壁，就看到一個白衫紅裙的美麗少女從通往內院的月亮門跑出來，心跳一陣加快——佳霖的妹妹實在太美了！

青芷一直跑到鍾佳霖身前，這才停住腳步，大眼睛亮晶晶地看向鍾佳霖。「哥哥。」

鍾佳霖這幾日心裡一直記掛著青芷，一見到她，便先觀察一番，確定青芷一切如舊，狀態不錯，這才暫時放下心來。「青芷。」

青芷先和蔡羽、徐微見了禮，這才又看向鍾佳霖，大眼睛熠熠生輝。「哥哥，你終於來了。」

蔡羽飽受冷落，一腔幽怨。「青芷，還有我呢……」

青芷微微一笑，正要說話，溫子淩也走了過來。

他長袖善舞，很快就將鍾佳霖三人迎進了外院正房明間坐下。

青芷先安排了茶水，然後又吩咐春雨他們把三人的行李都搬到溫宅的後花園。

溫宅的後花園不算大，可是花木葳蕤，竹林颯颯，頗適合靜日讀書。

鍾佳霖既然來了，溫子淩第二天便帶著張允回南陽縣。他生意太忙了，陪著青芷留在宛州這麼久已經是極限了。

溫子淩一走，青芷便自然而然地承擔了照顧鍾佳霖、蔡羽和徐微三個應試秀才的任務，鍾佳霖三人的衣食住行被青芷安排得妥妥當當。

這日晚上青芷正在燈下給鍾佳霖做清水布襪，卻聽到外面傳來春燕和鍾佳霖的說話聲，忙放下針線，推開窗子，見他正在門外和春燕說話，便笑盈盈道：「哥哥。」

鍾佳霖一抬眼看見青芷在窗內，昏黃的燈光給她籠上了一層朦朧的光暈，秀美不可方物，不由心裡一動，很快就又笑了起來。「青芷。」

他這一笑，臉頰上小酒窩深深，露出了小虎牙，笑容燦爛，彷彿整個世界都明亮了起來。

青芷立在窗前，笑咪咪看著鍾佳霖，覺得他的笑容實在太好看了。「哥哥，你來看我嗎？」

鍾佳霖「嗯」了一聲，進了屋子。

春燕立在外面，心裡揣摩著，不知道自己該不該進去陪著姑娘？

姑娘如今已經及笄，可還是和鍾小哥這麼親密不避諱，不知道合適不合適？

她有些拿不定主意，便看著跟過來的王春雨，低聲道：「我要不要進去陪著姑娘？」

「……傻丫頭。」

春燕。「……」

見春燕一臉懵懂，春雨便低聲道：「咱們在外面候著，主子有吩咐，咱們再進去不就行了？」

臥室裡鍾佳霖坐在窗前榻上，青芷端了一盤橘子過來，隔著小炕桌也在榻上坐下來。

她剝了橘子，自己先嚐了一瓣，覺得甚是酸甜，這才掰了兩瓣餵鍾佳霖吃。

鍾佳霖覺得有些酸，不過還能忍受，便瞅了青芷一眼。「挺好吃的。」

青芷聽了，抿嘴一笑，便把剩餘的幾瓣都餵給他吃了。

人與人之間的性格真的很不一樣，若是子淩表哥想要吃橘子，就會直接說「再給我些吧」；若是哥哥，一般是不會直接要的，而是說『挺好吃的』，言下之意就是想讓她繼續餵。

鍾佳霖吃了橘子，見青芷眼睛亮晶晶地看著自己笑，不知為何，他的心跳有些快，臉有些熱，垂下眼簾道：「妳方才在做什麼？」

青芷忙獻寶似的拿出自己的針線笸籮，拿出一摞疊得整整齊齊的白色衣物。「哥哥，你看，我給你做了六雙清水布襪，三套白綾中衣，還有兩條松江棉布巾，到時候你進場時都帶進去。」

鍾佳霖撫摸著這些衣物，心中百感交集，鼻子微微有些酸澀。

鄉試是個大日子，別人自有父母操持，他只有青芷。

不過他有青芷，卻也超過世上所有人了……

青芷沒發現鍾佳霖的異常，依舊絮絮說著。「我明日下午就開始給你做要帶進考場的點心，材料都準備好了；另外我也準備了盛涼開水的牛皮水囊……」

鍾佳霖逼退眼淚，抬眼看著青芷，靜靜聽她說著。

轉眼間就到了八月初九。

這日天不亮，溫宅就駛出了兩輛馬車，往貢院而去。

這次是鄉試，自然比上次院試還要嚴格，青芷立在貢院大門的柵欄外，眼睜睜看著鍾佳霖清瘦高䠷的背影走遠，心裡一陣悵然，雙手合十閉目祈禱。「老天爺，保佑我哥哥安全無虞考完鄉試，榜上有名，信女願意做十件善事……」

這時不遠處，一個形容清瘦的中年人正帶著人審視般地看著青芷。

周靈湊了過去，低聲道：「陛下，那就是佳霖的妹妹，姓虞，閨名青芷。」

清平帝眼神帶著挑剔，打量著虞青芷，低聲下了結論。「很普通的一個小姑娘嘛。」

「……」

他看了看清平帝，把心裡的話嚥了回去：這小姑娘再普通，也是鍾佳霖最珍視的人！

穿著便服做儒生打扮的清平帝看向虞青芷，見她在一個丫鬟和一個小廝的護送下離開，這才放下車窗簾子，淡淡吩咐道：「走吧！」

他到底是放心不下，還是微服來了一趟。

周靈答了聲「是」，吩咐車夫趕著馬車駛離了貢院。

轉眼間就到了八月十七日，明日一早鍾佳霖就要從貢院考場出來了！

——未完，待續，請看文創風749《順手撿個童養夫》4

順手撿個童養夫 3

國家圖書館出版品預行編目資料

順手撿個童養夫 / 平林著. --
初版. -- 臺北市 : 狗屋, 2019.05
冊 ; 公分. --（文創風）
ISBN 978-986-509-001-2（第3冊：平裝）. --

857.7　　　　108004263

著作者　平林
編輯　張蕙芸
校對　黃薇霓　簡郁珊
發行所　狗屋出版社有限公司
地址　台北市104中山區龍江路71巷15號1樓
電話　02-2776-5889～0
發行字號　局版台業字845號
法律顧問　蕭雄淋律師
總經銷　知遠文化事業有限公司
電話　02-2664-8800
初版　2019年5月
國際書碼　ISBN-13　978-986-509-001-2

本著作物由廣州阿里巴巴文學信息技術有限公司授權出版

定價250元
狗屋劃撥帳號：19001626
網址：love.doghouse.com.tw　E-mail：love@doghouse.com.tw